KB193699

무기력해서
쓰기 시작했습니다

무기력해서
쓰기 시작했습니다

영혼의 생기를 되찾기 위한 500자 글쓰기 루틴

초 판 1쇄 2025년 02월 27일

지은이 이문연
펴낸이 류종렬

펴낸곳 미다스북스
본부장 임종익
편집장 이다경, 김가영
디자인 윤가희, 임인영
책임진행 안채원, 이예나, 김요섭, 김은진, 장민주

등록 2001년 3월 21일 제2001-000040호
주소 서울시 마포구 양화로 133 서교타워 711호
전화 02) 322-7802~3
팩스 02) 6007-1845
블로그 http://blog.naver.com/midasbooks
전자주소 midasbooks@hanmail.net
페이스북 https://www.facebook.com/midasbooks425
인스타그램 https://www.instagram.com/midasbooks

ⓒ 이문연, 미다스북스 2025, *Printed in Korea.*

ISBN 979-11-7355-096-6 03810

값 22,000원

※ 파본은 본사나 구입하신 서점에서 교환해드립니다.
※ 이 책에 실린 모든 콘텐츠는 미다스북스가 저작권자와의 계약에 따라 발행한 것이므로
   인용하시거나 참고하실 경우 반드시 본사의 허락을 받으셔야 합니다.

미다스북스는 다음세대에게 필요한 지혜와 교양을 생각합니다.

무기력해서
쓰기 시작했습니다

영혼의 생기를 되찾기 위한 500자 글쓰기 루틴

이문연

미다스북스

쓸 것이 없다는 그대에게

머리가 복잡한 그대에게

웃음이 메마른 그대에게

가려움에 지친 그대에게

일러두기

- 『무기력해서 쓰기 시작했습니다』는 '모바일 또는 노트북을 이용해 생각의 흐름대로 쓴 글'이라는 콘셉트를 유지하기 위해 문단을 나누지 않았습니다. 가독성에 유의하여 천천히 읽어주세요.
- 맞춤법에 맞지 않는 표현은 저자의 말맛을 살리기 위한 의도적인 장치입니다.
- 약간의 팁은 있지만, 방법론 중심으로 쓴 책이 아닙니다. 쓰고 싶지만 쓰지 못하는 분들을 위해 '이렇게도 쓴다.'를 보여드리기 위한 책이므로 다 읽고 '나도 500자는 쓰겠다.'라는 생각이 든다면 즐거운 마음으로 쓰시면 됩니다.
- 국립국어연구원에서는 느낌표 2개 이상의 사용은 적절하지 않다고 합니다. 하지만 느낌표 하나로는 아쉬운 표현에 대해 느낌표 2개 이상을 사용함을 미리 알립니다.
- 하나(한), 둘(두), 셋(세), 넷(네), 다섯 등 고유어로 쓰여야 할 부분임에도 아라비안 숫자로 쓰인 부분은 숫자를 좀 더 명확하게 보여주고자 함입니다.

무기력해서 쓰기 시작했습니다

책 제목을 『무기력해서 쓰기 시작했습니다』로 정하니 희망 회로가 막 돌아갔다. '이 책을 출간하면 북토크에서 이런 질문을 하겠지?', "작가님, 그래서 무기력에서 좀 벗어나셨나요?", "아니요, 무기력은 그대로예요. 그런데 더 나빠지진 않더라구요." '핫, 내가 생각해도 좀 멋진데?' 하지만 이 말은 사실이다. 500자 쓰기를 시작할 땐, 글쓰기를 통해 나의 무기력이 좀 나아지길 바랐다. 무의미한 일을 하는 것 같은 기분, 포기하고 싶은데 포기가 안 되어 어깨에 미련을 한 보따리 짊어지고 있는 이 기분이 나아지지 않을까 기대했다. 하지만 근본적인 원인을 해결하지 않는 한 무기력은 사라지지 않았다. 백수인 듯, 백수 아닌, 백수 같은 프리랜서. 그래도 글을 쓰면서 더 나빠지지는 않을 수 있었다. 다른 일을 할 에너지를 채울 수 있었다. 기분이 별로일 땐 일부러 유쾌한 글을 썼고, 일상의 글감을 포획하기 위해 곤두세운 촉각은 일상의 에너지가 되었다. 그렇게 30일을 썼고, 30일을 또 썼다. (카카오 브런치 북은 최대 30회까지밖에 발행이 되지 않아 꾸준히 쓰려면 브런치 북을 계속 발행해야 했다.) 봄부터 쓰기 시작한 글은 가을을 맞이했다. 150회까지 채웠더니 한 권의 분량이 되었다. 꾸준히 쓰기 위해 일부러 500자라는 기준을 세웠다. 500자는 스마트폰 화면으로 봤을 때 한 페이지가 조금 넘는다. (A4 용지 10포인트로는 1/3분량이다.) 부담 없고 쓸만했다. 이 글의 2/3 이상도 스마트폰으로 작성했다. 아직 노안이 오지 않은 나에게 스마트폰 글쓰기는 언제 어디서나 자유롭게 쓸 수 있는 최적의 활동이었다. 글이 짧으면 짧은 대로, 길어지면 길어지는 대로 썼다. 글을 쓸 때만은 무기력함을 잊을 수 있었다. 이 책은 무기력에 빠진 40대, 집순이, 프리랜서, 직장인, 싱글, 기혼, 여성들에게 무기력에서 벗어날 수 있다고 말하는 책이 아니다. 그냥 살다 보면 무기력해질 때도 있는데 그럴 때 글을 썼더니 더 나빠지진 않더라고 말하고 싶어 썼다. 무기력해도 살아야 하니까 밥은 먹는다. 밥을 먹으면 커피도 마셔야 하니까 커피를 마신다. 커피를 마실 때 작업을 하면 능률이 오르니까 작업도 해본다. 작업만 하면 몸이 찌뿌둥하니까 운동을 가본다. 운동을 갔다 오면 배가 고프니까 또 밥을 먹는다. 그러면 코천이^{반려견}가 똥 싸고 싶은 표정으로 쳐다보니까 산책을 나간다. 이 모든 활동을 글을 쓰면서 했다. 500자 일기 100일 프로젝트와 함께 150일(주 5일 쓰므로)을 보냈다. 그러고 보니 이 글을 기획했을 당시보다는 지금이 조금 덜 무기력한 것 같기도 하다.

『무기력해서 쓰기 시작했습니다』 이 책의 제목만 보면 오해할 수도 있다. 아무것도 하기 싫은데 어떻게 글을 쓰라는 거야? 의욕도 의지도 무기력이라는 늪에 빠져 있을 땐 '구찮음'으로 귀결된다. 먹으면 뭐 하나, 씻으면 뭐 하나, 사람을 만나면 뭐 하나... 모든 게 의미 없게 느껴진다. 나 역시 무기력한 상태로 오랜 시간을 보낸 적이 있다. 그러다 우연히 성석제 작가가 쓴 소설을 읽고 미친년처럼 한참을 웃었다. 웃고 나니 배가 고프고 밥을 먹고 나자 움직이게 됐다. 대단한 무엇이 아닌 사소한 하나가 상황을 바꿔 나간다. 저자는 매일 조금씩 짧은 글을 쓰며 무기력을 버텼다고, 당신도 나처럼 작은 것부터 시작해 보지 않겠냐고 다정하게 말을 건다. 그게 무엇이든, 무기력한 당신의 일상을 바꿔줄 수 있다고.

— 김양미 『매운 생에서 웃음만 골라먹었다』 『오순정은 오늘도』 저자

사람들이 외롭고 무기력한 이유는 자신의 이야기를 들어줄 사람이 없기 때문이다. 쓴다는 일은 끊임없이 자신의 이야기를 표현하고 그 이야기를 제일 먼저 읽는 행위다. 따라서 글을 쓰면서 자신을 발견하고 치유할 수 있다. 500자 글쓰기는 짧은 분량으로 시작해 글쓰기의 부담을 덜어주고 꾸준히 글을 쓰는 습관을 만들어준다. 저자는 500자 글쓰기 과정을 벌거벗은 심정으로 보여줌으로써 글쓰기를 지상의 영역으로 끌어내렸다. 이것이 이 책의 실용적 혜택이다.

– **오병곤** 터닝포인트 경영연구소 대표 『내 인생의 첫 책쓰기』, 『스마트 라이팅』 저자

우리 시대의 화두인 무기력 앞에서, 이 책은 거창한 해결책 대신 하루 500자의 글쓰기가 삶을 일으키는 순간들을 보여준다. 여기 실려 있는 글들 자체가 나를 위해 매일 조금씩 쓰다 보면 어느새 쌓여 있는 기록의 쓸모를 증명한다. 저자는 일상의 사소한 순간들이 글감이 되는 법, 꾸준히 쓰는 힘을 기르는 법을 담담하지만 유쾌하게 건넨다. 쓰고 싶지만 망설이는 이들에게 매일 쓰는 힘을 증명하며 용기를 건네는 책이다.

– 정지우 작가 겸 변호사 『돈 말고 무엇을 갖고 있는가』

『우리는 글쓰기를 너무 심각하게 생각하지』 저자

쓸 곳이 없다는 그대에게

일상의 글감 포착하기

일상의 글감을 포착한다는 것은
일상생활에서 만지고, 느끼고, 보고, 생각하는 모든 것들에 대해
글을 쓴다는 것입니다.
'너 없었으면 어쩔 뻔'은 반려견과 있었던 일을 쓴 것이고,
'상호 대차 러버' 역시 우리가 일상에서 쉽게 경험할 수 있는 일입니다.
일상의 글감을 포착해 쓰는 일이야말로
500자 글쓰기의 재료를 아주 쉽게 찾을 수 있는 일이며
주위를 잘 관찰하고 귀를 쫑긋한다면 누구나 쓸 수 있는 이야기들입니다.
아무도 관심 없는 이야기가 아닌,
내가 쓰는 500자 이야기로 컨셉을 잡는다면
어떤 글감도 하나의 이야기가 될 수 있습니다.

1. 너 없었으면 어쩔 뻔

'쉬익 쉬익 쉬익 쉬익~'

코천이라는 이름의 생명체가 마루에 있는 쉬야 패드에서 시원하게 방뇨 중이다. 방문을 열고 있으니 알고 싶지 않아도 걔의 생리 활동에 촉각이 곤두설 수밖에 없다. 시원하게 볼일을 본 후 방문 앞에 와서 자기 쉬한 거 보러 가잰다. 쉬했다고 간식은 주지 않지만, 꼭 확인해 주길 바란다. 자리에서 일어나 열 걸음쯤 걸어서 결과물을 확인하곤 '잘 쌌어~'라고 한마디 해주면, 그제야 같이 방에 들어간다. 칭찬에 인색한 부모 밑에서 자랐지만, 반려견을 잘못 길들이면 칭찬에 후해지게 된다. 혼자 있었다면 아무 말도 안 하고 꼼짝도 안 했겠지만 얘 덕분에 말도 하고 집에서 ¹⁾캐시워크 점수도 쌓고 하는 중이다.

---

1) 캐시워크: 걸음걸이가 점수로 환산되는 어플리케이션

쓸 것이 없다는 그대에게

17

2. 투고 퇴짜 메일

'흔들리는 꽃들 속에서~ 네 샴푸 향이 느껴진 거야~'

투고 퇴짜 메일을 확인하는 버스 안에서 장범준의 노래가 울려 퍼진다. 가뜩이나 좋아하지 않는 노래(내가 버스커버스커와 장범준의 노래 중에 유일하게 좋아하는 노래는 〈외로움 증폭 장치〉다.)가 BGM으로 깔리니 정중하게 거절하는 퇴짜 메일이 더욱 사무친다. 사실 이번 퇴짜가 처음은 아니다. 그래서 타격감은 덜 했지만, 버터 향 가미된 장범준의 경쾌한 목소리가 내 기분을 더 다운시켰다고나 할까. 노란색 배경이 쨍할수록 가운데의 검은 점은 선명해진다. 물론 장범준은 잘못이 없다. 문제는 시류에 맞지 않는 주제와 글감과 형식의 내 원고겠지. 버스에서 내리니 바람이 차가웠다. 에라이, 〈외로움 증폭 장치〉나 듣자.

무기력해서 쓰기 시작했습니다

3. 상호 대차 례

    책을 자주 빌리면 책을 열심히 읽을 것 같지만 빌려놓고 안 읽어서 최대한 2주 더 연장하는 사람이 나다. '이 책이 궁금하다.' 싶어도 막상 빌려놓으면 에세이류가 아닌 이상 계속 미루다가 결국 완독에 실패하고 반납하게 된다. 에세이만 주구장창 읽어대는 나는 편독 대마왕. 음식은 편식을 안 하는데 책은 편독을 하다 보니 뇌가 계발이 안 된다. 몸은 포동포동, 뇌는 비실비실. 이게 다 유튜브 때문일까. 아니, 자나 깨나 누우나 서나 방에서나 화장실에서나 핸드폰을 끼고 사는 생활 습관 때문이다. 그래서 특단의 조치로 베개 옆에 책을 놔뒀다. 오~ 효과가 있다! (오래 못 가서 그렇지) 찔끔찔끔 읽다 보니 역시 기한 내에 다 못 읽었다. 편독 대마왕이자 찔끔 독서 대마왕. 상호 대차 신청한 책 찾아가라고 알림이 왔다. 노동권 관련 책 하나, 산문집 하나, 인터뷰집 하나. 이번엔 완독할 수 있을 것 같다.

4. 안 해본 것 해보기

　프리랜서의 삶은 대부분 안 '해본 것 해보기'로 이루어져 있다. 안 해본 것의 리스트가

　1) 해보고 싶은 것이냐.

　2) 안 해봤지만 할 수 있는 것이냐.

　3) 안 해봤고, 할 수 있을지 확신도 없지만 할 것이냐 말 것이냐.

　로 나뉘어져 있을 뿐. 통장이 텅장이 되고 나니까 명확히 보였다. 프리랜서의 통장에 이름이 있다면 그것은 'Yes, I can.'이어야 하지 않을까 하는 생각. 그동안 나는 내가 못 할 것 같은 일은 거절했다. 아니, 할 수 있지만 방향에 맞지 않(다고 생각하)는 것 또한 거절했다. 두 가지만 소개해 보면 하나는 유명한 모 기업의 회사 단체복(점퍼) 디자인이었고, 하나는 아동 패션 매거진의 글 연재였다. 나는 디자이너도 아닌데 왜 첫 번째 제안이 들어온 건지 의문이다. 그 당시만 하더라도 디자인은 내 능력을 한참 벗어나는 일이며 나는 결코 그 일을 감당할 수 없을 거라는 확신이 있었기에 거절했다. (지금 제안이 들어오면

바로 거절하지 않고 OK 하기 전에 '나의 능력이 이걸 책임질 수 있는지' 알아볼 기간을 좀 달라고 할 것 같다.) 두 번째는 가성비가 떨어지는 일인 점이 거절 이유였는데 아동 패션이 내 영역이 아니라는 점도 한몫했다. 지금 제안이 오면 매달 연재만으로도 꾸벅 절을 하겠다. (후회를 안 할 것처럼 확신하고 거절했던 일도 지나고 보면 문득문득 생각이 나~ 이런 거 보면 자기 확신이란 것도 얼마나 나약한 것인지….) 지나고 생각해 보건대 내키지 않는 일까지 했다면 몸과 정신은 상당히 고됐을지언정 나의 능력은 훨씬 넓어졌을 것 같다. 그리고 이제서야 느끼는 거지만 성장과 스트레스는 정비례한다는 것도. 그래서 앞으로는 몸과 정신을 조금 혹사시켜야 하지 않을까 한다. 그렇게 하는 것에서 오는 성장과 즐거움이 또 있을 테니.

5. 다정함에 대하여

　예전에 영어 유치원의 방과 후 한글 쌤으로 일했을 때다. 부원장님의 자녀도 같은 학원에 다녔는데 자녀를 사적으로 부를 때 '스위리sweetie: 귀여운, 사랑스러운 사람~'라고 해서 좀 문화 충격이었다. 아마 그때 최초로 '다정한 부모'에 대한 감각이 깨어났던 것 같다. 많을 다에 뜻 정. 마음을 많이 쓴다는 것이 다정한 것이라면 다정한 사람은 그 마음이 상대방에게 잘 느껴지는 사람이지 않을까. 표현이 서툴고 표현이 절제된 집안에서의 다정함이란 눈에 보이지 않고 피부로 잘 느껴지지 않는다. 그렇기에 다정함이란, 자연스레 탑재되지 못하고 삶에 있어 딱히 필요하단 생각도 못 하게 된다. 하지만 애정을 주고받을 때 '마음을 쓰고 있다.'는 것이 잘 표현되지 않으면(혹은 핀트가 안 맞게 표현될 경우) 관계에서의 마찰은 발생한다. 그래서 부단히도 다양한 관계 속에서 배려와 다정함을 훈련하고 습득하면서 사회화된다. 그런 환경에서 자라진 않았지만 다정한 사람이 되고 싶다. 말 한마디, 표정에서 '내가 이만큼 마음을 쓰고 있다.'라는 게 잘

　　　　무기력해서 쓰기 시작했습니다

전달되는 사람이 좋다. 그래서 코천이한테 밥 줄 때도 매번 "꼭 꼭 씹어 먹어~"라고 말한다.

6. 제1의 욕구는 식욕

　곰곰이 생각해 보면 식욕이 강한 건 나름대로 좋은 점도 있지만 경제학적 측면에서 보면 아주 약점이 아닌가 싶다. 밥 먹은 지 네다섯 시간만 지나면 즉각 배고픔을 느끼거니와 그때 음식을 섭취하지 못하면 배고픔은 히스테릭으로 전환되거나 심해지면 분노를 유발하기 때문이다. 다행인 건 분노를 유발하기까지 내가 나의 위를 가만두지 않는다는 점인데 불가피한 상황(배달 음식이 어떠한 변수로 인해 심각하게 늦는다거나 하는)이 아니라면 배고플 시점에 미리 밥상을 차려 먹는 것을 선호한다. 또한 먹고 싶은 게 많은 것이 식욕이 강한 자들의 공통점인데 그렇기에 먹고 싶은 것을 먹으면서도 더 많이, 더 다양하게 먹지 못함을 성토하기도 한다. 그래서 식욕이 강한 자들은 두 명보다 세 명, 세 명보다 네 명이 함께하기를, 아니 정확히는 힘을(위를) 합쳐 입속의 더 많은 쾌락을 즐기기를 원한다. 제1의 욕구가 성취욕이나 안정욕이었다면, 먹을 생각보다는 돈 벌 생각을 더 많이 했을 것 같은데 그것도 좀 아쉬울 따름이다. 여섯 시 반

　　　　　　　무기력해서 쓰기 시작했습니다

이면 꼬박꼬박 밥을 먹는데 오늘 한 시간이나 늦어버렸다. 분노
하려는 위(사실은 뇌)를 글쓰기로 잽싸게 다스려본다.

7. 내가 크록서라니!

크록서(crocser). 크록스를 신는 사람들. 내가 만든 말이다. 크록스를 보면서 내가 그 신발을 돈 주고 사게 될 줄은 꿈에도 몰랐다. 90년대부터 00년대까지, 국민 실내화 하면 삼색 슬리퍼가 있었지만, 이제는 크록스의 시대다. 코천이를 키우지 않았다면 아마 크록서가 되지는 않았을 것이다. 매일 정기적으로 산책을 하기 위해서는 튼튼한 신발이 필요하다. 겨울엔 방한용 신발을 신으니까 예외지만 봄·여름·가을 똥 테러를 당해도 끄떡없고 오래 걸어도 발이 피곤하지 않으며 세척도 용이한 신발. 원래는 봄·가을엔 운동화를, 여름에는 쪼리를 신었던 것 같다. 그러다가 신발장에 남아도는 차콜색 크록스를 발견했고 '아무도 안 신으니 산책 전용으로 신어야지.' 했던 것이 365일 중에 거의 270일 정도를 신게 된 것이다. 그렇게 마르고 닳도록 신었더니 진짜 밑창이 닳아서 엄마가 버려버렸다. 그래서 다시 장만했다. 내돈내산이니 내가 좋아하는 하늘색으로다가. 예전에 신던 건 옛날 버전이라 무게감이 있었는데 새로 산 건 엄청

가볍다. 엄마는 구멍이 숭숭 나고 앞코가 엄청 커다란 투박한 신발을 왜 신는지 모르겠다고 하지만(나도 처음엔 그랬음) 신어 보면 막 신기엔 크록스가 짱임. 친구는 마음에 드는 지비츠를 샀다며 자랑하던데 극실용주의자인 나는 그런 거 없음. [2]지비츠? 난 비추!

---

2) 지비츠: 크록스 구멍에 끼우는 패션 액세서리

8. 매일 조금씩 쓰기가, 되네?!

글 쓰는 스타일 코치라는 타이틀을 쓸 때가 있었다. 오랜 고민 끝에 스타일이라고 하기엔 설명하기 어려운 부분이 있어서 다른 걸로 바꾸긴 했지만 '글 쓰는'이라는 수식어도 애매하긴 마찬가지였다. 타이틀로 쓰려면 적어도 하루 루틴에 글쓰기가 포함되어야 하지 않겠느냐는 자문에 답하지 못했기 때문이다. 이러나저러나 나에게 맞는 옷은 아니었던 듯해서 잘 벗긴 한 것 같으나 '글 쓰는'과 '스타일'이 만났을 때 그 의외성으로 인한 궁금증이 좀 아쉽긴 하다. 그러다 최근 「매일 5줄 무기력 일기」를 쓰면서 매일, 글쓰기 소스를 어떻게든 찾아내는 모습에 약간 놀라는 중이다. 물론 부담감을 덜기 위해 5줄이라는 조건을 걸긴 했지만 그래도 주 5일 쓸 수 있을 거라고는 생각하지 못했기 때문이다. 그런데 이게 또 하루의 활력이 되어주는지라 어떻게 해서든 글쓰기 소스를 발견하기 위해 머리를 굴리고 촉각을 곤두세운다. 공부는 싫어하면서 이런 데 머리 쓰는 건 좋아하는데 아마도, '재미있는 글을 쓰고 싶다.'라는 욕망을 충족시키지 못해서 그런 것 같다. 아직 갈 길이 먼 사람에게 이루지 못한 로망은 중요한 동기부여가 되니까. 그나저나 글은 이렇게 루틴화를 했는데 '옷경영'에 대한 가치는 어떻게 루틴화해서 사람들에게 알릴 수 있을까. 이 글을 읽는 모든 분께, '문제 옷장 해결과 건강한 멋 실천'이라는 참신한 코칭 및 강의가 필요하다면 24시간 오픈되어 있으니 연락 바랍니다.

9. 헌혈 후엔 고기

'점심을 너무 일찍 먹었나.' 운동하고 때까지 밀었더니 꽤 허기가 진다. '설마 일부러 헌혈하러 왔는데 빠꾸 당하진 않겠지.' 밥 먹은 지 네 시간만 지나면 째깍 배가 고파오는 몸이라 배고프다는 생각이 슬슬 머릿속에 차올랐다. 점심은 11시에 먹었고 헌혈의 집엔 4시에 도착했으니, 배고플 시간도 지났고 배고플 활동도 두 가지나 해서 배고픔에 대한 과한 집착이 혈액에 어떤 영향을 주지는 않을까 걱정이 되었다. "조금 따갑습니다~" 딸깍하는 소리와 함께 약지에서 핏방울이 새어 나왔다. 철분 수치는 12.3. 전혈을 하기에는 부족한 수치다. "다시 한번 측정할게요~"(다시 한번 측정했을 때 높이 나오기도 하므로 혈장 헌혈보다 전혈을 하고 싶다면 두 번 측정하기도 한다.) 두 번째 철분 수치는 12.5. 다행히 합격점에 걸렸다. "400ml 채혈 괜찮으실까요?", "네~" 배는 좀 많이 고프지만 피 좀 더 뽑는다고 쓰러지진 않겠지. 대기하는 공간에서 배고픔을 잊기 위해 무료 음료수인 코코팜을 종이컵에 담아 두 잔이나 마셨다. 무료 간식인

초코파이도 있지만 난 초코파이의 마시멜로가 싫어 초코파이를 먹지 않는다. 대신 몽쉘통통이나 오예스는 좋아하는데 헌혈의 집 무료 간식은 언제나 초코파이다. 아마도 맛있는 간식은 너무 빨리 없어져서 그런 게 아닐까(또는 비싸니까)라고 추측해 볼 따름이다. 코코팜의 알갱이를 씹으며 맛있다고 느낄 즈음 호명되었다. 늘 그렇듯 짱 편한 침대에 누워 짱 큰 바늘을 팔에 꽂고 400ml 피를 뽑았다. 주먹을 쥐었다 폈다 하면 피가 호스를 통해 쭉쭉 뽑혀 나가 피 주머니가 금방 찬다. 통통하게 채워진 피 주머니에게 인사를 고하며 사은품을 챙겨 밖으로 나왔다. 오늘은 헌혈했으니까 단백질로 몸보신 좀 해야겠다.

10. 멋은 거저 오지 않는다

　옷을 잘 입는 데 필요한 것은 감각과 실천 그리고 용기다. 그리고 '옷을 잘 입는다.'라는 말은 옷차림이 멋지다는 뜻으로 해석되지만 내 생각은 다르다. 수업할 때 좋은 옷차림은 건강한 옷생활옷장·쇼핑·코디를 통틀어 지칭에서 나온다고 이야기하며 '옷을 잘 입는다.'라는 것은 스타일을 넘어 옷장·쇼핑·코디 생활에도 신경을 쓰는 것이라고 이야기한다. 그러므로 옷을 잘 입기 위해서는 스타일이라는 난제도 넘어야 하지만, 스스로 옷생활을 어떻게 하고 있는지도 살펴봐야 한다. 그래서 오늘 만든 강좌도 방대해졌다. 이론과 실습 미션을 같이 넣다 보니 3주에 과연 다 클리어할 수 있을까 의심스러운 분량이 되었다. 그래도 어쩔 수 없다. 앞접시에 한 점씩 딱딱 내어주는 오마카세가 맛있긴 하지만, 익었나 덜 익었나 확인해야 하는 고기나 어떤 반찬과 어떻게 조합해서 먹을지 머리를 굴려야 하는 음식이 뇌를 좀 더 자극하지 않을까? 학습은 수동적으로 이루어지지 않는다. 멋 또한 거저 오지 않는다. 능동적으로 참여하고 실패하고 성공하며 피드백 받을 때 성장으로 이어진다. 안정적인 스타일을 선호하는 사람들의 옷차림이 자칫 지루해지는 이유다. 고정관념을 비틀고 내가 가진 틀을 깨고 나올 때 나의 세계는 확장된다. 그게 바로 스타일에서의 감각이자 실천이며 용기이다. 옷 잘 입는 셀럽들도 카메라 뒤에선 열심히 옷을 매치해 보고 아닌 것들을 제외한다. 직접 해봐야 기억에도 오래 남고 체화되어 써먹을 수 있다. 강좌 분량에 대한 걱정을 참 길게도 토로하고 있다. 쩝….

옷경영 코치가 정의하는 스타일이란? 개인이 선택한 옷차림이 모여 만들어 내는 그 사람의 분위기를 말한다. 옷을 입은 자기 모습이 마음에 든다면 누가 뭐라 하든 그것이 바로 개인의 스타일이다. 스타일은 입고 싶은 옷차림과 어울리는 옷차림의 괴리가 크지 않을 때 찾기가 수월하나 그 괴리가 클수록 접점을 찾기 어렵다.

옷경영 코치가 정의하는 옷생활이란? 옷장 정리부터 쇼핑을 통한 옷장 구성, 그리고 가진 옷을 잘 활용해 입는 코디까지를 옷생활이라고 하며 옷장 =〉 쇼핑 =〉 코디의 한 계절의 순환과 옷장에 정리/보관된 옷 =〉 입은 옷 =〉 세탁한 옷의 일상의 순환으로 이루어져 있다.

11. 마음에 드는 옷, 사진 않는 법

마음에 드는 옷 발견하기도 쉽지 않은 누군가에게는 뭔 쌉소리냐 할 것이다. 종종 핀터레스트를 즐겨보는데 언제부턴가 퀼팅 패턴 재킷이 눈에 들어왔다. 퀼팅_{누빔이라고도 함}에 알록달록한 색 또는 흑백으로 패턴이 들어가 화려한 듯 귀여운 디자인이다. 살 건 아니지만(실은 사고 싶다.) 어떤 제품이 실제로 판매 중인지 궁금해서 종종 검색해 봤는데 그동안 보이지 않았던 브랜뉴가 보였다. 마음에 드는 제품은 가격을 먼저 본다. 이런… 사고 싶지 않은데 가격까지 착하다니(더욱 사고 싶다.) 참으로 난감하지 않을 수 없다. 생각보다 저렴한 가격에 후기를 찾아봤다. 부쩍 따뜻해진 날씨에 후기가 꽤 있었다. '마음에 든다느니, 따뜻한 봄에 입기 딱이라느니, 아방하니 디자인이 귀엽다느니.' 좋은 반응 일색이다. 이런… 이러면 안 되는데. 디자인도 마음에 드는데 가격도 괜찮고 후기도 괜찮다. 이러면 방어가 쉽지 않다. 마지막 필살기를 떠올려 보자. 집에 대체 가능한 품목이 있는가? 나에겐 19년도에 구매한 녹색 누빔 재킷이 있다. 약

무기력해서 쓰기 시작했습니다

간 박시한 핏에 단정해 보이는 코듀로이 카라로 휘뚜루마뚜루 봄·가을 교복처럼 입는 중이다. 그래, 이거랑 좀 비슷하지. 물론 디자인은 완전 다르다. 그래도 역할론으로 접근한다면 완전히 대체 가능한 겉옷인 거다. 디자인·가격·후기, 쓰리 쿠션 공격으로 케이오 당할 뻔했지만 '꼭 필요해? 그거 안 사면 입을 옷 없어?'라는 진부하지만 강력한 '이성의 끈' 방어템 사용으로 미니멀리즘 무(無)소비에 성공했다. 올봄이나 가을쯤 모르긴 몰라도 유행템으로 한 번쯤은 등극할 것 같은데 그 대열에서 벌써 자유로워졌다니! 장하다 내 자신.

12. 호박붕붕이 잘 가~

　보호자도 취미가 있을까 말까인데 반려견이 아침저녁 취미 생활하기 바쁘다. 베란다로 지나가는 친구들을 구경하는데 시도 때도 없이 나가서 닫힌 창에 코를 박고 바깥을 본다. 마루와 베란다를 구분하는 투명 문은 꽤 묵직한데 어려서부터 왼쪽 앞발로 열어 버릇해서 혼자서 잘 열고 열린 채로 마루로 컴백한다. 날이 따뜻할 땐 상관없지만 추운 겨울엔 반려견 취미 생활 지켜주다 수족냉증이 심해질 판이다. 어제도 그렇게 코천이랑 밖을 보는데 갑자기 엄청나게 큰 오토바이 소리가 들려서 '으아악' 소리치며 마루로 들어왔다. 코천이도 들어왔나 확인해 보니 이 녀석은 벌써 멀찌감치 들어와서 견제 중이다. 이 정도 데시벨의 '부아아앙'이면 똥파리 아니면 말벌인데(말벌도 날갯소리가 나나?) 둘 다 피해야 할 생명체긴 하다. 이대로 놔둘 수는 없고 생명체 확인 후 결단을 내려야 한다. 베란다 밖으로 날려 보낼 결심! 도대체 뭘까? 마루에 불을 켜고 어두운 베란다를 보니 엄지손가락 반만 한 호박벌이 투명 문에 머리를 박고 있었다.

　　무기력해서 쓰기 시작했습니다

'아이고, 아플 텐데~' 호박벌은 귀엽지만(원래 동글동글하고 2등신에 가까울수록 귀여운 게 국룰) 독이 있다고 알고 있어(찾아보니 독성은 강하지 않지만, 양이 많아 아프다고 한다. 하지만 수컷은 독이 없다고) 조심해야 한다. 마루와 베란다 사이의 문을 조심스레 열었다. "호박이 어딨니?" 마루문틈 사이에 껴 있네. 얇은 부채로 쿡쿡 찔러 부채 위로 옮겨 왔다. 대체 베란다에 어떻게 들어온 거야. 모르긴 몰라도 아주 쌩쌩해 보이진(문에다 그렇게 몸을 박으면 나 같아도 성치 않을 듯) 않는데 바깥문을 열어 날려주었다. (사실 몇 번의 실패가 있었지만, 다행히 성공) 휘유… 한 마리의 생명체를 또 이렇게 방생하다니! 해마속 좋은 일 리스트에 적어보자. 작년 봄에 부쩍 길에 죽어 있는 호박벌을 자주 봤다. 코천이랑 산책하다 보면 왕 커서 눈에 왕왕 잘 보이는 호박벌을 발견하는데 왕 뚱뚱해서 그런지 더 안쓰럽게 느껴진다. 올봄에는 죽은 호박벌 좀 덜 보길! 날아간 호박붕붕이가 완생하고 죽길 바라본다.

13. 삶은 복근 운동

　운동 자체를 좋아한다기보다는 운동을 한 후의 개운함을 좋아한다. 땀을 빼는 건 굉장한 심신 치유 능력이 있는데 운동을 하고 나면 어느새 부정적인 생각은 사라지고 희망찬 생각이 솟아나는 나를 발견한다. 단점은 희망 회로를 돌려 기운과 에너지를 샘솟게 할 뿐, 그다지 이성적이고 전략적인 스텝으로의 발돋움은 못 한다는 것인데 운동에 너무 많은 걸 기대하지 말자. 기운과 에너지도 공짜로 얻기 힘든 거다. 여하튼 오늘도 끙끙대면서 복근 운동을 하는데 문득 삶이 복근 운동 같다는 생각이 들었다. 우리는 모두 고통 없이 행복해지고 싶어 하는데 한 40년 살아보면 안다. 고통 없는 행복은 없다는걸. 물론 똑똑한 요즘 젊은이들은 더 빨리 캐치할 것이다. 유튜브만 봐도 '쇼펜하우어의 삶은 고통'이라는 영상이 수두룩하니까. 맛있는 걸 먹을 때는 그 순간이 즐겁고 행복하다. 하지만 예민하지 않고(예민한 사람은 같은 양을 먹어도 살로 덜 간다.) 먹는 걸 좋아하며 가만히 있는 걸 즐기는 사람은 먹는 즐거움만큼 칼로리 소모를 따로

　　　　　　　　　무기력해서 쓰기 시작했습니다

해줘야 현재 모습을 유지할 수 있다. 맛있게 먹는 건 좋지만 적정 체중은 유지하고 싶다면 먹는 것만큼 고통(적정 운동)도 일상화해야 하는 것이다. 솔직히 복근 운동 하기 싫다. 근육이 없기 때문에 제일 힘들고 고정된 자세로 배를 자극해야 하므로 재미도 없다. 그래도 오늘의 고통이 삶의 행복(만족감)으로 치환됨을 알기에 매번 매트에 눕는다. 누가 보면 복근 운동 엄청 빡세게 하는 줄 알겠지만, 또 빡세게 하는 건 싫어서 윗배 운동 하나, 아랫배 운동 하나 이렇게 하고 끝이다. 고통은 짧게 행복(쾌락)은 길게. '삶은 복근 운동'이라는 글을 쓰기엔 복근 없는 올챙이배지만, 사람 배로 거듭날 그날을 위해! 오늘의 쾌락은 빼빼로닷.

14. 후토마키 떡다 입 찢어질 뻔

새로운 음식은 재밌다. 나는 새로운 음식은 잘 도전하지 않는 푸드 보수주의자지만 누군가와 밥을 같이 먹을 때는 푸드 양보주의자가 되기도 한다. 상대방이 밥을 살 때는 더더욱. 이번에 먹게 된 건 후토마키. 김밥처럼 생긴 음식인데 한 1.5배 더 크다. 주먹만 한 크기의 쌈도 웬만해서는 잘 먹는 입 크기의 소유자인 내가 봐도 주저하게 되는 크기다. 일단 재료들이 김과 밥으로 싸여 있는 걸로 봐서 한입에 먹는 게 정석인 것 같다. (물어보진 않았다.) 와사비 푼 간장에 톡톡 찍어 입을 있는 힘껏 벌려 입안에 안착시킨 후 꼭꼭 씹어 먹었다. 입안에 꽉 차다 보니 (지름이 한 7㎝는 되는 듯) 저작 운동이 쉽지 않다. 대체 입 작은 사람은 어떻게 먹으라는 거지? 한입에 먹어봤으니 잘라도 먹어보자. 최대한 깔끔하게 반입 베어 물었다. 접시에 재료들이 흐트러지고 맛도 없다. 나머지 후토마키들은 모두 한입에 먹었다. 이럴 줄 알았으면 입가에 립밤 좀 듬뿍 바르고 올걸. 소개팅에서 후토마키를 시킬 일은 없겠지만 잘 보이고 싶은 사람과

무기력해서 쓰기 시작했습니다

함께 먹으면 안 되는 음식 파이브에 넣어보자. 궁금해서 검색해 봤다. 후토마키라고 치니 '후토마키 먹는 법'이라고 자동 완성이 되네. 후훗. 역시 사람들 생각은 다 똑같은 건가? 후토는 **커다 란, 통통한**이란 뜻이고, 마키는 **돌돌 말다**라는 뜻이다. 이름은 귀 여운데 먹기가 겁나 힘들다. 이 음식은 입이 꽤 큰 사람이 발명 한 것이 아닌가 추측해 본다. 언젠가 다시 먹을 일은 없을 것 같 지만 도전한 음식 리스트에 넣어보자. 후토마키, 여러분은 어떻 게 드시나요?

15. 실링 왁스 보는 재미

불멍과 물멍이 왜 좋냐면 아무 생각 없이 봐도 편하기 때문이
다. 과한 생각에 지친 머리를 식히기 위해선 아무 생각 안 하는
것만큼 힐링도 없다고 생각하는데 그러고 보니 외향형 친구들
이 캠핑으로 힐링하는 것처럼 내향형인 나는 방구석에서 실링
으로 힐링하는 중이다. 실링 왁스가 접근성이 쉽고 진입 장벽이
낮다 보니까 유튜버들이 쉽게 시작하는데 그래서 골라 보는 재
미가 있다. 다른 사람들이 어떤 니즈로 실링 왁스 영상을 보는
지 모르겠지만 난 순전히 '멍때리는' 용도이다. 그러면서 다양한
인장을 구경하는 재미, 유튜버들이 왁스를 오려서 작품으로 승
화시키는 재미, 동글동글 귀엽고 다양한 색감의 왁스를 보는 재
미 등 그냥 보고만 있으면 시간이 참 잘 간다. 영상으로 보면 단
순히 왁스만 녹여서 인장으로 찍는 것 같지만 왁스를 녹일 때
나오는 냄새가 좋진 않기 때문에 환기도 잘 시켜야 하고 전용
마스크를 사용하기도 한단다. 그리고 타임랩스 기능으로 영상
을 보는 나는 지루하지 않지만, 왁스가 녹는 시간, 굳는 시간까

지 합하면 하나의 완성된 인장으로 찍히기까지 시간이 꽤 걸린 다고 한다. 세상에 쉬운 것은 없다. 그러니 고도의 기술이 필요 하지 않고 쉽게 해볼 수 있지만 또 누구나 오래 지속할 수 있는 작업은 아닌 것이다. 뉴 페이스라 하더라도 각자의 개성이 있고 보는 재미가(난 힐링물로 보기 때문에 BGM이 깔리는 것보다 BGM 없이 ASMR처럼 보는 것을 선호한다.) 다르므로 알고리 즘으로 추천해 주는 실링 왁스 영상은 거의 다 챙겨 보는 편이 다. 오동통한 실링 왁스가 그릇에 부딪히는 소리, 뾰족한 집게 로 실링 왁스 고를 때 왁스끼리 부딪히는 소리, 소리는 안 들리 지만 왁스가 녹을 때의 모양, 실리콘 판에 부을 때 흘러내리는 왁스의 점도, 왁스가 굳기 전에 인장을 꾹 누르는 강도, 모양이 잡혔겠다 싶어 인장을 떼어낼 때 "쩍!" 하고 왁스에서 떨어지는 소리, 그 모든 것이 '실링 왁스 멍'의 매력이다. 어느 댓글에서 그러더라. 현생을 살라고. '네, 알겠습니다. 실링 왁스 영상 쫌 만 더 보고 일할게요.'

16. 요즘 생긴 취미

취미란 뭘까. 취미가 되기 위해서는 필요한 요건이 있다. 기질과 성향에 맞아야 하고, 관심이 있는 분야여야 하며, 그 행위에 자기만의 의미를 부여할 수 있는 것. 예를 들어 실링 왁스 영상 보는 것이라면 집순이라는 기질과 성향에 맞고 콘텐츠 제작 측면에 관심이 있으며(실링 왁스 자체보다는 각 유튜버가 실링 왁스를 활용해 어떤 식의 영상을 완성해내는지가 더 재미있다.) 영상을 통한 심리적 안정 등이 그러한 요건일 것이다. 예전부터 관심 있게 지켜보며 그 수가 '꽤 많구나.'만 느끼고 있었는데 최근 시작한 취미가 있다. 그건 바로 유튜브 댓글(또는 영상 자체)에서 '틀린 맞춤법 수집'이다. 안 쓰는 단어를 쓸 때 순간 헷갈릴 때가 있다. 그러므로 누구나 맞춤법에 완벽할 수 없고 때로는 틀릴 수도 있다. 하지만 간혹 '이런 단어를 틀린다고?' 느낄 때가 있는데 이거 수집해 놓으면 언젠가 콘텐츠가 되겠다 싶어 열심히 수집 중이다. 나이 들어보니 확실히 그런 건 있더라. 확증 편향처럼 내가 보고 싶은 것만 봐서 내 생각이 강해지는 것도 있

무기력해서 쓰기 시작했습니다

지만, 내가 관심 있는 것들을 찾다 보니 그런 것들이 모여 나의 세계를 이뤄간다는 것. 최근에 '뉴스 안 하니' 유튜브에서 김대호 아나운서가 예전엔 **표류**한다는 느낌이었는데 요즘엔 **순항**하는 것 같다고 말했다. 잔잔한 건 똑같지만 순항은 어느 목표를 향해 가는 것이고 표류는 어디로 가는지 모르고 가는 것이라고. 가까이서 보면 잘 보이지 않지만 멀리서 보면 표류는 다각형이나 뾰족한 별표에 가까울 것 같고, 순항은 지그재그로 선이 섞인 것 같지만, 멀리서 보면 두세 개의 화살표에 가까울 것 같다. 요즘 생긴 취미 이야기하다 삶의 방향성에 관해 이야기하고 있는데 결론은 뭐다? 갈수록 맞춤법에 집착할 것 같다는 말~

17. 마흔에 새로 배우는 말

　최근에 손석희 아나운서가 쓴 『장면들』이라는 책을 읽으면서 재미있다고 느꼈다. 내가 좋아하는 작가의 책이나 진짜 웃겨서 좋아하는 에세이 책도 있지만 『장면들』은 뭔가 새로운 느낌이랄까. 엄청난 파장을 일으킨 사회적 이슈에 대해 그 중심에서 사건을 보도한 한 명의 사람으로 진중함과 냉철함, 어른스러움으로 그 소회를 밝힌 것이 지적인 감수성으로 다가왔다. 문체는 재미와는 거리가 멀다. 하지만 뉴스룸을 한 번이라도 본 사람이라면 책을 읽음과 동시에 손석희 아나운서의 목소리가 들리는 듯하니 그것 또한 색다른 재미다(목소리 너무 좋으셔). 유려하게 말을 잘하는 사람을 보면 일상 단어와 비일상 단어를 섞어서 쓰는 것을 알 수 있다. 일상 단어는 누가 들어도 쉽게 알 수 있는 말이지만 비일상 단어는 의미는 알지만, 평소 잘 쓰지 않는 표현들이다. 글은 쉽게 쓰는 것이 좋다고 한다. 말도 비슷해 보인다. 하지만 쉽게 쓰는 것보다 중요한 것은 정확하게 쓰는 것이다. 퍼즐을 맞추듯 이 맥락에 더 잘 어울리는 표현이 중급 어휘라면 중급 어휘를 골라 넣는 것이 맞다. 표현이 정교해질수록 전달력은 높아진다. 그래서 말을 할 때 우리가 자주 사용하지 않는 중급 또는 고급 어휘를 잘 골라 쓰는 사람을 보면 '**말을 참 잘하네.**' 또는 '**머리에 쏙쏙 박히네.**'라고 느끼는 것이다. 그래서 글을 읽거나 영상을 보거나 할 때 내가 몰랐던 단어나 기억하고 싶은 단어는 그 정의를 찾아보고 메모장에 기록해 두는 편이다. 오늘 새로 알게 된 단어는 '족대'인데 물에서 고기를 잡기 위해 고기를 한 쪽으로 모는 망으로 이루어진 도구를 말한다. (그냥 그물이나 망으로 알았지, 그 도구에 이름이 있다고는 전혀 생각하지 못했다.) 나의 어휘력 부족을 심히 깨닫는 작업이긴 한데 갑자기 「마흔에 새로 배운 단어들」 혹은 「중년의 어휘력」 같은 기획이 떠올랐다. 음… 일단 기획 노트에 적어두고, 오늘은 '족대'부터 외워야지.

18. We Are The Champions

　코천이랑 산책을 할 때 지나는 초등학교가 있다. 탄천으로 가기 위해 지나는 초등학교로 오늘은 근처에 가지도 않았는데 함성이 엄청나게 들려서 운동회 하나 보다 생각했다. 그리고 학교에 가까이 가니 이제 막 뭔가가 끝나고 청팀과 백팀으로 나눠서 계주를 시작했다. 정말 오랜만에 보는 운동회라 나도 덩달아 신나서 훔쳐보게 되었는데 응원 노래가 신해철의 〈그대에게〉 (24년도에도 사용되는 91년도 노래라니!!)라서 감흥이 엄청났다. 내가 구경하는 담벼락 쪽에 가족들이 돗자리를 깔고 응원 중이었는데 코천이도 다행히 낑낑거리지 않아서 다섯 바퀴쯤 돌 때까지 가족인 척 구경했다. 내 쪽에서 잘 보이는 트랙 반 바퀴는 여학생이, 잘 안 보이는 트랙 반 바퀴는 남학생이 달렸다. 초반에는 백팀이 우세하다 노래가 클라이막스에 다다르니 청팀이 역전했다. 손에 땀을 쥐고 어떤 팀이 이길까 눈을 동그랗게 뜨고 응원했는데 달리는 학생들의 표정이 '젖 먹던 힘까지' 끌어올린 표정이었다. 그런데 갑자기 '뭉클'한 거. 초딩들이 계주

무기력해서 쓰기 시작했습니다

한 번 이겨보겠다고 최선을 다해 뛰는데 갑자기 막 부끄러워지더라. 난 언제 저렇게 최선을 다했었지? 그런 생각을 하던 차에 백팀이 다시 역전. 승리는 백팀이 가져갔다. 학생들보다는 학생들 부모님을 더 신나게 했을 것 같은 〈그대에게〉 노래가 끝나고 퀸의 〈We Are The Champions〉(77년 앨범)가 흘러나왔다. 혹시라도 경기에서 진 아이들이 실망하지 않도록 최선을 다해 뛴 우리가 모두 챔피온이라고. "위~ 아 더 챔피온스~ 마 프랜 ~ 앤 윌~ 킵 온 파이팅 틸 디 엔드~ 위~ 아 더 챔피온스, 위~ 아 더 챔피온스~" 노래를 흥얼거리며 생각했다. 선곡 레파토리 참 좋긴 한데… 요즘 애들은 요즘 노래 더 좋아하지 않을까 하는 노파심이….

19. 임자 있는 수건에 대하여

　사람은 당황한다. 언제? 예상치 못한 일에 부딪혔을 때. 오늘의 계획은 이랬다. 운동을 하고 목욕을 하고 스타벅스 쿠폰으로 맛있는 커피 마시기. 때를 밀고 나와 마시는 커피(물론 맥주가 더 맛있다.)는 얼마나 맛있게요? 신나게 몸을 씻고 탈의실로 나가려는데 어라? 수건이 없네? 정확히는 수건을 넣어 온 비닐만 덩그러니 있고 수건은 사라진 것이다. 아오~ 내가 이런 일을 다시 겪을 줄이야!! 때는 바야흐로 코로나가 발발하고 운동 시설이 재개되었던 21년쯤이었던 것 같다. 수건을 처음 도둑맞았을 때 별로 대수롭지 않게 여겼다. 그럴 수도 있지. 그런데 두 번째 도둑맞았을 때는 대응이 필요하다고 생각했다. 목욕탕의 입구 즉, 탈의실로 건너가는 입구에는 개인 물품을 놓을 수 있는 선반이 길게 있는데 다들 그곳에 수건을 놓고 탈의실로 가기 전에 몸을 닦는다. 나 역시 그곳에 수건을 놓았다가 그런 불상사가 두 번이나 일어난 것이다. 게다 두 번째는 현장에서 범인을 잡았었다. 남의 수건으로 몸을 한참 신나게 닦던 아주머니에게 "그거 제 수건인데요?"라고 하니 "공용인 줄 알았어요."라고 말씀하셨다. 이 사태를 어떻게 해야 할까. 수건에다 이름을 대문짝만 하게 써놓을 수도 없고 특이한 수건 색으로 바꿀까 하다가 수건 위에 작은 명판을 놓기로 했다. 뭐라고 쓰면 좋을까. **주인 있음.** 너무 딱딱해. **가져가지 마시오.** 너무 부정적이야. 내 것이라는 걸 알리면서도 위트가 담겼으면 좋겠는데 말이지. 그래서 결국 생각해낸 여섯 단어. **임자 있는 수건.** 꺄~ 너무 마음에 들어. 역시 작가 선생이야. 움핫핫~! 자화자찬으로 명판을 만들어 꽤 오랫동안 들고 다녔고 수건이랑 한 세트에 자리를 했으며, 그 명판을 본 아주머니들에게 소소한 웃음을 선물했다. 그런데 명판이 필요 없어진 지금 또 그런 사태가 발생한 것이다. 아오~ 정말 남의 수건을 가져가면 나는 어떻게 닦으라고요~ (물론 일하시는 여사님께 부탁해 비상용 수건을 받을 수 있지만, 그 수건은 작고 얇아 뽀송뽀송하게 닦기엔 무리다.) 도둑이 그것까지 생각하진 않겠지만 이런 일이 일어날 때마다 스트레스다. 여사님한테 수건을 빌리는 것도 번거롭지만, '누가 내 수건 가져가나~' 의심의 눈초리로 탕에서의 여유를 즐길 수가 없기 때문이다. 의심하고 싶지 않다. 속박되고 싶지 않다. 자유롭게 내 시간을 즐기고 싶다. 이 모든 것을 한 큐에 해결해준 임자 있는 수건 명판이 그립다.

20. 에세이 금독 기간

두꺼운 책을 빌리면 잘 안 읽게 된다. 하지만 쓴 약일수록 몸에 좋은 법. 반납 기한이 되었다는 카톡 문자를 확인한 뒤 일주일 더 연장해 본다. 어제 읽은 에세이를 마지막으로 6월 한 달은 에세이 금독(禁讀) 기간으로 정했다. 에세이를 많이 읽어서 그런지 비슷비슷한 내용이 많고, 글 취향이 있다 보니 마음에 드는 필력이 아니면 눈에 잘 들어오지를 않는다. 에세이를 읽고자 하는 이유는 세 가지로 첫 번째는 수업에 도움이 되고자이다. 가급적 다양한 이들의 이야기를 읽으면 개인의 이야기를 풀어내는 데 도움이 되지 않을까 하여 읽는다. 두 번째는 궁금해서다. 나도 에세이라 우기는 일기를 많이 쓰지만, 남들은 에세이를 어떻게 쓰는지 궁금하다. 특히 이름난 작가들의 에세이를 주로 읽게 되는데 생각보다 특별히 재미있는 내용은 없고 사유를 위한 사유의 글이 많다. 내가 좋아하는 에세이는 '특별한 경험'이나 '유머가 있는 글'이나 '남다른 통찰'이 있는 글이다. 이세 가지를 다 담고 있기란 어려우니 한 가지만 있어도 마음에 드는 작가로 찜하게 되는 것인데 에세이 범람 시대의 에세이란, 주먹만 한 찹쌀을 주우욱 당겨 어떤 토핑도 들어 있지 않은 패밀리 사이즈의 피자 도우를 만드는 격이랄까. 물론 그렇게 만든 빵이 매우 맛있을 순 있다. 그리고 그런 글을 좋아하는 사람은 꽤 많다. 자극적이지 않고 따뜻한 글. 하지만 나에겐 그다지 재미도 감흥도 없는 책이라 이제 에세이를 좀 멀리해야겠다 다짐했다. 참, 세 번째 이유를 빠뜨렸군. 세 번째 이유는 영감을 얻기 위해서다. 글쓰기도 콘텐츠 생산의 일환이므로 어떤 글을 어떻게 쓰는지 보면 컨셉이나 기획에 도움이 된다. 하지만 역시 글이 재미있어야 책을 읽게 되므로 표지나 제목을 위트 있게 디자인하고 지었다고 해도 알맹이가 지루하면 읽지 않게 된다. 어쩌면 내 나이 때문인지도 모른다. 20대엔 유의미했던 이야기도 30대엔 뻔하게 느껴지기도, 40대엔 코웃음을(물론 대놓고 치진 않지만) 치게 되기도 하니까. 나만의 기준과 안목을 갖고 좀 더 철저히 책을 고르지 않은 나의 잘못이기도 하다. 편한 책만 읽고자 했던 나의 안일함과 게으름으로 인한 결과임을 이 글을 쓰면서 깨닫는다. 어리석은 중생이여! 자, 이제 책상 위에 덩그러니 놓여 있는 벽돌책을 정복, 아니 정독해 보자.

21. 밀키트 콩국수 레시피

  콩국수를 먹기 전, 여름을 버티게 하는 건 무조건 냉면이었
다. 하지만 콩국수를 먹기 시작한 지금은, 날이 더우면 콩국수
가 제일 먼저 생각난다. 그래서 30도에 육박한 오늘, 저녁은 콩
국수로 정했다. 콩국수를 좋아하니 콩국수가 메뉴로 있는 집을
찾아다니며 콩국수 취향을 알아갔다. 개인적으로 묽은 것보다
진한 것을 좋아하고 너무 꾸덕한 것보다는 적당히 걸쭉하고 부
드러운 게 좋다. 콩국수를 먹기 시작한 건 30대 후반부터다. 20
대에 한 번 먹을 일이 `있었는데 우유 같은 비주얼이 맛도 비릴
것 같아 도저히 시도할 수 없었다. 하지만 인간의 입맛이란 오
묘하게도 나이가 들면 변하는 법. 혼자 살 때 갑자기 콩국수를
먹고 싶어 검색해 간 콩 전문점의 콩국수는 딱 내 취향의 별미
였고, 같이 주문한 고추튀김은 극강의 맛 짝꿍이었다. 고소하고
담백한 아이는 느끼하고 바삭한 아이와 잘 어울리는 법. 서로
에게 없는 맛을 채워주고 각자의 맛을 더 극한으로 느끼게 해줘
돈이 전혀 아깝지 않았다. 그 이후로 몇 번 다른 가게에서 콩국

무기력해서 쓰기 시작했습니다

수를 먹게 되었는데 백태노란콩를 사용하는지, 서리태검은콩를 사용하는지 소면을 사용하는지, 중면을 사용하는지, 메밀면을 사용하는지만 다를 뿐 맛이 없었던 콩국수는 한 번도 없었다. (그런 거 보면 웬만한 콩국수는 그냥 다 맛있는 거 아닐까?) 하지만 9,000원의 콩국수를 자주 사 먹는 건 확실히 부담스러운 일. 좀 더 저렴하게 콩국수를 자주 먹을 수 없을까 하고 알아보니 콩물을 팔더라. 동네의 두부 전문점에서 콩물을 살 수 있었다. 그렇게 시작된 나의 밀키트 콩국수 레시피! 왜 밀키트냐. 직접 하는 건 없고 완성된 제품의 조합으로 만들기 때문이다. 준비물은 콩물, 비빔면이다. 국수로도 삶아서 먹어봤는데 생각보다 비빔면의 얇은 면발이 콩물과 잘 어울린다. 비빔면의 소스는 어떻게 하냐고? 뭘 걱정이셔. 냉장고에 넣어놨다가 골뱅이 무쳐 먹으면 되지. 그렇게 비빔면 한 봉지와 동네 두부 전문점에서 구매한 백태 콩물 500ml를 잘 담아주면 그럴싸한 콩국수 완성! 이때 주의할 점은 소금을 넣은 뒤 휘휘 저어 잘 녹여 먹어야 한다는 점이다. 소금이 녹기까지 시간이 걸리는데 '왜 간이 안 맞지?' 하면서 자꾸 넣으면 혀에서 요동치는 짠맛을 느끼게 된다. 콩국수를 좋아한다면, 비빔면 콩국수를 먹어보길 세상의 요똥(요리 똥손)들과 요귀(요리 귀차니스트)들에게 고하는 바이다.

22. 생각보다 계획형 인간

어제 잠을 설쳤다. 새벽 6시 15분에 집을 나서야 했기 때문에 평소보다 빠른 10시 반에 잠을 청했는데 역시 내 몸은 내 맘 같지 않다. 2시간이나 뒤척이다 잠든 것을 다행으로 여겼는데 역시나 꿈도 같은 레퍼토리. 준비할 게 많거나 좀 멀리 가야 하는 강의 전날에 꾸는 꿈은 매번 비슷하다. 준비물을 챙기지 않았거나, 강의 시간에 늦었거나. 한 달 전 예매한 SRT의 시간을 체크하고 또 체크했다. 집에서 걸리는 시간을 예상해서 한 20분 정도의 여유 시간을 두고 출발했다. 생각보다 수서역에서 SRT 타는 곳까지 거리가 좀 있더라. 예전에 탔을 때는 가깝다고 느꼈었는데 예상에 없던 거리감이라 살짝 당황했지만, 여유 있게 나왔기에 당황을 잘 다스릴 수 있었다. 화장실도 들르고 아침(식사)형 인간이라 샌드위치랑 커피, 물도 샀다. 짐은 전날에 다 싸두었는데 요령은 자기 전에 더 필요한 것이 없는지 시뮬레이션을 해보는 것이다. 가서 입을 옷과 세면도구 및 화장 도구(래봤자 팩트랑 립글로스), 가장 중요한 강의 준비물까지. 음… 빠진

무기력해서 쓰기 시작했습니다

건 없는 것 같군. 강의 전까지의 동선도 미리 체크해 보면 좋다. 점심(식사)형 인간에게 밥심은 중요하므로 강의하는 곳 주변의 맛집을 검색한다. 뚜벅이라 지하철역에서 너무 멀어선 안 되고 짐을 풀 숙소 근처라면 더더욱 좋다. 1시간 동안 밥을 먹고 옷을 갈아입고 화장도 해야 하는데 상황 봐서 어려울 것 같다면 맛집은 포기다. 강의 후의 일정은 친구랑 같이 짰다. 구직 중이라 시간 여유가 있는 친구가 합세해서 이번 강의 여행은 처음으로 동행인이 있다. 딱 알맞게 SRT에 탑승해서 샌드위치도 먹고 내가 좋아하는 커피도 한잔 때리고 맑은 날씨의 창밖을 보며 이 글을 쓰는 중이다. 오늘 글 쓸 시간이 없을 것 같아 SRT에서 글을 써야지 생각했는데 다행히 배가 부르니 글감이 떠올랐고, 바쁜 일정이 시작되기 전 오늘의 글 숙제를 마치게 되었다.

23. 맛집 찾는 거 좋아해

관심이 있다는 건 좋아한다는 것이다. 마음이 간다는 건 좋아한다는 것이다. 하고 싶다는 건 좋아한다는 것이다. 누구에게나 그런 것들은 존재한다. 맛녀'맛있는 녀석들' 먹는 프로그램의 시초가 시작하기 한참 전부터 복스럽게 먹는다는 이야길 참 많이 들었다. 지금 아이들은 알 수 없는, 도시락을 싸서 다니던 시절의 이야기. 입이 짧고 먹는 것에 관심이 없었던 첫째와는 달리 뭐든 잘 먹고 식욕이 왕성했던 둘째를 위해 엄마는 일반 도시락이 아닌 3단 찬합에 밥을 싸주시곤 했다. 입맛이 까다로울수록 미식가가 되는 듯한데 나는 그저 뭐든 잘 먹어 호식가가 되었다. 이러한 음식(먹는 것)에 대한 애정으로 말미암아 때로 누군가를 만날 때, 누군가를 만나서 즐거운 것인지 그 사람과 만나 먹게 될 음식 때문인지 스스로도 헷갈릴 때가 있는데 음식 때문이라고 하면 너무 원시인 같으니까 만나는 게 더 좋아서라고 포장해 본다. 그래서 친구들과 만날 때면 나보다 더 적극적인 누군가가 없는 한, 내가 나서서 밥집을 찾는 편인데 이게 또 비교ㆍ

분석에 능한 나의 기질에 잘 맞다. 맛집을 찾을 때 중요한 건 일단 식성이다. 나와 친구가 좋아할 만한 것이어야 하고 그날 끌리는 것이어야 한다. 내가 먹고 싶다고 콩국수나 닭발 같은 메뉴를 고를 순 없는 것이다. 두 번째는 분위기와 가성비다. 아무리 맛집이어도 사람에게는 용납할 수 있는 범위가 있다. 최근에 검색하다가 어떤 치킨집에서 양배추 케첩 마요 무침치킨 먹을 때 치킨 무와 같이 나오던 짝꿍을 8,000원에 팔던데 그런 메뉴가 있는 가게는 결코 선택할 수 없는 것이다. 세 번째는 그날의 무드다. 이건 애써 맛집을 결정해 놓고도 바꿀 수 있는 여지를 남겨놓는 것인데 밥집을 가기로 했지만, 당일 갑자기 술이 땡긴다거나 시원한 맥주가 생각난다면 술집으로 옮길 수도 있는 것이다. 1인당 밥값으로 2만 원은 아까워도 안주값으로 2만 원은 아까워하지 않는 사람, 그게 나다. 그래서 누구를 만나든 자처해서 맛집을 고르는 것이 수고스럽지 않다. 오히려 나의 돈과 입맛을 내가 원하는 대로 충족시킬 수 있으니 효율과 효과 측면에서는 더 만족스럽다고나 할까. 내가 고른 맛집을 함께 간 사람이 좋아해 주면 더 좋고. 하지만 내가 고르지 않은 맛집을 경험하는 것 또한 좋아한다. 그래서 나보다 더 적극적으로 골라주는 이가 있다면 나 또한 아주 별로지 않는 이상 따라가는 편이다. 그렇게 해서 새롭게 먹게 되는 음식 또한 호식가에게는 즐거움이다. 오랜만의 서울 나들이에 들떴으나 강남 물가에 눈이 동그래질 수밖에 없었고, 와중에 맛집을 찾느라 내 눈은 좀 더 충혈되었다. 그래도 마음에 드는 가성비의 맛집을 찾았으니 내 선택이 틀리지 않았기를 식도락의 신에게 빌어본다.

24. 엄마는 왜 그럴까? (딸은 왜 그럴까?)

친구들이 재밌다며 추천해 준 드라마가 진짜 재밌어서 헬스장에 핸드폰을 가져갔다. (평소엔 운동에 집중하느라 락커에 보관한다.) 내가 좋아하는 파란 천 매트에 누워 복근 운동을 하는 둥 마는 둥 귀에 이어폰을 꽂고 드라마 삼매경에 빠져 있는데 카톡이 왔다. **저녁에 순댓국 먹으러 갈까요?** 산에서 눕방산의 흙바닥에 누워 있는 것 중이라는 엄마의 카톡이었다. **좋아요.** 먹는 데는 빼지 않는 먹순이인 나는 바로 답장을 했다. 내가 좋아하는 최애 순댓국집의 순댓국은 언제 먹어도 맛있고 공깃밥을 추가로 시키지 않아도 밥이 부족하다고 말하면 한 공기를(요즘 공깃밥은 온전한 한 공기가 아닌 60%만 담아주므로 내 식욕에는 100% 부족하다.) 더 준다. 그렇게 맛있게 순댓국을 먹고 마을버스를 타고 집에 왔다.

"왔다 갔다 차비가 3,000원. 배보다 배꼽이 더 크다."
"맛있게 먹고 왜 그런 말을 해?"

"아니, 말도 못하냐?"

그래 말은 할 수 있지. 다만 맛있게 먹고 굳이 그런 이야기를 하는 의도를 나는 이해하기 어려울 뿐이라 더 이상 말을 하지는 않았다. 엄마의 언어 방식과 나의 방식은 아주 다르다. 나는 말에는 대부분 의도가 담겼다고 생각하는 편이다. 그래서 말이 많은 편도 아니지만 특히 쓸데없는 말은 삼가는 편이다. 게다 맛있게 먹고 '비싸다는 둥', '뭐가 어떻다는 둥' 그 상황을 부정하는 말은 가급적 하지 않는다. 나에게 중요한 건 사실보다 말의 효용 가치이며 이미 지나간 일에 대해서는 꼭 짚고 넘어갈 일이 아니라면 가타부타하지 않는 편이기 때문이다. 게다가 말의 효용성에 대해서도 의미를 두는 편이라 가급적 필요한 비판이라면 어떻게 말하는 게 가장 좋을지도 신중히 생각하는 편이다. 커피를 좋아해 편의점 커피를 쟁여두고 마시는 나에게 엄마는 중독이라는 말도 거침없다. 벌써 몇 년째인지 모른다. 5년 넘게 편의점 커피를 쟁여놨다 아이아이스 아메리카노로 바꾸기를 반복하는 중인데 오늘도 아침부터 엄마가 '중독, 중독' 해서 심기가 불편했다.

"딸이랑 아들(딸은 커피, 아들은 술이다.)이 중독이라 좋겠다."
"중독을 중독이라 그러지, 뭐라고 해."
"어차피 마실 거 기분 좋게 놔두면 안 돼?"

"이렇게 말해도 기분 좋게 마시면 되지."

'아오~ 그렇게 중독중독 한다고 커피를 끊냐고요.' 엄마 딴에
는 그렇게 말하면 딸과 아들이 "어머니, 제가 중독이었군요. 소
자, 깨닫지 못한 부분을 알려주셔서 감사합니다. 내일부터 커피
를 끊도록 하겠나이다." 이렇게 나왔으면 하는 바람에 이야기
하는 것이겠지만 내가 보기엔 효과도 없고 기분만 나쁘다. 정말
최악의 소통 방식인 것이다. 아들은 무대응으로 일관하고 딸은
대응으로 일관하는데 여러모로 무대응이 훨씬 현명해 보인다.
그래서 정말 엄마가 저렇게 이야기할 때는 목구멍을 틀어막아
나의 대응 체계를 무력하게 만들고 싶다. 나는 왜 무대응을 하
지 못하는가? 앞으로는 나도 무대응으로 대응해야겠다는 늦은
깨달음을 얻어본다. 엄마는 이렇게 투닥투닥하면 무슨 생각을
할까. 나처럼 스트레스를 받는 것 같지는 않아 보여서(물론 엄
마가 공격하는 입장이라 그렇겠지만. 하지만 엄마 말처럼 사실
을 말하는 것일 뿐, 공격의 의도는 정말 없는 것일까?) 별생각
없으신 것 같지만, 나는 그런 아무 효용 가치도 없고 기분만 안
좋아지는 말을 하는 게 세상 무의미하다고 느낀다. 내가 엄마를
이해하지 못하는 만큼 엄마도 나를 이해하기 어렵겠지만, 엄마
를 통해 내가 싫어하는 소통의 방식을 깨달으니 이건 나름의 장
점인 걸까?

25. 왜 이렇게 소설이 안 읽힐까?

소설을 너무 못 읽는다. 못 읽으니까 안 읽는다. 그래서 빌리려면 큰마음이 필요하다. 그렇게 큰마음 먹고 빌린 것이 정유정 소설가의 『완전한 행복』. 역시 베스트셀러 소설가답다. 몇 장 읽지 않았는데 스릴러의 향기가 풍긴다. 믹서기는 알고 있었지만 [3]민서기는 처음 보는 단어라 검색해 봤다. '설마 오타는 아니겠지.' 하고 찾아본 나의 무식함에 소름이 돋는다. 그렇게 새로운 단어를 머릿속에 하나 저장해 둔 후 진도를 나갔다. 29페이지까지 읽고는 책을 덮었다. 다음에 읽어야지.

a few days later(며칠 후)

작업을 하는데 도서관에서 카톡이 왔다. **대출 도서 반납 예정일 안내.** 벌써 2주가 지난 것이다. 책이 재미없는 것도 아닌데 그동안 다른 책을 열심히 빌려서 다른 책만 읽었다. 소설이 재미없어서가 아니라 취향이 소설이 아니라 손이 안 가는 것이다. 그

---

3) 민서기: 고기를 다지는, 분쇄하는 기계 / 믹서기: 과일, 야채, 곡식 따위를 갈아 가루로 만드는 기계

래도 읽어 내리라. 내가 읽은 마지막 스릴러 소설은 『돌연변이』
로 기억한다. 마지막 페이지의 소름 끼치는 반전과 검은색 바탕
에 금색 아이만 환하게 빛나던 표지가 아직도 잊혀지지 않는다.
93년 작이니까 아마 중학생 때 읽었던 것 같은데, 그 시절 종종
소설을 읽었던 것과는 달리 지금은 왜인지 영 읽히지가 않네.
그래도 마음먹고 빌린 거니까 연장한 일주일 동안 열심히 읽어
보자. 쉽게 해지지 않는 무언가를 해내는 성취는 독서에서도 느
낄 수 있으니까.

26. 스타벅스 흑임자롤은 건강한 맛

  선물 받은 쿠폰을 쓴다는 건 기분 좋은 일이다. 일단 공짜다. 세상에서 공짜 싫어하는 사람은 없다. 스타벅스 쿠폰은 선물 받은 메뉴가 아니어도 된다. 아주 오래전 그 사실을 알았을 때 세계적인 브랜드는 어떻게 되나 다시금 느꼈다. 이렇게 소비자 친화적인 쿠폰이라니! 선물 받은 메뉴가 선물 받은 사람의 취향일 확률은 아마도 50%가 안 된다고 확신한다. 선물하는 사람에겐 선물 받는 사람이 잘 먹어줄, 입맛에 잘 맞는 취향의 메뉴인지에 대한 고민을 덜어주었을 뿐 아니라 선물 받는 사람 또한 선물 받은 메뉴가 아닌 내가 원하는 메뉴로 바꿔 주문할 수 있다는 건 그 어떤 쿠폰보다 스타벅스 쿠폰을 선호하게 되는 충분한 요인이 되는 것이다. 그래서 나도 선물할 때는 다른 브랜드보다 스타벅스 쿠폰을 선호한다. 그리고 정말 근거리에 있다. 지하철역 근처에는 기본적으로 하나의 지점이 반드시 있고 유동 인구가 좀 많다 싶으면 두 군데 이상 있기도 하다. 그래서 이 글도 공짜 쿠폰 쓰려고 스타벅스에 들어와서 디카페인 아이스 라떼

무기력해서 쓰기 시작했습니다

와 흑임자롤을 시켜놓고 쓰는 중이다. 오랜만에 카페에서 여유롭게 커피 마시면서 읽으려고 책도 가져왔는데 흑임자롤 먹으면서 라떼를 다 마셔버렸네. 이럴 거면 디카페인으로 왜 주문한 거지? (3시 넘어 커피를 마시면 제시간에 자기 어려우므로 2시 53분에 주문했는데 15분 만에 롤과 라떼를 클리어했다.) 300원 아낄 수 있었는데 말이지. 하지만 미래의 나를 과거의 나가 예측하기는 어려우므로 그냥 목이 말랐던 거라고 다독여본다. 그나저나 흑임자롤 뭔가 생김새가 얼그레이 케이크랑 비슷해서 맛있을 줄 알았는데 굉장히 건강한 맛이네. 검은깨 케이크라고 했다면 안 시켜 먹었을 텐데, **흑임자**라는 네이밍은 왠지 모르게 '검은깨'를 한층 더 있어 보이게 하는 효과를 준다. 고급스러운 어휘의 적절한 사용은 바로 이런 걸 말하는 걸까? 한방에서 사용되는 어휘를 일상에서 사용함으로써 '당신의 건강을 생각한다면 이걸 먹어야 한다.'는 뉘앙스를 주는 것. 뭐야! 결국 나도 낚인 거였군. 흑임자_{검을 흑, 들깨 임, [4]아들 자}인데 아들 자는 왜 들어가는지 심히 궁금하다. 건강한 맛의 흑임자롤을 먹어서일까 호기심이 +1 증가했다.

아아랑 같이 먹으면
얼마나 맛있게요?

---

4) 아들 자 子 9번째 뜻에 '열매'가 있었다.

27. 매미한테 그러지 마라

 기억이 난다. 아주 어릴 적, 머리에 이 잡던(80년대생인데
요, 그랬습니다.) 시절에 몇몇 곤충을 못살게 굴었던 기억이.
생명 경시 행태를 지녔던 아이는 어른이 되어 좋아하는 동물
에만 부쩍 생명 존중을 하게 되었는데 예를 들어 이런 것이
다. 비 오기 전날 혹은 비가 온 후에 지렁이들이 길에 나뒹군
다. (지렁이는 비가 좋아 흙밭으로 나오는 것이 아닌, 익사하
지 않기 위해 나오는 것이다.) 그렇게 나온 지렁이들이 때맞
춰 흙으로 돌아가지 못해 햇빛에 그대로 노출될 때 지렁이를
지나칠 것인지 흙으로 돌려보낼 것인지 고민하게 되는데 고
민 끝에 내린 결론은 이거였다. 주위에 얇은 나뭇가지가 있
는가? 지렁이의 생존 확률이 꽤 괜찮아 보이는가? 나는 코천
이 산책 등 한가한 편인가? 이 세 가지를 충족시킨다면 지렁
이를 그늘 흙으로 던져주는 것을 선택한다. 그렇게 한다고 지
렁이가 특별히 더 오래 살 거라는 보장은 없지만 그래도 지
금 햇볕에 타 죽는 것보다 내 눈에 띄지 않을 때 죽는 것이 낫

무기력해서 쓰기 시작했습니다

다고 결론 내렸다. 그래서인지 남들이 보지 못하는(내가 싫어하거나 혐오하지 않는) 생명체를 자주 발견한다. 빗속에 보도블록을 지나가는 달팽이를 발견하고 밟지 않거나 길가에 어쩌다 새가 죽어 있으면 그렇게 안타깝다. 서론이 길어졌는데 그래서 오늘의 본론은 매미의 난이다. 버스 정류장에 있으니 할머니와 손자가 대화를 나눈다. 손자의 두 손에는 매미 한 쌍이 들려 있는데 두 마리의 매미에게 다리 싸움을 시키는 중이다. 쟤는 저걸 어디서 잡았대. 나는 매미가 징그러워 가까이하진 않지만, 매미를 괴롭히는 건 그냥 괴롭다. 저러다 말겠지? 괜히 매미 못살게 굴까 봐 신경이 쓰인다. 그러다 매미가 차도를 잘 건너가는지 시험해 보고 싶다며 차도에 날리는 아이. 다행히 한 마리의 생명은 건졌고, 나머지 한 마리는 아직 손에 있다. '버스는 왜 이리 안 오는 것일까?' 할머니는 손주가 마냥 예쁘다. 한 마리가 붕 하고 날아갔으니 한 마리도 또 시험해 보고 싶은지 또 날려본다. 다행히 두 마리 다 생명을 건졌다. 휴~하고 한숨을 놓았더니 어디서 매미 한 마리를 또 잡아 왔네. 쟤는 매미가 7년에서 13년 동안 땅속에서 유충으로 있다가 세상에 나와 2주 동안 _{암컷은 한 달} 짝짓기를 위해 매일 울다가 죽는다는 것을 알까? 물론 알아도 그것보다 자신의 호기심이 더 강한 나이니 별로 상관 안 하겠지. 나 역시 어릴 적에 생명 경시 행태를 지녔던 아이니까. 그래도 쟤는 나보단 나아 보인다. 그렇게 매미의 괴로움이(짝짓기도 못 하고 죽을까 봐 계속 버둥거렸다.)

나에게 전달되어 심히 괴로운 와중에 버스가 왔고, 아이와 할머니는 버스를 타기 위해 세 번째 매미도 무사히 날려주었다. 그 아이는 한 10살쯤 되어 보이던데 네가 손에 들고 있는 매미가 네가 태어났을 때부터 10년 동안 흙에서 살다가 이제 성충이 되어 바깥에서 14일을 살고 있다고 말해준다면 어떤 반응을 보일까. 아직 어려 이해하기는 어려우려나? 생각보다 매미 잡기를 좋아하는 아이들이 많으니 매미들이 아주 높은 나무에 붙어 있으면 좋겠다.

28. 속마음은 이미 웃고 있다

초등학생들이 방학을 했다. 학원 출근 시간이 오전으로 바뀌었다. 전에는 오전에 작업을 조금 하고 운동을 갔다가 점심을 먹고 출근했는데 이제는 그럴 수 없는 것이다. 아침 먹을 시간도 없이, 운동하고 출근해야 할 것 같은데 기상 알람이 7시 10분. 아침을 간단히 먹고 헬스장 가서 운동하고 씻고 출근하면 딱 맞는 스케줄이다. 과연 내가 그렇게 할 수 있을까. '할 수 있을까.'란 질문은 보통 '할 수 없을 때'보다는 '하기 싫을 때' 더 많이 떠올리는 걸로 봐서는 하기 싫은 마음이 더 많아 보인다. 불혹의 자아 성찰이란 참…. 그렇게 하기 싫음을 뒤로 하고 오늘 6시 반에 일어났다. 더 잘까 운동을 일찍 하러 갈까 하다가 역시 도로 누웠다. 잠깐 눈을 붙였더니 알람이 울린다. 운동복을 입고 운동 가방을 챙겨 출근하는 직장인들 사이에 껴서 헬스장으로 출근했다. 마을버스 속 출근하는 캐주얼과 세미 정장 사이에 쫄쫄이 5부 레깅스와 헐렁한 민소매 티셔츠를 입고 앉아 있노라면 출근 풍경에 균열을 일으키는 아싸가 된 듯한 기분에 엄지손톱만 한 우쭐함을 느끼기도 하지만 피곤한 건 매한가지다. 그렇게 도착한 헬스장에 불이 꺼져 있네. **헬스장 점검으로 당분간 휴관합니다.** 회원권을 받고 탈의실 락카를 주시는 직원분께 물어봤더니 점검해야 할 곳이 생겨서 오늘 아침에 급하게 휴관하게 되었다고 했다. 오늘 점검을 해봐야 얼마나 휴관할지도 나올 거라고도 했다. '이런… 천상 샤워만 하고 가야겠네.' 안 그래도 아침 일찍 운동을 어떻게 해야 하나 걱정이었는데 이렇게 타이밍 좋게 헬스장이 휴관되다니. 표정은 '왜 이런 사태가 벌어졌는지' 자못 심각했지만, 마음속의 내 표정은 '브이 포 벤데타 가면'처럼 웃고 있었다. '아싸! 그럼 휴관하는 동안 운동 안 해도 되는 거잖아!' 이렇게 즐거울 수가. 고민이 한 방에 해결되는 순간이었다. 그러면 그렇게 일찍 일어나지 않아도, 아침을 초스피드로 먹지 않아도, 아침부터 운동을 하지 않아도 되는 상황. 아마 비가 많이 와서 건물 안으로 물이 새어 들어온 듯하고 그로 인해 전기가 안 들어와 기구를 사용하지 못하게 된 게 영향을 준 것으로 보였다. 어쨌든 헬스장의 휴관으로 스케줄을 자체 조정해야 할 듯싶은데 어떻게 해야 할지는 내일 온탕에서 느긋하게 생각해 봐야겠다.

29. 꿀보이스에 약해요

　일에 자기 확신이 강하면 좋으련만. 쓸데없는 것에만 자기 확신이 강해지고 있다. 좋은 목소리에 약하다는 것이다. 여자든 남자든 좋은 목소리를 좋아하는 마음. 그런데 취향은 있다. 마을버스를 타고 가다가 앞자리에 앉은 60대 아저씨가 누군가와 통화를 하는데 휴대전화 속 목소리가 아주 다정다감하다. 바로 뒤에 앉은 요인도 한몫했지만, 보통 어르신들의 휴대전화 통화음은 젊은 사람들보다 크게 설정되어 있기에 상대방의 음성도 꽤 잘 들렸다. 아들인 것 같다. 아들 목소리가 참 좋네. 귀를 쫑긋 세우고 내가 좋아하는 목소리에 귀를 기울였다. 아빠가 뭔가를 부탁한 것 같은데 자세한 건 모르겠고 마지막 말이 또 기억에 남는다. "부탁한다. 차오~", "네, 차오~" 우리 집은 부모님이 자식들한테 뭔가를 부탁하면서 '부탁한다.'라는 소리를 하지 않기에 부모가 부탁한다는 저 음성이 너무 신기했다. 톤에서 느껴지는 다정함은 말할 것도 없고. 그런데 마지막 인사는 뭐지? 차오? 검색해 봤더니 이탈리아어로 '안녕~'이란다. 추측해 보건대 가족들이 함께 이탈리아 여행을 갔는데 그 말이 좋았거나, 아니면 가족 중 누군가가 이탈리아와 긴밀한 인연이 있지 않을까 하는 상상력 부족한 1인의 결론. 꿀보이스에 더해서 나는 이런 다정함에 결핍이 있나 보다. 예전에 썼던 글 중에도 비슷한 내용이 있었던 것 같은데. 그래서 가급적 다정하지 못한 성격이지만 다정하려고 노력하며 목소리에서도 최대한 차가운 끼를 덜어 내고자 노력하는 편이다(나도 남들이 들었을 때 좋은 목소리의 소유자이고 싶다! 비주얼은 포기한다). 내가 선호하는 꿀보이스는 따뜻하면서 부드럽고 단단한 느낌의 목소리. 故 이선균 배우의 목소리에서 동굴끼를 좀 덜어 내고, 배성재 아나운서의 목소리에서 딱딱함을 좀 덜어 내고, 이도현 배우의 목소리에 깊이를 좀 더하면 되려나? 내가 썼지만 어이없는…. 여튼, 다정한 부자의 통화로 인해 나까지 기분이 몽글몽글해졌다. 꿀보이스에 다정함까지. 그런 사람과 가까이 지내는 것이야말로 각박한 세상에 참으로 돈 안 들이고 행복해지는 방법일 것 같다. 나도 꿀보이스는 아니지만 노력하면 서윗함 정도는 가질 수 있지 않을까?

30. 시답잖은 이야기

핫한 브런치 글들을 보노라면 역시 소재가 핫해야 조회 수도 쭉쭉 오름을 느낀다. 물론 핫한 소재 작가들의 글빨은 평타 이상이다. 글빨이 별로인데 소재만 핫하다고 인기 많은 글은 보지 못했다. 다행이다. 그런 글을 발견했다면 상당히 짜증 났을(부러움과 질투라고 쓰기엔 자존심이 허락하지 않는) 것이다. 핫한 소재를 기획하는 것도 좋은 글쟁이의 역량이겠지만, 역시 글쟁이는 무릇 글빨로 승부하는 것이 온갖 글쟁이들이 난무하는 플랫폼에서 가오 상하지 않는 일이라 생각하는바, 요즘은 어디서 튀어나왔는지 그냥 직장인, 주부들, 자영업자들도(고로 누구나) 한 끗발 하는 글빨로 조회 수를 쭉쭉 올리니 눈은 게슴츠레해지고 글 쓸 맛도 안 나고 질투심만 상승 중이다. '슈퍼스타K' 같은 오디션 프로를 보면 노래 잘하는 뮤지션들이 다들 어디 숨어 있다 나온 거지? 하는 궁금증이 생기는 것처럼 브런치 글을 읽다 보면 숨은 글빨러들이 자꾸자꾸 튀어나온다. 아마 점점 더 많아지면 많아졌지 줄어들지는 않을 것 같다. 솔직히 글만큼 가성비 좋은 취미도 없기에 누구나 키보드만 칠 수 있다면 이 광활한 활자의 세계에 입문할 수 있는 것이다. 브런치의 핫한 글을 부러워하면서도 그 글을 읽지 않는 자. 잇츠 미. 몸과 마음이 불편하거나, 가족 관계 이슈 또는 적성이나 커리어에 대한 불안과 혼란에 대한 글을 심심치 않게 발견할 수 있는데 자극적인 배달 음식보다는 슴슴한 집밥 같은 음식을 좋아하는지라 자극적인 글이 제목과 내용 면에서 혹하긴 해도 꾸준히 읽히지는 않는다. 어쩌면 내 삶이 가장 답답해서 그런 것인지도. 원래 자기 삶이 답답하면 막장 드라마가 재미없지 않은가. 고요하고 안정적인 삶이라야 하드코어 롹이나 피칠갑의 공포 영화를 더욱 즐길 수 있는 것이다. 내 삶이 피곤한 만큼, 타인의 아프고 힘들고 불안한 삶을 읽고 그 삶에 공감하며 '아프냐? 나도 아프다.'라고 말하며 힘을 불끈! 내는 사람도 있겠지만 그냥 나는 내 글을 쓰면서 힘을 불끈! 내본다. 사실, 나 역시 혹하는 기획과 제목의 글들을 구독하고 있지만 구독만 할 뿐이다. 읽어볼 생각이 들 때 몰아서 읽을 참이다. 사람들은 매일 열심히 쓰고 꾸준히 쓰고 또 잘 쓴다. 나는 핫한 소재가 없어, 그냥 시덥잖은 글만 쓴다. 그래서 오래 쓸 참이다. 500자 일기로 일단 100일은 넘겼으니 150일까지 써보련다. 시덥잖은 이야기가 얼마나 더 나올 수 있을까. 이 글 쓰려고 '**시덥잖은**'을 검색했는데 표준어는 '**시답잖다**'였다. '시덥잖다'는 경북의 방언이란다. 누가 경상도 집안 아니랄까 봐 검색하고선 깜짝 놀랐네. 그래서인지 시답잖다보다

시덥잖다가 입에 더 잘 붙는다. 시덥잖지만 계속 써보자.

31. MSG가 필요해

  솔직히 튕기는 거 잘 못한다. 하고 싶지도 않다. 머리 굴리는 거 피곤하다. 하지만 그런 거 잘하는 사람은 머리 굴리지 않아도 된다. 그냥 몸에 탑재되어 있는 거다. '이렇게 하면 이렇게 되겠지?' 하는 그런 센서 같은 것. 하지만 일에는 그런 것들이 필요하다. 너무 쉬워 보이지 않는 것. 너무 흔해 보이지 않는 것. 적당히 감추고 적당히 튕기며 적당히 레어한 척. 마케팅 기술이다. '지금 아니면 기회가 없어요.' 또는 '이게 마지막 제품이랍니다.' 내가 그런 것에 혹하지 않으니까 그런 기술을 쓰고 싶지 않은 것도 있다. 그런 기술을 쓰지 않아도 원하는 사람들은 찾지 않을까 하는 순진한 마음. 하지만 다수의 사람들은 그런 것에 혹한다. '왜 나만 고양이 없어.'도 대중에 끼고 싶은 마음을 표현한 것이다. 대중의 심리는 중요하다. 그들이 끌리는 데는 이유가 있다. 나는 남의 일에 꽤 무관심한 사람이다. 내 바운더리에 들어와야 관심을 가질까 말까인데 기본적으로 바운더리에 들어오는 인간 및 이슈도 꽤 적다. 그래서 남 이야기하느라

무기력해서 쓰기 시작했습니다

인생의 꽤 많은 시간을 보내는 사람도 잘 이해가 가지 않는다. 그런데 기본적으로 서비스를 제공하는 사람은 남에게 관심이 많아야 한다. '저 사람에게 필요한 건 뭘까. 내가 뭘 해줄 수 있을까. 이렇게 하면 좋아할까.' 등등 에너지의 촉수가 타인을 향해 있어야 그걸 기반으로 서비스를 최적화한다. 글쓰기 4주 워크숍 문의를 하는 사람들이 가끔 '마감'에 대해 걱정한다. "신청인원이 다 차면 마감되나요?", "네 그렇습니다. 개강 전에 마감되는 편이고요. 이번에도 네 분이 신청해서 마지막 한 자리 남았습니다." 나도 한 번쯤 이런 멘트를 날려보고 싶다. 거짓말은 못 하는 성격이라 저 멘트를 아무리 다듬어서 거짓말 아니게 포장한다 해도 할 수 있을지 미지수다. "수강생은 많아도 늘 세 분이었기에 마감되지는 않을 것 같아요." 난 왜 이렇게 솔직한 걸까. 전생에 거짓말만 하다가 죽은 악인이 업보를 안고 환생한 걸까? 앞으로는 약간의 MSG를 쳐서 말하도록 노력해야겠다.

32. 사소한 습관 바꾸기

　헬스장 탈의실에는 2개의 구둣주걱이 있다. 플라스틱 구둣주걱과 나무 구둣주걱. 솔직히 마흔 살이 넘도록 집에서나 외부에서나 구둣주걱을 써본 적이 없다. 그러다 어느 분의 집에 갔을 때 그녀가 구둣주걱을 쓰는 걸 보고 약간의 문화 충격을 받았다. 내 주위에 이 물건을 쓰는 사람이 있다니! 그 후 나는 집에 구둣주걱이 있나 찾아봐야지 마음먹었지만 몇 달이 지난 지금도 구둣주걱을 찾지 않고 있다. (없으면 사야지 하는 마음에 구둣주걱도 검색해 봤지만, 존재 여부를 확인하지 않았기에 소모적인 활동일 뿐이었다.) 한 가지 변화가 있다면 탈의실에선 꼭 구둣주걱을 사용하게 된 점이다. 뭉툭한 손가락이 아닌 얄팍한 구둣주걱으로 뒤꿈치를 받쳐 안으로 밀어 넣으면 발이 신발 속으로 아주 부드럽게 쏙~ 안착하는 기분이 꽤 괜찮다. 그래서 다짐했다. 구둣주걱을 사용하자! 나만 알지만 이런 사소한 습관의 변화는 삶에 환기 효과를 주는데, 아주 작은 습관이 삶을 좋은 곳으로 데려다 줄 것만 같은 기분이 들기 때문이다. 그래서

　　　　　　　　무기력해서 쓰기 시작했습니다

내친김에 사소한 습관 몇 가지를 더 만들었다. 샴푸 할 때 찡그리지 않기. 아이들도 찡그리는지 모르겠지만 어르신들은 샴푸할 때 보통 인상을 쓴다. 주름이 있어 인상을 쓰는 게 더 눈에 띄는 건지 인상을 써서 주름이 더 강해지는 건지 모르겠지만 내가 샴푸 할 때 누군가가 나를 본다면 평온한 표정이면 좋겠기에 다짐한(물론 주름에 대한 걱정도 있다.) 것이다. 세 가지는 맞춰야 할 것 같아서 하나 더 만들었다. 발 끌지 않기. 한겨울이 아니고서야 코천이와 산책할 때 크록스를 신는데 이 신발이 헐거덩거리는 재질이자 형태라 발끝을 끌게 되더라. 반듯한 자세까지는 아니어도 반듯한 발걸음이면 좋겠다는 생각에 발을 끌지 않기로 했다. 그래서 요즘은 걸을 때 신경을 써서 걷는다. 사소한 버릇이나 습관은 주의를 기울이지 않으면 자칫 도루묵 되기 십상이기 때문이다. 2024년의 4분기에 바꾼 습관 세 가지. 구둣주걱 사용하기, 샴푸 할 때 평온한 표정 유지하기, 걸을 때 발을 끌지 않기. 오늘은 집에 가서 구둣주걱의 존재를 꼭 확인해야겠다.

집에는 나무로 된 아주 좋은 구둣주걱이 있었다. '그동안 너를 무용하게 방치했구나.' 앞으로는 잘 써주겠다 다짐했다.

33. 나그랑 근육

운동을 꾸준히 하는 사람에게 원동력은 무엇일까. 그건 아무도 모르는, 나만 아는 몸의 변화이다. 물론 아주 미묘해서 [5]소머즈급의 시력을 가져야만 발견할 수 있다는 것이 흠이지만. 탕에 몸을 담그고 있으면 샤워장의 구조상 거울을 마주하게(목욕탕처럼 앉아서 씻는 자리가 많으므로 군데군데 거울이 아주 많음) 된다. 그래서 어쩔 수 없이 온탕에 몸을 담글 때마다 나의 상반신을 마주하게 되는데 미묘한 변화가 보였다. 그것은 바로 나그랑래글런 근육이 생긴 것이다! 엄밀히 말하면 대흉근가슴근육과 삼각근어깨 근육을 나누는 선이 조금 생긴 건데, 이유를 떠올려보니 최근에 시작한 웨이브 푸쉬업 때문인 듯하다. 아는 사람은 알겠지만, 설명이 좀 필요한 분들을 위해 예를 들자면 미드 〈프렌즈〉에서 모니카와 레이첼이 어깨를 드러내면 선명하게 보이던 선이 바로 나그랑 근육이다. 열 개의 시즌이 계속될 동안 그

---

5) 소머즈: 70년대 미국 TV 시리즈 〈소머즈〉 드라마 속 초능력을 가진 여자 주인공

녀들이 운동하는 에피소드는 챈들러를 운동시키기 위해 모니카가 매일 아침 챈들러를 깨워 러닝을 나가는 것과 함께 러닝을 할 때 요상하게 뛰는 피비를 챙피해하는 레이첼, 이 두 가지인데 지나고 보니 그녀들의 몸은 웬만한 운동으로는 만들어지지 않는 머쓸 바디였다. 그래서 갑자기 생긴 나그랑 근육을 보면서 미드 〈프렌즈〉의 레이첼도(모니카보다는 패셔너블한 레이첼이 쇄골과 어깨가 드러난 룩을 더 많이 입었다.) 떠오르고, 어느 곳 하나 운동한 몸이라는 태를 찾아볼 수 없는데 한 군데가 생긴 것 같아 뿌듯하고 그러네.

🍵 나그랑: 래글런(Raglan)의 일본식 표현. 래글런도 영어라서 그냥 나그랑으로 표기했다. 래글런보다 나그랑이 뭔가 더 귀엽고 입에 잘 붙는다고나 할까?

500자 글쓰기 팁(1)

누구를 위한 글쓰기인가요?

500자 글쓰기는 나를 위해 쓰는 글입니다. 누구에게 보여주고자 쓰는 글이 아닌, 현재 나의 감정과 기분을 다스리기 위해 씁니다. 고로, 최대한 부담스럽지 않고 자유롭게 쓸 수 있어야 하며 그러면서 생기는 글쓰기를 가로막는 내 안의 틀을 깨부수는 작업입니다. '너무 가볍지 않아?', '너무 쓸데없지 않아?', '너무 사적이지 않아?' 이런 생각에서 '가벼운 게 어때서?', '무겁게만 쓰면 재미없잖아!', '쓸데없으면 안돼?', '유용함만이 가득한 세상에서 쓸데없이도 좀 써보자!', '사적인 건 어디까지 허용해야 할까? 남들은 부끄러움을 어디까지 감수하지? 1년 뒤에 읽었을 때 이불킥하면 어떻게 하지? 이불킥 좀 하면 어때!'로의 사고의 흐름을 느끼면서 써보면 좋을 것 같습니다. 나를 위해 쓰세요. 남들을 의식하다 보면 시작하지 못하는 것이 글쓰기입니다. 나로부터 출발해 세상과의 접점을 찾는 것이 글쓰기의 재미 아닐까요.

무기력해서 쓰기 시작했습니다

일상의 글감을 포착해 500자 글쓰기로
써볼까요?

- 오늘 어떤 일이 일어났나요? 평소와 달랐던 사소
  한 차이는 무엇일까요?

무기력해서 쓰기 시작했습니다

머리가 복잡한 그대에게

감정과 생각 정리하기

감정과 생각은 머리에만 남겨둘 경우, 우리를 더 혼란스럽게 만듭니다.

그래서 들여다보는 작업이 필요한데 글로 쓰는 것이 바로 그러한 작업입니다.

우리는 모두 남의 감정에는 쉽게 공감하고 이해하며 위로하는 반면,

자신의 감정에는 관대하기가 어렵습니다.

자책하고 비난하고 우울해지기 쉽지요.

감정과 생각을 글로 정리함으로써 나를 들여다보는 작업은 어렵지만,

객관적으로 나를 돌아보고 이해하기 위한 작업입니다.

오늘을 살아야 내일이 오듯이 글을 통해

나를 바라보고 나를 위로하며 내일로 나아갑니다.

34. 내 속엔 내가 너무도 많아

삶에는 관성이 있다. 계속해 왔던 일을 의식적으로 멈추거나 바꾸지 않으면, 내가 그 일을 원해서 하는 건지 계속하니까 내가 그 일을 원하는 건지 헷갈리게 된다. 최근 유튜브에서 영화감독들의 인터뷰에 공감하며 재미있게 보고 있는데, 할 줄 아는 게 영화 연출밖에 없어서 또는 다른 걸 할 수 있으리라 생각하지 않아서 또는 다른 일을 하면 자존감이 떨어져 영화감독으로 버텼다고 했다. 다른 부류도 있었는데 감독으로 빛을 보지 못하니 다른 일을 해서 돈을 꽤 많이 벌었는데 어찌어찌해서 영화를 만들 기회가 다시 생겼고, 의심의 눈초리를 거두지 않고 계속 '이거 되는 거 맞아?' 하며 하나씩 해나가다 보니 '배우 섭외'부터 '투자' 등 촬영으로 이어진 것이 천만 관객을 동원한 첫 영화가 되었다고 한다. 내 마음 안에 있는 것을 놓지 않고 적절히 의심하면서 할 수 있는 일을 해 나갈 때 인생은 무언가를 내준다고 생각하는데, 삶의 관성 때문인지 내 마음이 무엇을 향해 있는지 이제는 나도 헷갈린다. 글을 쓰기 위해 조성모의 〈가시나무〉를 플레이했는데 2000년 1월에 나온 노래네. 대학교에 입학하기 전, 주유소에서 한창 아르바이트하고 있을 때다. 영하 12도, 15도로 내려갔던 그때의 추위가 생각난다. 너무 따뜻한 방에만 머물러서일까. 내 속에 나를 혼란스럽게 하는 내가 너무 많아졌다.

무기력해서 쓰기 시작했습니다

35. 쥐꼬마를 다 써버린 기분

요즘 빠져 있는 것 몇 가지가 있는데 그중 하나가 핀터레스트의 좋은 글이다. 내 상황이 암담할 때 그 암담함에서 탈출하는 방법을 모색하는 것도 필요하지만, 중간중간 비는 시간이 많은 나는 그 구멍을 마음의 위안을 얻는 것으로 메우곤 한다. 그중 하나가 핀터레스트의 좋은 글이라 공감이 되고 기억하고 싶으면 핀으로 저장해 둔다. 최근 ' 어떤 일에서 유능한 사람이 되고 싶다면 **천성, 연구, 실천** 이 세 가지가 필요하다.'라는 글을 핀
pin: 핀터레스트에서 원하는 콘텐츠를 자기 폴더에 저장하는 것 했다. 일이 잘되기 위한 기본이 유능해지는 것이라면 나에게 필요한 것은 '천성, 연구, 실천'이 맞다. 내가 원하는 일과 잘 맞는 천성을 +10, 그 반대를 −10이라고 한다면 사람들에게 좋은 영향을 주는 것을 좋아하니 그래도 플러스 쪽에 좀 더 가까워 보인다. 연구와 실천은 맞물려 있다고 생각하는데 연구를 증명하기 위해 실천이 필

---

6) 어떤 일에서 유능한 사람이 되고 싶다면 **천성, 연구, 실천** 이 세 가지가 필요하다. – 그리스 속담(위키인용)

요하고, 그렇게 행한 실천이 연구를 더 깊이 있게 만들 거라는 생각이다. 그런데 일이 없으니 연구와 실천이 메마른 느낌이다. 경험을 통해 나온 리얼한 사례가 피가 되고 살이 된다고 생각하는데 나는 내 일을 어떻게 살릴 수 있을까? 아무도 찾지 않는 일을 붙잡고 중꺾마만 외치고 싶지는 않지만, 곰곰이 생각할수록 회의적으로 변하는 건 사실이다. 회의적 인간이 되지 않기 위해 내가 하는 일이 필요하다고 생각해야 하는데 내가 가진 중꺾마는 다 써버린 기분이다. '하다 보면 알아주겠지.' 하는 나의 쓸모를 증명하는 것에 기쁨을 느꼈지만, 이제는 그게 뭔 소용인가 싶은 마음.

36. 뭐라도 해야지와 제대로 해야지

    혼자서 북 치고 장구 치고 14년이다. 강산이 한 번쯤 변하는 기간을 보내면서 겪은 수많은 갈등 중의 하나가 바로 **뭐라도 해야지**와 **제대로 해야지**이다. 자기 분야에서 어느 정도의 일가를 이룬 사람들이 가뿐하게 쓴 에세이를 읽으면 '뭐라도 하라.'는 뽀송뽀송한 조언을 보게 된다. 그들은 하다 보니(물론 그들의 성취에는 보이지 않는 분투가 있겠지만 제3자 입장에서는 잘 느껴지지 않으므로) '일가'를 이뤄서인지 '제대로' 하라고 하기보다는 '일단 하라.'는 쪽에 가깝다. 개인마다 뭔가를 이뤄내는 수준이 다르기에 누군가는 가볍게 했는데 '꽤나 멋진' 수준이고 누군가는 힘줘서 했는데도 '하찮아 보이는' 괴리를 경험하고 나면 '일단 하라.'는 조언이 약간은 무책임해 보이기도 하다. 그럼에도 뭐라도 하는 것과 제대로 하는 것이 인생의 중요한 태도라는 생각에는 이견이 없다. 뭐라도 하지 않으면 아무것도 나오지 않으며 뭐라도 해야 제대로 하는 것으로 나아갈 수 있기 때문이다. 그러니 제대로 하는 게 중요하지만 결국 제대로 하기 위해서는 '뭐라도 하려는' 자세가 필수이다. 이렇게 써놓고 보니 뭐라도 해야 하나 하면서 시간만 축낸 나 자신이 아주 부끄럽다. 시간만 축낸 이유는 제대로 할 자신이 없어서. 뭐라도 하는 건 누구나 할 수 있지만 제대로 하는 건 자기에게 엄격한 마음을 먹어야 한다. 나에게 엄격해지기 싫은 마음이 자꾸 뭐라도 하는 걸 방해한다. 나는 나에게 엄격해질 수 있을까? 엄격해지면 좀 더 나은 결과물을 얻을 수 있을까? 내 안의 엄격함을 발굴하기 위해 일단 뭐라도 시작해야겠다.

무기력해서 쓰기 시작했습니다

37. 막차를 신경 쓰는 나이

오랜만에 종로에서 모임을 했다. 20대 후반부터 인연을 이어 온 사람들. 코로나로 인해 4년 동안 얼굴을 못 보다가 다들 마음이 맞아(누군가를 만난다는 것은 시간을 낸다는 것이고, 시간을 낸다는 건 마음이 동했다는 것이므로) 만났다. **자기다움**이라는 목표로 각자 원하는 삶의 모습에 대한 고민을 공유했고, 생존과 자아실현 사이에서 고군분투하며 10년을 보냈다. 그렇게 해볼 건 해보고 단념할 건 단념하며 지금의 자리에 자리 잡은 이들. '자기다움'이란 공통점을 갖고 모였기에 동호회도 자기 계발 모임도 아니지만 서로에 대한 애정으로 느슨하지만 끈끈하게 연을 이어가고 있다. 반가운 사람들과의 대화는 핸드폰의 여부를 잊게 한다. 누군가와 함께하는 시간이 즐거운지 지루한지를 알려면 내가 핸드폰을 얼마나 꺼내 보는지를 확인하는 것도 좋은 방법이다. 6시 반에 만났는데 어느새 10시 반. 헤어져야 할 시간이다. 반가운 얼굴들이지만 헤어져야 할 시간은 지키는 법. 지금 일어나지 않으면 택시를 타야 한다. 오랜만에 만났지만 약간 아쉬울 때 헤어지는 것도 좋다고 생각한다. 각자의 자리에서 잘 살다가 또 이렇게 만나서 근황도 나누고 웃으며 한잔 할 수 있는 관계가 건강하다고 믿는다. 오랜만에 주량을 채웠지만, 정신은 말똥말똥하다. 30대였던 이들은 50대가 되었고, 20대였던 이들은 40대가 되었다. 10년 전에 꿈꿨던 자기다움과는 달라진 모습으로 살아가지만, 지금의 모습이 자기다움이 아니라고 생각하지는 않는다. 삶은 그때그때 필요한 방향으로 나를 인도하고, 그걸 감당하며 살면 그게 자기다움이 아닐까. 적정한 시간에 헤어졌기에 다행히 마을버스 막차를 탔다. 내일을 준비하는 사람들은 막차를 신경 쓴다. 서로의 내일을 응원하기에 만남이 오래 지속될 수 있다고 믿는다.

무기력해서 쓰기 시작했습니다

38. 마음에 드는 회사 면접 썰

28살에 첫 정규직을 그만뒀다. 그 이후로 줄곧 계약직 아니면 아르바이트를 했다. 나는 내가 원하는 일이 있었으니까, 그리고 원하는 일을 위해 돈을 버는 것보다 시간을 내는 일이 더 중요하다고 생각했다. 나의 선택은 언제나 돈보다 시간이었고, 그런 가치관으로 시간은 많은데 돈이 부족한 사람이 되었다. 건강한 삶을 위해 시간과 돈은 둘 다 중요하다. 시간은 없는데 돈이 많다면 시간을 늘려야 할 것이고, 시간은 많은데 돈이 없다면 돈을 늘려야 할 것이다. 하지만 그게 마음대로 되나. 시간을 돈으로 바꾸는 건 자칫 쉬워 보이지만 쉽지 않다. 재능을 돈으로 바꾸는 건 재능을 증명해야 한다. 내 재능을 써줄 누군가를 찾아야 하는데 조직 밖에서 자유롭게 하던 일들은 기존의 취업 시장에서 돈값을 증명해내기가 어렵다. 홀로 뭔가를 막 해보려고 했지만 이제 막다른 골목에 부딪혔다고 생각할 때는 다른 길을 모색하는 것도 방법이다. 지금까지 풀타임 잡을 기피했던 이유는 붙잡고 있던 일에 미련이 남아서였다. 하지만 이제는 미련보다 미궁에 빠진 앞날을 건사할 차례다. 고여버린 물 안에서 어떻게 하면 몸과 마음을 환기시킬 수 있을지. 그래서 틈틈이 입사 지원을 했다. 프리랜서도 넣어보고, 한 달 단기 계약직도 넣어봤다. 떨어지기도 하고 면접도 봤지만 일하고 싶다고 생각했던 곳은 한 군데도 없었다. (이런 거 보면 나도 참 문제다.) 그러다 발견한 업무. 내가 좋아하는 업무이기도 했지만 잘할 수 있을 것 같은 업무이면서 일하는 장소도 집에서 멀지 않았다(이거 중요한 거 다 아시죠?). 그래서 지원했고 면접을 보게 되었다. 면접 공지 받은 메일에 이전 주소로 찍혀 있어 헤매는 바람에 신뢰도가 0%로 하락했으나, 면접을 보면서 다시 100%로 올라갔다. 역시 업무가 마음에 들었고 재미도 있을 것 같았다. 오래 일할 사람을 뽑는다고 했고 사람과의 교류보다는 일에 집중하고 칼퇴하는 문화라고 했다. 면접관은 내 포트폴리오가 마음에 들지만 '구멍이 숭숭 나 있는 나의 커리어'(이렇게 말하진 않았지만 내가 느끼기에 저렇게 들렸다.)가 궁금하니 혹시 개인 블로그나 OO 씨의 히스토리를 알 수 있는 사이트가 있다면 알려달라고 했다. 문자로 링크 보내드리겠다고 말씀드리고 면접을 마쳤다. 정규직으로 입사를 해도 10년 넘게 해온 일을 싹둑 자를 수는 없는 일. 업무에 방해되지 않는 선에서 최대한 병행하려고 했으나 두 마리 토끼를 다 잡고 싶은 나의 이기심이라는 걸 나도 안다. 하지만 입사하게 된다면 오래 일해 보고 싶은 마음도 스멀스멀 올라왔다. 고민했다. 지원서에 솔직하게 적

무기력해서 쓰기 시작했습니다

지 않은 것은 특별히 연관이 없는 일이라고 생각했고, 마이너스면 마이너스지 플러스라 생각하지 않아서다. 하지만 내가 뭔가를 숨기고 있다는 걸 꿰뚫어 보는 면접관을 속이면서까지 입사하는 건(물론 뽑아줘야) 아니라고 생각해 구구절절한 사연과 함께 나의 히스토리를 알 수 있는 링크를 보내드렸다. 지원 공고는 마감되었고 나는 떨어졌다. 잘 맞는 사람이 뽑혔으리라 생각한다. 오랜만에 일해 보고 싶다는 생각이 드는 업무와 회사였다. 마치 소개팅에서 '괜찮은 사람'을 만난 것 같은 기분. 면접에서는 떨어졌지만, 이 경험은 나에게 신선한 환기가 되어주었다. 정말 괜찮은 회사를 만나면 홀가분하게 다시 취업할 수도 있다는 것을 확인했고, 떨어짐으로써 세상이 나에게 내 일에 몰두하고 집중할 기회를 다시 부여했다는 기분이 들었다. 내가 정말 좋아하는 건 뭔가를 기획하고 그걸 글이라는 콘텐츠로 풀어내는 일이라는 것도 새삼 느꼈다. 언제쯤 또 불안정한 일에 치여 지원서를 작성할지 모를 일이다. 하지만 지금은 내 일에 다시 집중할 때이므로 나에게 닥친 것들을 잘 해내 보고자 한다.

39. 꿈을 믿으십니까?

'도를 믿으십니까?'가 아니다. '꿈을 믿으십니까?'다. 꿈에 관심을 두게 된 것이 언제인지는 명확하지 않다. 꿈이 개인의 무의식을 반영하며, 단순하지만은 않다고 생각한 것은 내 일을 하면서부터였던 것 같다. 오래전, 꿈 해석을 해주는 전문가의 팟캐스트를 듣고 책도 읽었던 것 같은데 무슨 책인지 알 수가 없네. 그래서 연말이나 연초나 주변 사람들이 큰일을 앞두고 있을 때 선명한 꿈을 꾸면 어떤 꿈인지 찾아보는 편이다. 기억에 남는 건 아주 오래전 친구가 편입 시험 결과를 앞두고 있을 때다. 좋은 소식을 꿈으로 먼저 접했는데 실제로 같은 일이 일어나 정말 기분이 좋았다. 얼마 전에도 동생이 중요한 면접을 보고 결과를 기다리는 중이었는데 꿈을 통해 미래를 점쳤다. 부정 탈까봐 미리 이야기하진 않았는데 좋은 결과를 듣고 꿈밍아웃을 해줬다. 이처럼 좋은 일들에 대해 선견지몽을 꾸다 보니 점점 믿음이 강화된 것일 수도 있다. 하지만 그 외에 길몽 같아 보였던 꿈들은 아무 일도 일어나지 않음으로써 개꿈인 것을 확인했는

무기력해서 쓰기 시작했습니다

데 가장 기억에 남는 꿈 중의 하나는 어느 연초에 꿨던 뱀 꿈이었다. 엄청나게 굵은 뱀 3마리가 나무에 매달려 있는 꿈이었지만 아무 일도 안 일어나서 허탈했던 나의 마음이 아직도 기억에 남는다. 그리고 종종 태몽 같은 꿈도 꾸는데 주변에 임신·출산과 관련해 연결 지을 만한 인물이 없어 아쉬울 때도 있다. 내가 가장 자주 꾸는 두 가지 길몽은 불 꿈과 변 꿈이다. 불은 활활 탈수록, 변은 많고 더러울수록 길몽이라 하는데 나의 무의식은 의식의 지배를 받는지 현실감이 너무 강력해 불이 조금이라도 날 법하면 진화하느라 정신이 없다. 게다 똥통에 빠질 것 같은 화장실에서도 어떻게 해서든 빠지지 않고 볼일을 보는 방법을 찾아내는데, 현실이라면 칭찬받을 일이 꿈이기 때문에 원망으로 바뀐다. 하지만 꿈에서는 꿈인지 현실인지 알기 어려우므로 나의 선택을 마냥 나무랄 수는 없다. 그래서 결국 남 좋은(주변인이 잘되면 나도 좋지만) 꿈만 꾸고 나 좋은 꿈은 못 꾸고 있다. 하지만 아무 일 일어나지 않더라도 길몽은 종종 꾸고 싶다. 그냥 길몽이라는 그 기운이 기분이 좋고 그 기분을 나는 좋은 기운으로 치환한다. 그래서 꿈은 그냥 꿈일 뿐이지만, 또 그렇게 꾸는 꿈이 꿈꾸는 삶에 지분이 있다고 믿어본다.

40. 인생 끼워 맞추기

 5월이 코앞이다. 출근하지 않는 배고픈 자영업자도 빨간날은 챙겨본다. 어린이날과 스승의 날. 스승의 날은 빨간날이 아닌데? 자세히 보니 부처님 오신 날과 겹쳤다. 그래서 5월은 빨간 날이 두 번이다. 앗! 쏘리, 근로자의 날까지 세 번이다. 학창 시절에 친구들과 놀다 보면 생밍아웃을 할 때가 있다. 생일에 들어가는 숫자는 적게는 두 개 많게는 네 개지만, 두 개든 네 개든 남의 생일 기억하기란 여간 어려운 일이 아니다. 솔직히 다섯 명인 식구 생일도 겨우 외운다. 그리하여 친구들 생일 때마다 카톡을 뒤지는 수고를 하는데 15년 넘게 그 짓을 해도 외워지지 않는 게(솔직히는 외우려고 하지 않는 게) 생일 날짜이다. 하지만 남들은 억울하게도 내 생일은 한 번 들으면 잊기 힘든 날짜다. 바로 스승의 날. 그래서 의도하지는 않아도 쉽게 기억되는 생일이라 타인의 수고로움을 덜어준다는 기쁨을 조금은 갖고 있다. 개인 코칭을 하면서 코치님이라 불리기도 하지만 글쓰기 수업을 하면서 쌤으로 불리기도 한다. 선생님의 역할을 하게

무기력해서 쓰기 시작했습니다

될 줄은 정말 몰랐지만, 이 호칭이 은근 중독성이 있어 한 번 쌤으로 불린 이들은 영원한 쌤으로 남기를 바라지 않나 추측해 본다. 또한 내 이름에는 文글월 문이 들어가는데 어쨌든 글과 가까이하는 삶이라 이름 덕이 좀 있지 않나 끼워 맞추고 있다. 아쉬운 점은 옷과 관련해서는 아무 단서도 찾지 못했다는 건데, 억지로 억지로 찾아봤더니 글월 문의 뜻 중 무려 일곱 번째에 **채색·빛깔**이, 여덟 번째에 **무늬**가, 열여덟 번째에 **아름다운 외관**이 있었다. 글월 문에 이토록 많은 의미가 있었다니, 생각보다 더 마음에 드는 이름이라 부모님께 감사하다.

---

7) '끼워 맞추다'의 '끼워'는 '벌어진 사이에 무엇을 넣고 죄어서 빠지지 않게 하다/무엇에 걸려 있도록 꿰거나 꽂다/한 무리에 섞거나 덧붙여 들게 하다'를 의미하므로 표현 의도에 따라 '끼워 맞추다'를 쓸 수도 있습니다. 다만 한 단어 '꿰맞추다'와는 동의어 관계가 아니므로 표현 의도에 맞게 단어를 선택해 쓰시길 권합니다. – 국립국어원

41. 월급 이상의 돈을 벌면

2008년에 첫 직장이자 첫 정규직을 그만뒀다. 그 이후로 정규직으로 취직한 적이 한 번도 없으므로 월급을 받아본 적은 없다. 물론 알바나 계약직으로 일해도 한 달 급여가 들어오긴 하지만 보통 우리가 생각하는 월급의 의미를 떠올린다면 부족하다. 적당히 저금도 하고, 생활비도 쓰고, 문화비도 충당이 가능한 그런 돈을 우리는 월급이라 하지 않나? 그래서 꽤 오랜 시간 동안 그런 생활에서 벗어나 있었다. 그리고 원하는 삶을 그리며 원하는 돈을 벌기 위해 움직였다. 처음 떠올린 제목은 '돈을 많이 벌면'이었다. 많이? 얼마나 많이? 대체 많이 번다는 게 얼마를 번다는 거야? 이런 물음이 따라왔다. 그래, 많이 번다는 것은 솔직히 개인차가 크고 또 현실적이지도 않잖아. 그렇다면 내가 원하는 많이는 얼마냐. 내 나이 또래가 직장에서 받는 평균 월급 정도면 괜찮겠다 싶었다. (최근 면접 본 회사에 입사했다면 받았을 그 정도?) 사람들은 말한다. 돈을 벌면 무엇을 하고 싶어, 로또에 당첨된다면 여행을 갈 거야, 집을 살 거야 등등.

무기력해서 쓰기 시작했습니다

물론 나도 그 정도로 돈이 많아지면 집부터 사고 싶기는 하다. 하지만 현실성 없는 이야기는 제쳐두고 지금에 집중해서 이야기하자면, 코천이와 산책하면서 그런 생각을 한 적이 있다. 내가 월급 이상의 돈을 안정적으로 번다면 어떤 삶을 살 것인가. 지금과 크게 변하지 않을 것 같았다. 남들 일어나는 시간에 일어나서 아침 먹고, 오전에는 옷입기와 글쓰기 피드백 코칭을 하고, 강의가 있는 날은 강의하며, 꾸준히 운동을 하고, 코천이 산책을 하면서 햇빛을 쐬는 것. 궁극적으로 내가 원하는 삶은 그런 삶이다. 경제적으로 여유롭지 않기에 나의 욕망을 차단해서 그런 삶을 꿈꾸는 것일 수도 있다. 하지만 마흔 살까지 나랑 같이 살아본 바로는 적어도 큰 야망이 있거나, 재산 증식에 욕심이 있거나, 여행을 좋아하거나 하지는 않아 보인다. 고로 지금도 금전적 빈약함만 빼고는 내가 원하는 삶에 가깝긴 하다. 그럼에도 야망이 없는 사람이 할 수 있는 최소한의 성취를 해가며 아직은 이루지 못한 미래를 상상해 본다. 꽤 넓은 창이 있는, 뷰 좋은 아담한 집에서 창작 욕구도 채우면서 내 업으로 사람들에게 도움이 되는 일을 꾸준히 하고 싶다.

42. 우울하다 갑자기

하루 종일 멀쩡하다가 갑자기 우울해질 때가 있다. 현타가 올 때인데 삶의 좋은 면만 보고 살면 힘은 나지만, 결국 안 좋은 면을 외면하고 있기에 어느 순간 불쑥불쑥 이 부분이 튀어 올라온다. 그러면 멀쩡하다가도 갑자기 기분이 안 좋아지는 것이다. 초라한 나의 모습을 수면 위로 올려 바라본다. 그건 현실적으로 보이는 모습이기도 하다. 적어도 친구들과 비교했을 때 지금의 삶이 부끄럽지 않기 위한 요건을 갖추기 전까지 나는 계속 이러한 우울을 겪을 것이다. 집에서 독립하지 않는 한 찌질하고 초라한 내 모습을 마주할 테고, 그럴수록 나는 괜찮아지고자 노력하겠지만 근본적 문제가 해결되지 않는 한 그건 자위밖에 되지 않는다. 결국은 돈을 벌어야 하는 것이다. 돈은 어떻게 벌 수 있을까. 최근 유튜브에서 EBS 다큐 '돈의 얼굴' 6부 영상을 봤다. 우리나라처럼 대졸이 많은데 경제관념 약한 나라도 없다는 댓글이 눈에 띄었다. 금융 교육이 전혀 안 되어 있다고. 요즘은 좀 다른지 모르겠다. 다큐에 나오는 염혜란 님의 하드캐리로 돈의 속성에 대해 아주 조금 알게 되었지만, 일확천금을 꿈꾸지 않고 투자에 쓸 목돈도 없는 나는 여전히 우울하다. 하지만 오늘 자고 내일 일어나면 또 내일의 삶을 살겠지. 내가 이렇게 살고 있는 건 순전히 내 탓이다. 가끔 우울하게, 자주 유쾌하게 이런 기분 저런 기분으로 왔다리 갔다리하면서 조금씩 나은 방향으로 가는 수밖에 없다고 우울한 와중에 생각해 본다. 나의 우울은 늘 이렇다. 우울로 시작해 자조를 거쳐 망각으로 갔다가 어느 날 갑자기 또 우울이 튀어나오는 삶. 글을 어떻게 끝내야 할지 모르겠다. 마무리에 대해 고민하다 보니 우울감이 조금 사그라들었다. 내일은 내 항우울제인 바리스타 로우슈거를 사서 마셔야겠다.

43. 탓할 것인가, 덕 볼 것인가?

    얼마 전에 우울감을 토로한 글에서 너무 자책한 것 같아 나에게 미안해졌다. 이렇게 살고 있어서 좋아할 때는 언제고, 이렇게 살고 있다고 나를 탓하다니! 그래서 미안해진 마음도 달랠 겸 내 탓이라고만 하지 말고 내 덕이라고도 하기로 했다. 새삼 덕의 의미를 찾아봤다.

1. 도덕적, 윤리적 이상을 실현해 나가는 인격적 능력
2. 공정하고 남을 넓게 이해하고 받아들이는 마음이나 행동
3. 베풀어 준 은혜나 도움

– 네이버 국어사전

    나이 들수록 관성에 의한 관계보다는 의식적 노력으로 유지되는 관계를 선호한다. 그리고 그 관계는 덕과 무관하지 않다. 함께 있어서 기분이 좋은 것도 덕이며, 배울 점이 많은 것도 덕이며, 나의 가치나 자존감을 깨우는 것도 덕이며, 내가 괜찮은

사람이라고 느끼게 하는 것도 덕이다. 덕 보고 싶은 사람이어야 관계가 유지된다. 여기서 덕은 '이익'보다는 '의미'에 가깝다. 나에게 의미가 있는 사람이어야 함께하고 싶어진다는 말이다. 고로 나를 탓하는 것은 내가 잘 못하는 부분을 일깨워 바로잡는다는 점에서 의미가 있고, 내 덕을 본다는 것은 나를 데리고 원하는 방향으로 어쨌든 뚜벅뚜벅 간다는 점에서 의미가 있다. 결과적으로는 둘 다 삶에서 필요한 것이다. 법륜 스님이 함께 사는 누군가가 짜증 난다면, 그 사람에게 덕 보는 부분을 떠올려보라고 했는데 그 말이 딱 맞다. 누군가를 탓하기 전에 나는 상대방에게 어떤 인간인지 생각해 보고 완전무결하지 않다면 상대방의 덕을 찾고자 노력할 것. 그리고 내 탓을 하고 싶을 땐 나로 인해 덕 본 것도 생각하기. 나 님아, 이제 됐지?

44. 답을 주는 건 쉽다

    학습을 통한 훈련은 실행과 피드백, 깨달음 후 다시 실행으로 이어진다. 그래서 수강생이 실행할 수 있도록 돕고, 그 실행에 대해 피드백하며, 피드백을 통해 배움으로 이어지도록 하는 것이다. 배움은 휘발되지 않고, 기억되고 반복되어 체득되며, 그게 쌓이는 것이 학습이자 훈련이라고 생각한다. 그런데 피드백을 하는 입장에서 고민될 때가 있는데 그건 답을 주고 싶은 마음이다. 컨설팅과 코칭의 다른 점이기도 한데 답을 주는 게 컨설팅이라면, 답을 찾아가도록 지도하는 것은 코칭이다. 하지만 글에서나 옷에서나 가이드만으로는 학습이 어려울 때가 있다. 모든 학습자는 자기 시야 안에서 보고 생각하므로 이걸 깨야 할 때는 정확한 예시 즉, 정답에 가까운 본보기를 보여줘야 할 때도 있는 것이다. 그래서 질문을 통해서 해보게 하고 생각하게 하고 스스로 깨닫게 하지만, 그것만으로 되지 않는 부분은 **이런 것도 있습니다. 이렇게도 써볼 수 있습니다. 이렇게 입어봐도 좋습니다.** 등으로 아예 보여주는 것도 방법이다. 하지만 이 방법을 너무 자주 쓰면 수강생은 스스로 고민하는 기회를 잃어버리고 의존하게 되기에 어떻게 지도할지는 수강생의 소화 능력과 속도에 맞게 조절해야 한다. 수업 초기에는 답을 줘서는 안 된다고 생각했다. 하지만 개념 설명이나 이론 전달로 부족할 경우 답을 보여주는 것만큼 명확한 가이드도 없기에 '제가 생각하는 답은 이런 것인데 왜냐하면 ~때문이다.' 등으로 부연 설명을 했고, 효과가 있었다. 그래서 옷도 그렇고 글도 그렇고 기본적인 자세는 스스로 알게끔 도와주고 피드백하는 것에 있지만, 성장과 학습에 있어 최적의 답을 제시하는 것이 도움이 되겠다고 판단할 때는 수강생이 너무 헤매지 않도록 답을 주기도 한다. 가르칠 때마다 느끼는 거지만 '이렇게 고치세요!'만큼 쉬운 것도 없다. 하지만 강좌의 목적은 답을 알려주는 것이 아닌, 학습을 돕고 옷과 글에 대한 감을 키우는 것이므로 답을 알려주고 싶을 때마다 꾹 참고 어떤 질문과 피드백을 할지 고민한다. 그러니 성장은 가르치는 사람에게나 배우려는 사람에게나 어려운 것이다. 시간과 에너지가 걸리는 일이며, 그 과정을 참고 견디지 않으면 아무것도 내 것이 되지 않는다. 그러므로 배우고자 하는 사람에게 무턱대고 답을 내미는 것은 내 답답함을 해소하고자 함이지 상대방을 위함이 아니다. 그래서 늘 생각하고 생각하고 또 생각해서 답을 주곤 한다. 답을 주는 게 가장 쉬운 일이라고. 수강생에게 답을 주기 전, 나에게 묻는다.

45. 자영업자의 시간 관리

　얼마 전 유튜버 이연유명한 유튜버이자 작가이자 창작자의 에세이 『매일을 헤엄치는 법』을 읽었다. 창작자들의 이야기는 언제 읽어도 재미있고 귀감이 된다. 그녀는 책에 자신의 시간 관리법을 짧게 소개했는데 일의 분량 차이만 있을 뿐, 나랑 꽤 비슷해서 신기했다. 나 역시 오전에는 개인 코칭이나 작업을 하는 편이다. 카페에 올린 과제물에 댓글 피드백을 달고 개인 코칭 중인 글쓰기 과제에 피드백을 달아 메일로 보낸다. (슬프게도 매일 있는 일은 아니다.) 예정된 강의가 있으면 강의 자료를 준비한다. (역시 매일 있는 일은 아니다.) 아침 먹고 커피를 마시면서 하는 일이란, 커피를 마셔서 기분이 좋은 건지 아니면 집에서 하는 작업이 좋은 건지 둘 다인지 모를 마음이지만 내향형 집순이에겐 꽤 안성맞춤인 근무 환경이다. 오전 작업을 2시간 안에 마무리한 후, 운동을 하러 간다. 운동을 오전에 하지 않으면 가기가 심히 귀찮아지므로 오전에 해야 할 일이 많지 않은 이상 운동을 가는 편이다. 게다 꾸밈 귀차니스트는 씻기 미룸니스트와도 한 쌍

　　　　　　　　무기력해서 쓰기 시작했습니다

이므로 그 무엇도 손대지 않은 천연의 상태로 운동을 하고 땀을 흘린 후 샤워를 한다. 그렇게 말끔한 상태로 집에 와서 점심을 먹고 코천이 산책 등 추가로 해야 할 것들을 하는데 오전 시간은 나름대로 생산적으로 보내는 반면, 오후 시간에 할 게 없으면 정말 빈둥거리게 된다. 시간이 많으면 일을 찾아서 할 것 같지만 그렇지 않은 것이 창조적 자영업자의 딜레마다. 시간을 잘 쓰는지는 일과를 시스템으로 얼마나 잘 만들어놓느냐에 달렸다고 보는데, 그렇기 때문에 하루를 적정한 필수과목으로 잘 채우는 것이 중요하다. 일과는 **필수과목**과 **선택과목**으로 이루어져 있다고 해도 과언이 아니다. 필수만 많으면 피곤해지고(직장인들이 피곤한 이유가 아닐까? 필수과목 시간이 너무 과해.) 선택만 있다면 나태해진다. 고로 필수과목과 선택과목의 적절한 밸런스가 하루를, 일주일을, 한 달을, 즐겁고 뿌듯하게 살게 하는 것이다. 요즘은 다행히 일주일에 두 번의 아르바이트와 한 번의 정규 강의 그리고 틈틈이 들어오는 하루 강의와 개인 프로젝트 등으로 시간을 쓰고 있어 만족하는 방향으로 시스템이 돌아가는 중이다. 일과 시간표와 일주일 시간표에서 아직 채울 공간이 많이 있지만 필수과목을 조금 더 채우는 것으로 시스템을 만들어가려고 한다. 그러고 보니 인생은 필수과목과 선택과목으로도 이루어져 있지만, 관계적으로도 **오래 유지되는** 필수적 관계와 **언젠가 종료돼도 괜찮은** 선택적 관계로도 이루어져 있는 듯.

결혼 10년 차 딩크족 친구가 물어본 적 있다. "우리나라 청약 혜택이 신혼부부랑 고령자, 39세 이하 청년에게 몰려 있는 것에 대해 어떻게 생각해?" 40대의 싱글이라 여러모로 정책의 혜택에서 비껴가 있는 나의 심정에 관해 물어본 것이리라. 그 친구도 신혼부부 청약으로 혜택을 받았고 여러모로 필요한 제도라 생각해서 '괜찮다.'고 답했었다. 하지만 뭐든 피부에 와닿으면 생각이 달라지는 법. 아직 부모님께 빌붙어 살고 있는 40대라 나이브하게 '괜찮다.'는 소리나 지껄였던 걸 이제야 깨닫는다. 창조적 자영업자로 내 일을 좋아하고 죽을 때까지 내 밥벌이를 자가 생산 시스템으로 돌리고 싶지만, 이런 날에는 왜 이렇게 살았지? 싶기도 하다. 청년에 속하지도 못하고, 벌어놓은 돈도 없으며, 무주택자도(세대주가 있는 집에 살고 있으므로) 아니다. 40대 싱글이자 빈곤한 자영업자는 국가의 지원을 받을 만큼 사회적 약자도 아니고, 미래의 희망(출산 가능성 0%)은 더더욱 아닌 것이다. 어찌 보면 적은 자원으로 효용 가치를 높이기 위해서는 출산의 가능성을 높여줄 청년과 신혼부부에게 지원을 몰아주는 것이 국가적 이득일 것이다. 비혼주의자는 아니지만 어쩌다 보니 비혼으로 살고 있는 싱글이라 청약 제도로 살림살이 나아질 것 없나 찾아봤더니 이래저래 자격 미달이네. 쳇! 결국 국가의 시스템에 의지하지 말고 혼자서 굳세게 돈을 차곡차곡 모으는 것밖에는 방법이 없다. 이럴 줄 알았으면 독립했을 때 이런 것 좀 잘 찾아보고 지원했어야 하는 건데 말이지. 하지만 늘 그렇듯 난 이런 것에 너무 뒷북이다. 그리고 누가 그러더라. 아무리 청년 무주택자로 오래 살았어도 아이가 있는 신혼부부를 이기기란 무척 어렵다고. 역시 결혼이 답인 건가? 갑작스러운 출가 욕구로 인해 청약 공고를 보면서 연애라도 해야하나 싶었지만, 두 가지 다 내가 잘 못하는 분야다. 연애와 경제력. 여러모로 생존 스킬이 마이너스에 수렴하여 슬픈 밤이다. 그럼에도 실버미스 아니구요, 골드미스는 더더욱 아닌, 그냥 미스는 외로워도(사실 외롭진 않다.) 슬퍼도 울지 않고 살아가리라. 그래서 청약을 언제 쓰게 될지는 요원하지만, 두 번째 출가는 수도권 아닌 곳에서 살고 싶으니 우주의 기운을 모아 돈을 좀 벌어야겠다.

47. 1인 기업, 프리랜서, 자영업자

아주 오래전, 1인창조기업협회라는 곳에서 발표한 적이 있다. 1인 기업으로서 어떤 일을 하는지였는데 그 뒤로도 종종 지식산업에 종사하는 사람으로 프리랜서라고 소개하기보다 1인 기업으로 나를 칭했었다. 하지만 기업이라는 단어가 뭔가 거창하게 느껴졌고, 고정된 수입이 없는 상태에서 사람들이 느끼는 의미와 내가 느끼는 의미의 괴리감으로 인해 사용하지 않게 되었다. 프리랜서는 의외의 편리함으로 종종 사용하게 됐는데 서로에 대해 전혀 모르는, 하지만 꽤 오랜 시간을 공유한 사람과 대화하게 되면 직업을 물어보기도 하는데 그럴 때 프리랜서라고 하면 더 이상 물어보지 않았다. 아마 프리랜서로 가능한 몇 가지 일들이 예상되기 때문이리라 예측해 본다. 지금 내가 가장 좋아하는 명칭은 자영업자다. 자영업자의 뜻은 자신의 혼자 힘으로 경영하는 사업자 – 네이버 국어사전를 말하는데 '혼자 힘으로 경영함'이 가장 마음에 들기 때문이다. 누군가에게 일을 수주받아서 하기도 하지만 내가 가장 좋아하는 일은 1:1 코칭이나 교육이다. 개인의

         무기력해서 쓰기 시작했습니다

삶을 더 좋은 방향으로 끌어주는 서비스(가치)를 제공하고 그에 상응하는 금액을 받는 삶. 지식산업 노동자에 해당하는 사람들은 누구나 이런 방식으로 돈을 벌 것이다. 지난 한 달 동안 수업한 강사료가 오늘 입금되었다. 보통 강의는 강의한 다음 달에 강사료가 들어오는데 직장인처럼 월급날이 정해져 있지 않고 '언제 입금됩니다~' 하면 그때 통장이 빵빵해져 있는 걸 확인하게 된다. 그래서 한 번에 목돈이 들어오지 않고 아주 조금씩 다양한 곳에서 일한 금액이 모여 밥벌이가 되어준다. 직장 다닐 때는 월급의 소중함을 몰랐는데 이렇게 들어온 돈은 하나하나가 다 소중하다. 작고 소중한 나의 노동료勞動料(왜 노동 후 받는 돈은 노동료라고 하지 않지?). 자영업자는 혼자 힘으로 경영해 돈을 벌기 때문에 돈 벌 루트가 정말 많거나 주력으로 삼는 일 하나가 있어야 한다. 나 역시 개인 코칭을 좀 더 많이 했으면 하는데 아직은 어렵기만 하다. 그래도 코칭을 통해 주고자 하는 것들이 있고 필요로 하는 사람들에게 도움이 된다고 믿는다. 한번은 기회가 올 거라 믿으며 열심히 걸어갈 뿐이다.

48. 출근하는 심정으로

자기는 아침잠이 많아서 결코 직장인은 되지 못했을 것이라는 번역가의 글을 본 적이 있다. 그러면서 집에서 작업하는 자신의 업을 너무 사랑하며 그 이유 중 반 이상은 집순이라는 기질이 작용한다는 것. 나 역시 집순이 중의 집순이다. 아니, 집순이라는 표현도 부족할 정도의 방순이다. 침대가 있었다면 침대순이가 되었겠지만, 침대는 없으니 방바닥순이로 할까 하다 너무 길어 방순이로 정했다. 아침 출근 시간이 더 다양하고 출퇴근 지역이 수도권에 밀집되어 있지 않다면 직장인들의 행복도는 조금 더 올라갔을까? 모르긴 몰라도 영향이 꽤 있을 거란 생각이다. 나 역시 직장을 다니지 않아서 얻는 최대 수혜는 아침 시간의 여유로움이다. 하지만 오전 시간이 여유롭다고 알차게 쓰는 건 또 다른 문제다. 초반에는 남아도는 시간을 방탕하게 쓰는 게 프리랜서의 낙이자 낭만이라 생각했다. 밤늦은 시간까지 놀거나 작업을 했고 다음 날 오전 시간에는 부족한 잠을 보충했다. 시간이 지나고 연차가 쌓이니 하루의 루틴을 만드는 것

무기력해서 쓰기 시작했습니다

만큼 중요한 것이 없다는 걸 깨달았다. 정해진 시간에 일어나고, 정해진 시간에 밥을 먹고, 정해진 시간에 작업을 하며, 정해진 시간에 잠자리에 드는 것. 그래서 정말 재난 정도의 폭우나 폭설이 내리지 않는 이상 업무적 외출을 하고 헬스장에 간다. 예전에는 폭우나 폭설이 내리면 일정을 미뤘다. 최대한 날씨가 별일 없는 날에 외출하려고 했으며 그게 프리랜서이자 창조적 자영업자의 일하는 맛이라고 생각했다. 내가 업무의 주도권을 잡고 스케줄을 조정하는 것. 지나고 보니 그것은 일하는 맛이 아닌, 방종에 가까운 건방진 맛이었다. 그래서 지금은 외출이 어려울 정도의 이슈가 생기지 않는 이상 계획대로 움직인다. 업무는 물론 운동도 그렇다. 그래서 비가 억수로 쏟아져도 튼튼한 우산을 들고, 튼튼한 스포츠 샌들을 신고, 운동을 가는 것이다. 그럴 때마다 그런 생각을 한다. 직장인들은 눈이 오나 비가 오나 출근한다. 병가를 내야 하는 일이 아니고서는 지옥철의 러시아워를(출퇴근 시간에 한산한 노선도 있을까?) 뚫고 출근을 하는 것이다. 창작자가 직장인 같은 마인드로 살면 안 된다는 사람도 있을 것이다. 직장인이 어쩔 수 없이 출근하는 마인드라고 한다면 그렇게 볼 수도 있겠지만, 자의든 타의든 아침에 일어나 러시아워를 뚫고 회사로 출근하는 직장인들을 나는 존경한다. 그리고 창작자 이전에 직업인인 나는 직장인 같은 고정된 루틴을 갖기를 희망한다. 경험에 비추어볼 때 대부분의 악천후로 꺼려지는 일은 출근하는 심정으로 하면 못할 것이 없다. 출근이야

말로 생존을 위해 인간들이 만들어놓은 최선의 루틴이며 그걸
지켜내는 이들을 떠올리는 것만으로 일개 프리랜서는 창조적
자영업자로서의 최소한의 루틴을 지켜낼 수 있다.

49. 생존에 취약한 서타일

  글쓰기 수업 주제로 **내가 생각하는 나라는 사람**을 소개하는 시간을 가졌다. 다들 어렵다고 했는데 글쓰기 주제란, 쉬우면 쉬운 대로 어려우면 어려운 대로 쓰기 곤란한 것이라 특별히 괘념치는 않았다. 게다 일단 던진 주제를 다시 주워 담을 수도 없는 노릇이니 그대로 수업을 진행했다. 수강생들은 나름대로 준비해 온 에피소드를 잘 들려주었고, 이제는 그걸 쓰는 일만 남았다. 모니터를 한참이나 째려봤지만 글감이 떠오르지 않는단다. 수강생들에게만 어려운 과제를 내준 것 같아 나도 나에 대해 써보기로 했다. 나에 대해 할 말은 많지만 요즘 특히 나에 대해 강하게 드는 생각은 생존에 취약한 서타일이라는 것이다. 생존에 강하려면 두 가지가 있어야 한다. 혼자 잘났거나, 타인에게 보호 본능을 일으키거나. 애석하게도 잘 난 것과는 거리가 멀고, 보호 본능을 일으키는 것과는 더 거리가 멀다. 고로 두 가지 중 한 가지를 택해 생존해 나가야 하는데 결국 혼자 잘 버는 사람이 되어야 한다. 잘 벌기 위해서는 또 두 가지가 필요하다. 돈이 되는 일을 잘 알거나, 돈 버는 일을 꾸준히 하거나. 이 역시 애석하게도 돈이 되는 일을 잘 알지 못하고 돈 버는 일도 꾸준히 하지 못했다. 좋아하는 일을 잘하기 위해 돈을 벌지 못했고, 좋아하는 일을 쫌 잘하게 되니 돈이 벌리긴 하는데 그동안 벌지 못한 소득의 블랙홀이 워낙 깊다 보니, 이렇게 모아서 언제 독립하나 우울하기 그지없다. 그럼에도 돈이 되는 일을 잘 아는 것보다 돈 버는 일을 꾸준히 하는 것이 기질상 더 맞아 보여 어찌 됐든 돈은 꾸준히 벌어야 할 것 같은데 자체 소득 70%, 외부 소득 30%가 목표이나 바위에 계란 던지기 같은 상황에 아주 머리가 아프다. 최근에 친구랑 이야기하면서 내린 결론 중 하나는 나 같은 스타일은 결국 내가 나를 알리기보다 내가 이룬 어떤 것으로 누군가가 나를 찾게끔 해야 한다는 것이었다. 이건 예전부터 생각하고 있던 건데 나는 나를 알리는 것을 잘 못하고, 내가 어필하는 나는 내가 봐도 매력적이지가 않다. 그래서 결론은 꾸준히 무언가를 생산해 내는 것이 일차적 과제이고 그걸 대중적인 아이템으로 다듬어줄 사람이 필요하다는 것. 쓰고 보니 또 암담하네. 하여간 내 발치에 누워 까만 콩 같은 눈으로 나를 바라보기만 해도 귀엽다는 마음이 뿜뿜하는 코천이를 보면서 상당히 부럽다는 생각이 들지만 그렇게 생겨 먹지 못해서 나 자신이 싫은 건 아니다. 이미 이렇게 태어난 걸 어쩌랴. 이런 나를 데리고 살면서 좋아도 해야지 암(내 안의 기쁨이를 소환해 보자). 그래서 잘나지도 않았고 보호 본능을 일으키는 것도 아니

무기력해서 쓰기 시작했습니다

라, 이러나저러나 혼자서 살아내야 하는 내가 아직 생존해 있는 건 80%는 부모님 덕이고, 20%는 주어진 일은 하려는 책임감 때문일 것이다. 좋아서 시작한 일을 계속 좋아하려면, 그 일로 내 삶에 발자국을 꾸준히 내야 한다. 어쩌면 그러지 못하고 있어서 나의 생존율은 점점 떨어지는 것일 수도 있다. 잃어버린 발자국을 찾는 것 역시 나의 몫이다. 생존에 취약한 서타일로 좀비처럼 살지 않으려면 발자국을 다시 찾아야 한다. 생존에 강하든, 취약하든 살아남으면 장땡이다. 살아남아서 발자국을 찍자.

50. 가르치는 사람의 자세

    학창 시절 내가 커서 누군가를 가르치게 될 거라는 생각은 한 번도 해본 적이 없다. 의례적으로 조사했던 장래 희망에서도 만화책 『굿모닝 티처』에 한참 빠졌을 때만 선생님을 적어 냈을 뿐, 진심으로 선생님이 되고 싶었던 적은 없다. 수강생들이 쌤으로 불러주는 건 기분 좋은 일이지만 솔직히 지금도 누군가를 가르친다는 생각으로 수업하지는 않는다. 어쩌다 보니 어른과 아이들 둘 다 가르치고 있는 셈인데 무언가를 할 때 아이덴티티를 정립해 놓고 해야 마음이 편하므로 가르치는 이는 어떤 자세를 취해야 하는가 생각해 본 적이 있다. 선생님마다 직업관이나 일을 대하는 가치관이 있듯이 나 역시 가르치는 입장은 어때야 하는가라는 기준을 품고 있다. 나는 내가 알고 있는 분야 외에는 다소 무식한 사람이라 보수적으로 생각하는 선생님의 기준에는 많이 못 미친다. 그래서 모르는 것은 인정하고 배워서 가르치고자 하는 마음이 있다. 실제로 수업 시간에 수강생이 무언가를 물어봤을 때 명쾌하게 답하지 못했다고 생각하면 알아 와서 다

무기력해서 쓰기 시작했습니다

음 시간에 알려준다. 나 또한 수업을 진행하고 피드백하면서 모르는 것은 새로 배워 알려주기에 수강생이 무언가를 물어봤을 때 유창하게 설명하는 해박한 멋은 없어도, 아는 데까지만 알려주고 공부해 와서 다시 알려주는 소박한 맛은 있는 것이다. 나는 나의 입장을 그렇게 정하고 있다.

1. 내가 모든 것을 다 알고 있지 않으며 모르는 것은 공부해서 알려주면 된다.
2. 가르치는 분야에 대해서 내가 좀 더 경험이 있는 건 맞으나 정보의 전달과 함께, 스스로 깨닫고 성장하게 하는 것이 더 중요하다.
3. 성장을 위해 적정의 스트레스는 불가피하다. 과제를 주되 감당할 수 있을 정도로 개인별 피드백을 조절한다.

그래서 하고자 하는 이들만 가르치는 게 좋다. 본인의 의지가 아닌데 참여하는 사람의 태도는 어쩔 수 없이 소극적이고 강사의 심기(하지만 티내지 않는 자가 위너)를 건드리게 된다. 강사와 선생님은 약간 다르긴 하지만 나라는 사람은, 퍼포먼스에 강하고 말이 유려한 강사보다는 수강생과의 교감이 중요한(하지만 T라서 교감을 깊이 하지도 않는 게 반전) 선생님이 더 맞아 보인다. 나는 계속 가르치는 사람이 될 것인가? 단어를 선택할 수 있다면 **가르치는**보다는 **성장시키는**이 더 좋다. 타인을 성장시키는 일이 적성에 잘 맞기에 그 일은 계속할 것 같다.

51. 이제는 인정해야겠다

오랫동안 나를 괴롭혀온 것이 있다. 그건 바로 부캐와 필자의 싱크로율이라고나 할까? 김훈 작가는 『밥벌이의 지겨움』에서 '뭘 해먹고 사는지 감이 안 와야 그 인간이 온전한 인간이다.'라고 했다. 그 말에 위안받은 나는 내 비주얼이 옷코칭(패션은 더더욱)과 썩 어울리지 않아도 그러려니 했다. 비주얼뿐 아니라 성향 자체도 썩 어울리지 않아도 그러려니 했다. 그래도 내가 옷이라는 도구를 통해 사람과 세상에 조금이라도 유익한 영향을 주고자 하는 마음이 있는 걸로 충분하다고 생각했다. 하지만 역시 세상은 냉정한 것. 김훈 작가가 아무리 네임드라고 해도 김훈 작가의 말은 그 말에 해당하는 사람들만 좋아하는 말이 아니었나 싶다. 나 역시도 글쓰기 수업을 할 때 더 편하고 재미있고, 옷습관 수업은 뭐랄까 내가 이 길을 선택했으니까 꾸역꾸역 하는 느낌이랄까? 하지만 이제는 알겠다. 나는 글쓰기 수업을 더 좋아한다. 그리고 더 하고 싶어 한다. 그런데 그렇다고 옷습관 수업을 좋아하지 않는 건 아니다. 엄밀히 말해 좋아하기보다는 필요하다고 생각하니까 하는 것이다. 원해서 하는 거랑 필요해서 하는 거랑은 체감이 다르다. 옷을 살 때도 원하는 옷을 더 사고 싶어 하지, 필요한 옷을 더 사고 싶어 하진 않는다. 필요한 아이템을 채우기가 실로 어려운 이유다. 그래서 이제는 인정해야겠다. 그래, 나라는 사람은 글 쓰는 걸 더 좋아하고 옷 입는 건 나에게 맞는 최소한의 옷만 있으면 된다고 생각하는 사람이다. 그래도 그 '최소한의 옷'은 심리적으로는 만족감을 주고 환경적으로는 덜 파괴하는 쪽이었으면 하는 바람이라, 옷습관 수업은 의무적으로라도 해야겠다고 생각한다. 꾸역꾸역하면 어때? 하고 싶은 것도 하고, 해야 하는 것도 하다 보면 어딘가쯤에서 그 길이 합쳐지거나 만나지 않겠어?

52. 쓰기 싫음의 역설

솔직히 쓰기 싫었다. 매일 글을 쓰다가(물론 주말엔 안 썼지만) 한 번 막히니까 너무 스트레스였다. 브런치에서는 독자들이 기다린다고 자꾸 알람을 보냈다. (하지만 나는 안다. 독자를 핑계로 플랫폼의 원활한 생태계를 유지하기 위한 글쓰기 독촉이라는 것을!) 그러다 그냥 안 써버렸다. 쓰지 않기로 마음먹었더니 세상 편했다. '아~ 이렇게 편하다니!' 웃긴 건 글쓰기만 안 한 게 아니라는 거다. 운동도 쨌다. 4일씩이나. 글도 쓰기 싫고 운동도 하기 싫고. 그러면서 씻으러는 꼭꼭 갔다. (헬스장의 샤워장은 목욕탕으로 되어 있어서 집에서의 샤워감과는 꽤 다른 만족감을 선사한다.) 부모님은 하기 싫고 힘들고 어려운 상황일수록 자신을 이겨내야 한다는 사고를 가지신 분들이라 그에 반대되는 행동을 이해하지 못한다. 월요일에 새삥한 운동복을 본 엄마가 물었다. "왜 운동 안 가?", "하기 싫어서." 말하고 나서 나도 깜짝 놀랐다. '하기 싫다.'는 말을 이렇게 단호하고 자연스럽게 말하다니! 역시 나는 우리 집의 돌연변이가(생각해 보면 나를 뺀 자식 셋도 부모님과 비슷한데, 그 세 명이 사회에서 주류로 잘 살아가는 거 보면 하기 싫을 때 하는 자가 일류인 것 같기도….) 맞는 것 같다. 그렇게 4일을 내리 침잠했더니 슬~ 손꾸락과 몸이 근질근질하다. 그래서 오랜만에 운동복도 입고 브런치에 글도 썼다. 그랬더니 글도 써지고 운동할 마음도 났다. 역시 뭐가 하기 싫을 땐 좀 안 하는 것도 방법이다. 누구나 자기만의 방법으로 삶을 이어간다. 주류의 삶은 아니지만 운동도 하고 글도 쓰고 행복한 비(飛)주류로 살어리랏다. (그러니까 알람 그만 보내! 이 브런치야!! But thanks. 나 같은 사람에게 약간의 독촉은 필요함)

53. 친구 절연 후유증

2019년에 연락을 중단한 친구가 꿈에 종종 나온다. 못해도 두 달에 한 번은 그 친구 꿈을 꾸는 것 같다. 레퍼토리도 다양하다. 그 친구가 건물주가 된 꿈, 같이 밥 먹는 꿈, 유학을 가는 꿈 등. 대부분의 꿈은 현실과 다르게 아주 화기애애하게 흘러간다. 그래서 꿈에서 깨어나고도 즐거웠던 기분이 잔향처럼 남아 있다. 대체 그 친구 꿈을 왜 이렇게 자주 꾸는 것일까. 꿈은 무의식의 반영이므로 내가 그 친구를 그리워하는 건 맞을 것이다. 하지만 그렇다고 다시 연락하는 게 맞나?라는 질문을 스스로 해본다면 종결어미를 맞냐가 아닌 **원하냐**로 바꿔야 할 것이다. 난 그 친구와 다시 연락하길 원하나? 바로 Yes가 나오지 않는다. 같이 있으면 즐겁고 편한 부분이 분명히 있다. 하지만 누구나 그렇듯 동전의 양면처럼 내가 감당하기 어려운 부딪힘의 구간도 존재한다. 마찰의 구간이 감당할 만하다면 괜찮겠지만, 그 친구와의 마찰에는 나의 열등감이 자리 잡고 있다. 친구 사이에 그런 게 어디 있냐고 할 수도 있을 것이다. 맞다. 보통은 그런 게 없

무기력해서 쓰기 시작했습니다

거나, 있어도 친구 관계는 유지된다. 하지만 나는 내가 몰랐던 나의 그림자를 그 친구와 함께 있는 것으로 발견했고, 서로 다른 가치관으로 인해 함께 있을 때 나의 약점을 더 크게 느꼈다. 그 친구도 아마 그랬을 것이다. 그 친구가 잘한 부분을 인정해 주고 그 친구의 선택을 존중했어야 하는데 나는 내 가치관에 빗대 평가하고 조언했다. 그렇게 서로가 날카로워지는 부분이 있었고, 그 부딪힘이 반복되던 어느 날 나는 친구에게 '거리를 두자.'고 말했다. 내가 거리를 두자고 말하지 않았다면 우린 절연하지 않았을 것이다. 결국 나의 선택은 절연이라는 결과를 가져왔고 난 어쩌면 그 감당을 계속 꿈으로 하는 건지도 모르겠다. 그 친구는 행복하게 살고 있을 것이다. 20대 때 일찍 결혼해 대출금 갚느라 많이 아끼면서 나한테 핀잔도 많이 받았는데 40대가 되니 그 친구의 행보는 남들보다 앞선 경제적 자립의 첫 단추였다. 그 친구의 꿈을 꿀 때마다 '잘 살고 있겠지.'라고 중얼거리며 같이 놀던 옛날을 떠올려본다. 같이 놀러 갔던 것, 같이 먹었던 것, 같이 만화책 봤던 것 등등. 내 오랜 시간의 그리움이 아직 해소되지 않아 그렇게 꿈으로 나오는가 보다. 5년이나 지났는데도 꿈속의 친구는 헤어질 때 모습 그대로다. 지금은 또 달라진 모습이겠지만 꿈에서도 만나지 못해 그리울 그때쯤, 다시 보게 될 날이 있을지 모르겠다.

54. 1,000번은 흔들린 것 같은데

미친년 같다. 카페 이름과 코칭 이름을 끊임없이 바꾸는 것이. 바꾸는 이유는? 뭔가 마음에 들지 않기 때문이다. 뭐가 마음에 들지 않는 것일까? 내가 추구하는 가치를 담고 있지 못하는 것 같다. 잘 바꿨다고 생각했는데 다음 날이 되면 또 마음에 들지 않는다. 이유가 뭘까? 너무 자기 세계에 갇혀 있는 느낌이다. 대중적이지 못하고 무슨 일을 하는지 이름만 보고는 알 길이 없어 보인다. 마치 순댓국집을 갔는데 '돼지가 우물에 빠진 맛'이라고 순댓국을 설명해 놓은 느낌이다. 그렇다면 어떻게 바꿔야 할까? 또 머리를 굴려보자. 이게 문제다. 대중적이지 않은 시각으로 대중적이지 않은 이름을 만드는데, 대중적으로 가기 위해 대중적인 이름을 떠올리면 그건 또 나답지 않은 이름이라며 시지프스의 돌을 굴리게 된다. 김난도 교수는 청춘들에게 1,000번을 흔들려야 한다고 말했는데 난 1,000번을 지우고 썼다를 반복하는 중이다. 청춘은 더더욱 아니다. 불혹 더하기 네 살이나 먹고서도 이렇게 흔들리는 중이니 김난도 교수의 말은

무기력해서 쓰기 시작했습니다

틀렸다. 인간은 죽을 때까지 흔들린다. (나만 그래?) 자기 확신도 없고, 그렇다고 비즈니스 감각도 없다. 대중적이지 못하면서 끊임없이 어떻게 하면 대중을 사로잡을 수 있을지 고민한다. 그래서 도루묵이다. 한쪽은 내가 있고 한쪽은 세상이 있다. 나는 산꼭대기이며 세상은 산 아래쪽이다. 열나게 돌을 짊어지고 내가 추구하는 건 무엇인지를 쫓다가도 막상 정상에 올라가면 '이 산이 아닌게벼.'를 외치면서 돌을 아래쪽으로 다시 굴리는 것이다. 시지프스의 형벌에 빠진 나를 어떻게 구원할 것이냐. 글쎄. 끊임없이 굴리다 보면 산이 평평해지는 날이 오지 않을까. 내가 힘이 빠지고 돌이 닳듯이 산도 닳을 테니까. 산의 정상과 아래쪽이 얼추 비슷하게 되면 나는 세상의 눈으로 나의 가치를 나답게 알릴 수 있게 되지 않을까? 갑자기 희망적으로 쓰려니까 또 고뇌에 빠지네. 사실 좌절하고 싶지 않으니까 이런 글쓰기도 하는 건데 그래도 이렇게 뭔가라도 끄적거리는 건 분명 '희망적'이라고 느껴지긴 하다. 내가 원하는 일로 밥벌이를 하지 못해, 거의 무직이라고(옷 관련 빼고 글 관련은 하고 있으니 테크니컬리 무직은 아니지만) 해도 할 말은 없지만 알베르 카뮈가 자신의 에세이 『시지프 신화』에서 "il faut imaginer Sisyphe heureux."라고 했듯이 나도 알베르 카뮈의 말을 따르고자 한다. 다시 바위를 굴릴 수 있음에 그래도 시지프는 행복했을 거

---

8) 시지프: 시지프스의 프랑스 발음

라고. 고민할 수 있는 무언가가 있음이 삶에 대한 열정이라고.
알베르 카뮈의 정신을 이어받아 좋게 해석해 보자.

il faut imaginer Sisyphe heureux(우리는 시지프가 행복하다고
상상하여야 한다.) – 나무위키

이 글 쓰느라 검색해서 처음 알게 된 건데 좀 마음에 든다.

무기력해서 쓰기 시작했습니다

55. 욕심을 버리라는데

오랜 무명 생활을 겪다가 자기 일로 인정을 받게 된 사람들의 이야기를 들어보면 공통점이 있다. '포기할 뻔한 순간' 선택의 기로에서 마지막 선택을 했고 그 선택이 좋은 결과로 이어졌다는 것이다. 하지만 곰곰이 생각해 보면 그 선택은 수많은 선택 중 하나였을 뿐이고, 포기하고 싶다는 마음이 들 때 나에게 온 선택이었을 뿐이다. 무슨 말이냐 하면 70번을 해서 안 된다고 느꼈고, 이제 한 번만 더 해보고 접자는 마음이 들었을 때 71번의 기회가 와서 그게 좋은 결과로 이어졌다면 이미 67번 즈음부터 '그만할까?', '그만해야 하지 않을까?'란 마음이 스멀스멀 올라왔을 테고, 그런 마음으로 68번부터 70번까지를 하지 않았을까란 생각이다. 그러니 결론적으로 정말 포기할 뻔한 순간에 '기적적'으로 운빨이 트여 잘된 것이 아닌, 뭔가를 막 하려고 할 때의 열정은 온데간데없고 약간의 회의감으로 고민에 휩싸여 갈팡질팡할 때 관성적으로 하던 그 일이 쌓이고 쌓여 빛을 보게 된 것은 아닐까 하는, 삐딱한 시선으로 부러움을 표현해 본다.

어찌 되었든 포기할 즈음이 되면 사람이 욕심을 내려놓게 된다고 생각하는데, 이래도 안 되고 저래도 안 되면 몸에 힘도 빠지고 의지도 사라지고 관성에 의해 일단 하긴 하지만, 내가 일을 하는 건지 일이 나를 놓아주지 않는 건지 모를 수준이 된다고 느끼므로, 어쩌면 그런 상황에서 마치 밀당을 하는 것처럼 쓰러져 죽을 똥 말 똥 할 시점에 '내 너의 마음을 시험해 본 결과, 진실함이 보이니 좋은 결과를 하사하노라~' 같은 레퍼토리는 결말이 해피엔딩이라는 점에서 한 번쯤 경험해 보고 싶기는 하다. 하지만 나는 아직 욕심에서 자유롭지 않고, 손해를 본다 싶으면 조금이라도 손해 보고 싶지 않다는 마음이 스멀스멀 올라와서 욕심을 내려놓는 것과는 반대 방향으로 전력 질주하게 된다. 대체 욕심은 어떻게 버릴 수 있는 건지 너무 궁금하다. 진정 욕심에서 벗어나면 일에서의 성취를 얻을 수 있을까? 친구는 나보고 욕심이 없어서 돈을 못 버는 거라고 타박하고, 사주에는 물욕이 많다고 쓰여 있고, 나는 욕심을 버리는 방법에 대해서 궁금해하고 있으니 아리송할 따름이다.

📝 어찌 되었든 ~ 싶기는 하다. 답답한 마음을 장문으로 연출했으니 쉼 없는 읽기로 무호흡의 답답함을 느껴보면 어떨까 합니다.

무기력해서 쓰기 시작했습니다

56. 고민은 헛되지 않다

지인의 남편분이 사주 상담을 시작했다고 해 친구랑 사주를 보러 갔다. 답답한 마음에 비해 사주에 큰돈을 쓰고 싶지는 않아 다소 편한 마음으로 임했다. 상담 선생님은 열정적으로 사주를 봐주셨지만, 오랜 직장 경험에 비해 개인 상담 경험은 초보인지라 세상사 경험할 만큼 경험한(나이만으로 세상사 경험을 따지긴 어렵겠지만, 그래도 반 팔십의 위엄을 주장해 보자면) 40대를 만족시키기엔 다소 부족한, 딱 비용만큼의 상담이었다. 상담이 끝난 친구와 나는 사주에 대해 열렬히 토론했다. 거울 치료 잘했다느니, 원래 다 알고 있는 내용이라느니, 사주를 보면 다 나오는 내용이라느니, 꿈보다 해몽이라고 사주보다 사주를 통해 꽃피우게 된, 자기 문제에 대한 서로의 날카로운 진맥이 우리를 더 즐겁게 했다. 워낙 서로의 고민에 대해 잘 이야기하고 잘 들어주며 상대방의 기질에 따라 솔루션도 잘 제시하므로, 이렇게 심도 있는 고민을 하게 만든 점은 사주 선생님께 감사할 일이었다. 누구나 그런지는 모르겠지만 생산적인 고민과 함께하는 파전 & 막걸리는 왜 이렇게 맛있는 것인지. 친구의 허심탄회한 분석과 솔루션에 대한 답변으로 그동안 했던 고민과 앞으로의 계획에 대한 썰을 풀었다. 친구는 내 계획에 흔쾌히 맞장구쳤고 잘되기를 응원했다. 느리긴 하지만 내 일에 대한 고민을 꾸준히 한다. 고민은 고민일 뿐, 액션이 아니며 누가 알아주는 것도("너 오늘 고민만 10시간 했다며? 진짜 고생했다.") 아니기에 현실화시키기까지는 무용에 가깝다. 게다가 멈춰 있는 것처럼 보이므로 상당한 불안을 야기시킨다. 나는 불안했지만 고민은 멈출 수 없었고, 고민이 멈추는 때는 액션이 결정되는 때이다. 고민을 통해 액션이 정해졌고 선생님의 사주가 엄청난 효용이 있지는 않았지만, 사주로 인해 촉발된 우리의 대화는 그 자체만으로 우리에게 위안과 솔루션이 되어주었다. 고민은 계획이 되며 계획은 액션이 된다. 고민은 그래서 값지다. 막걸리 마셔서 하는 이야기가 아니다.

57. 자존심이 있어야

자존감은 자아존중감 나를 존중하는 마음이고 자존심은 타자존중감 남에게 존중받고자 하는 마음이라고, 자존감과 자존심의 차이를 포스팅한 적이 있다. 벌써 12년 전 포스팅이다. 자존감이라는 단어가 막 관심받던 시기였고 그 흐름으로 포스팅도 검색이 꽤 많이 됐었다. 모 기업 사보에도 실렸는데 몇 년 후에는 누군가가 불펌으로 자기가 쓴 글인 양 포스팅해 놓기도 했다. 그렇게 자존감의 중요성은 날이 갈수록 중요해졌고 지금도 어떤 고민에는 자존감이 부족해서 그렇다는 댓글이 달리기도 한다. 하지만 자존심 세포가 실종된 1인으로 써보면 자존심은 꼭 필요하다. 살면서 타인에게 존중받는 일 역시 꽤 중요하기 때문이다. 인정에 기반을 둔 존중이다. 하지만 우리는 어떤 분야에서 탁월하게 잘하지 않는 이상(탁월하게 잘하더라도 개인의 기준은 다르므로 그 탁월함의 소유자 역시 열등감에선 자유롭지 못하다.) 스스로에 대한 부족함을 인정할 수밖에 없으며 부족하다는 마음은 열등감을 부른다. 열등감은 두 가지 선택을 하게 만드는데 계속

갈 것인지, 아니면 포기할 것인지다. 더 잘하고 싶다면 열등감을 인정하고 계속 정진하는 길을 택할 것이며, 계속하더라도 나아지지 못할 거라는 혹은 내가 원하는 기준을 충족하지 못할 거라는 마음은 단념하는 길을 택할 것이다. 여기서 긍정적 자존심은 자존감만큼 좋은 영향을 가져다주는데 **쪽팔리고 싶지 않다**는 동력이다. 쪽팔리고 싶지 않다는 마음이 발동하는 분야는 내가 애정을 가진 분야이기도 하다. 나라는 사람을 이루는, 나를 규정하는 부분이라고 생각하기에 좋은 모습을 보이고 싶은 것이다. 일에서건 연애에서건 회피 성향은 조금만 안 좋은 모습을 보였을 때 바로 피해버리는 걸 말한다. 정말 잘나서든, 못난 부분을 잘 감춰서든, 못난 모습은 누구에게나 있다. (눈에 보이는 게 다가 아니라는 걸 우리는 안다.) 중요한 건 못난 모습을 남이 눈치채고 내가 느꼈을 때 초라함에 잠식되지 않는 것. 초라하고 못나고 쪽팔렸을 때 그걸 인정하고 나아지고자 노력하는 게 긍정적 자존심의 역할이다. 솔직히 말하면 난 자존심이 센 사람들이 부러웠다. 그들의 자존심은 큰 동력으로 작용하기 때문이다. 있는 그대로의 나를 존중하는 것과 부족한 부분에 있어 '그럴 수 있지.' 하고 넘어가는 건 다른 것이다. 내가 잘하고자 하는 분야라면 '그럴 수 있지.'라고 넘어가선 안 된다. 자존심을 세우고, 쪽팔리지 않고자 노력하며, 타인에게 인정받고자 노력한다. 어쩌면 그게 바로 나에게 부족한, 내가 원해 마지않던 뾰족함과 전문성이지 않을까 생각해 본다.

무기력해서 쓰기 시작했습니다

58. 나에게 신념이 있을까?

친구가 나에게 말했다. "그래도 넌 신념이 있잖아. 나는 그 신념이 멋지다고 생각해! 난 신념이 없어서 이리저리 너무 많이 휘둘리거든." 글쎄. 친구가 내 브런치를 읽어도 그렇게 말할 수 있을까. 내가 그 친구에게 신념이 있어 보이는 건 신념 없이 휘둘리는 모습을 보이지 않아서일 것이다. 난 휘둘리는 모습을 글로만 쓴다. 확고한 신념으로 자기 확신에 찬 것도 딱 10년까지다. 사람이 10년을 신념으로 살면서 궁핍해지면 신념을 신뢰하지 않게 된다. 대체 신념이 뭔데? 신념은 길을 잃지 않도록 하는 나침반이다. 나침반을 들고 정해진 방향 그대로 움직인다. 하지만 생존을 위해 신념은 침의 방향을 조금씩 수정한다. 난 그게 신념의 본질이라 생각한다. 굳게 믿는 마음은 세상 풍파에 조금씩 다듬어진다. 양보하지 않았던 부분을 조금씩 양보하고 세상과의 접점을 찾고자 노력한다. 그러면 이리저리 휘둘리는 것처럼 보여도 거시적으로 보면 결국 비슷한 방향으로 가게 된다. 그래서 친구는 내가 멋지다고 했지만 나는 내가 하나도 안

멋있다. 이리저리 흔들려도 흔들리면서 걸어가는 삶이 있고, 안 흔들리는 것처럼 보여도 누구보다 큰 혼란을 안고 사는 삶도 있다. 전자와 후자의 삶을 신념으로 가를 수 있을까? 신념이 있다고 잘 사는 것도, 신념이 없다고 못 사는 것도 아니다. 그냥 스스로 신념이 있다고 믿는다면 그 길을 가는 것이고, 신념이 없다고 생각해도 자기 삶의 목적성대로 살아가면 된다. 지금의 나에게 신념이란, 일이 되는 방향이다. 길이 없는 곳, 수풀이 우거진 곳의 수풀을 쳐내면서 길을 만들어간다. 열심히 갔는데 낭떠러지라면 다시 back 한다. 다른 방향으로 수풀을 쳐내며 새로운 길을 만든다. 될지 안 될지 모르는 길을 열심히 가는 모습이 아마 신념이 있어서 가는 것처럼 보였을 것이다. 내가 신념이 있나? 잘 모르겠다. 그냥 처음 이 길을 선택한 마음이 시작할 때보단 옅어졌지만, 오래 부대끼다 보니 미운 정 고운 정 다 들어버려 헤어질 수 없는 그런 일이 되어버렸다면 이해할 수 있을까?

59. 사람이 되기 싫은 곰

알고리즘은 참 희한하다. 확증 편향 같으면서도 내가 몰랐던 새로운 세계를 접하게 해주니 말이다. '과나'라는 음악가이자 예술가도 알고리즘으로 접했다. 정확히는 과나보다는 과나의 노래가 나의 세계로 들어왔다고 볼 수 있다. 노래가 독특한데 특히 영상과의 조화가 마치 한 편의 짧은 애니를 보는 것 같은 효과를 준다. 그래서 그의 노래는 노래이면서 스토리이면서 어른을 위한 동화 같다. 내가 꽂힌 노래는 〈사람이 되기 싫은 곰〉. 처음엔 제목이 특이하다 싶었다. 빠른 템포의 가사를 쫓다 보면 이야기에 몰입하게 되고 후렴구엔 서정적인 멜로디로 마음을 싸르르하게 만든다. 그게 끝인 줄 알았지만, 아니다. 이때부터 눈이 촉촉해지기 시작해서 마지막까지 듣다 · 보다 보면 눈에는 눈물이 그렁그렁해진다. 고로 이 뮤비는 꼭 눈물을 흘려도 아무렇지 않은 상황에서 봐야 한다. 이 뮤비를 본 건 올해 초였는데 (정작 노래는 22년에 나옴) 오늘, 과나가 유튜브를 그만둔다고 글을 올려서 노래를 다시 한번 들었다. 댓글을 보니 개천절을 생각하며 만든 노래란다. 몰랐다. 그러고 보니 호랑이, 곰, 마늘과 쑥 그리고 인간이네. 왠지 아이들은 이 뮤비를 보면서 울지 않을 것 같다. 어른들만 울 것 같은데 곰의 애환을 아이들이 이해하긴 어려울 것 같기 때문이다. 특히 뮤비에는 눈치 보는 법 세 가지가 나오는데 오로지 인간만이 가진 특성이다. 그러니 태생이 동물인 곰이 살아남기가 얼마나 힘들었겠는가. 말과 행동이 다르고, 표정과 마음이 다르고, 기분이 좋아도 춤을 추지 않는 종. 마치 생존을 위해 진화된 능력처럼 느껴지기도 한다. 저 세 가지를 잘해야 생존에 유리하고 성공할 수 있다고 말하는 것처럼. 오늘 뮤비를 보면서 내가 왜 우는지 생각해 봤는데, 세 가지로 수렴되었다.

1. 사람이 되기 싫은데 선택된 곰이 불쌍해서.
2. 곰을 위해 힘을 보태준 동물들의 우정이 감동이라.
3. 그렇게 사람으로 역할을 다하고 하늘로 올라갈 때 다시 곰이 되는 모습이 뭉클해서.

곰은 곰일 때 행복했겠지만 죽을 때 울어주는 가족이 많은 걸 보면 사람이 되어서도 행복했을 것 같다. 내 안의 곰은 아직 사람화가 많이 덜 된 것 같다.

무기력해서 쓰기 시작했습니다

60. 기대가 되는가?

잊고 있었다. 어떤 일을 할 때 '기대가 되는지'를 따지는 것을. 뭔가를 하는 것이 급급하다 보니 그냥 '하는 것'이 중요하다고 생각했는데 중요한 건 '기대가 되는지'였다. 내가 하는 일이 맞는지, 잘 가고 있는지를 따지기 위해 아주 중요한 기준. 그것은 바로 그 일을 하게 될 나의 모습이나, 그 일이 가져올 파급이 '기대가 되는가?'라는 질문이었다. 여행을 가거나 맛집을 찾아갈 때 우리는 기대한다. 어떤 경험을 줄까? 어떤 맛일까? 여행이나 맛집의 경우는 내가 만들어 낸 기대감이 아닌, 장소 또는 타인의 노력이 제공하는 기대감이다. 더 정확히 말하면 그곳을, 혹은 그 맛을 먼저 경험한 타인의 소감에 빗댄 기대감이다. 소감이 좋을수록 기대감은 높아지고 소감이 별로일수록 기대감은 낮아진다. 기대감을 '설렘'으로 바꿔도 좋다. 타인의 소감을 발판 삼아 실패하지 않는 선택만 하고 싶은 것이 요즘의 시류다. 고로 차근차근 누적된 기대감은 깊어지고 넓어진다. (검색과 웨이팅 시스템으로 더욱 공고해진 맛집 선점은 마치 식객을 빨아들이는 블랙홀 같다.) 하지만 그 시작은 요리사 자신이 만들어 낸 맛에 대한 기대감이었을 것이다. 내가 만든 음식에 대한 기대가 타인에게 전달되고 그 기대감이 일치 혹은 그 이상이 될 때 만족도는 높아진다. 그래서 결국 자기가 먼저 기대감을 가져야 한다. 내가 하는 일이 만들어 낼 무언가가 기대가 되는가? 그렇다면 과정보다 결과물이 중요해야 한다. 과정은 나만 알 뿐 사람들이 보는 건 결과물일 테니, 내가 아무리 쌩고생을 해서 만들어 낸 무엇이라 해도 내가 그 결과물에 기대가 되지 않는다면 다른 사람들 역시 기대감을 갖기란 어려운 것이다. 하지만 또 세상일이란 것이 쉽게 만들어 낸 무엇이라고 무조건 외면받는 것도 아니다. (물론 세상 쉽게 만들어 낸 무엇에 사람들이 열광한다면 '쉽게'에 담긴 타인이 알지 못하는 '깊음'이 있을 것이다. 이렇게 생각해야 속 편함) 그렇게 시간과 에너지를 쏟아야 기대감을 주는 퀄리티를 얻을 수 있다. 퀄리티와 기대감은 비례한다. 고양된 기대감. 나는 그걸 잊고 있었다.

무기력해서 쓰기 시작했습니다

61. 내가 경력 단절 여성이라니!

면접에서 떨어진 딩크족Dink: Double Income, No Kids 친구와 술을 푸는 중이었다. 서로의 미래에 관해 이야기하다가 나 역시 취업을 위해 지원서를 넣고 있는데 나이 때문에 다 떨어지는 것 같다고 했더니 친구가 나의 현실을 알려줬다. "우리가 나이도 있지만 네가 빵빵한 경력직으로 들어가지 않는 이상, 딱 봐도 출산 후 육아하다가 취업 시장에 문을 두드리는 것처럼 보이지 않겠니?" 헐… 난 내가 기혼 여성이란 정체성을 한 번도 가져 본 적이 없기에 '나이'만 생각했지, 결혼 후 출산과 육아로 이어지는 커리어의 공백('커리어의 공백'이라고 표현했지만 출산 후 육아의 시간을 저렇게밖에 표현하지 못하는 게 우리 사회가 여성을 보는 시선인 듯하여 갑자기 울컥하네. 더 좋은 표현 없을까?)을 가진 여성이라는 생각은 못 했다. 하지만 누가 지원서에 결혼 유무를 적나? 일반적인 시각으로 결혼을 하고, 아이를 낳고, 출산을 해도 충분할 나이이므로 대부분의 사람은 '기혼 & 엄마'라고 생각할 수 있는 것이다. 역시 사회 구성원으로서 현실감각이 충만한 친구는 같이 술을 마실 만하다. 그래… 그랬구나. 내가 경력 단절 여성이었구나. 그래서 연락이 안 온(물론 그 이유만은 아니겠지.) 거구나. 다른 사람은 어떨지 모르겠지만 내가 해온 일들은 주류 사회에서 그다지 쓸모가 없는 일들이다. 그래서 경력을 살릴 만한 것이 별로 없고, 그나마 다리를 걸칠 만한 업무가 있어도 신입 포지션에 가깝다. 갑자기 이 시대의 취업을 원하는 경력 단절 여성의 고충이 막 느껴지는 듯. 그래서 난 나를 새로 보게 되었다. 주류 사회에서 난 경력 단절 여성일 뿐이니, 그런 특성이 있다는 가정하에 지원해야 한다. 흠… 40대도 이런데 50대는 오죽하겠어. 어찌 됐든 친구 덕분에 현실감각을 +10 정도 장착했으니 감안해서 물색해야겠다.

무기력해서 쓰기 시작했습니다

62. 성장에 대한 의구심

　최근에 어떤 고민을 심각하게 하고 있다. 고민을 심각하게 하고 있다는 건 선택지가 무엇하나 뛰어나거나 좋은 것 없이 비등비등하다는 것. 어떤 건 이러한 장점이 있고, 어떤 건 이러한 장점이 있고. 달리 말하면 이건 이게 안 좋고, 저건 저게 안 좋고. 그래서 머리가 아팠다. 무엇을 골라도 딱히 그 결과가 크게 달라질 것 같지 않은 느낌. 그럼에도 지금의 상황을 타개하기 위해 조금이나마 나은 선택은 무엇일까 고민하다 결론을 내렸는데 결론을 내리고서도 왔다리갔다리 확신이 없기에 나의 변덕은 오늘도 열일 중이다. 그래서 생각해 봤다. 이건 선택지의 문제일까, 근본적인 문제일까. 내가 원하는 바는 작업 결과물에 반영이 되며, 결과물은 삶에 영향을 미친다. 고로 A냐, B냐, C냐를 선택할 때의 기준은 방향성과 파급력. 지금까지의 나는 방향성만 고수하고 파급력에 대해선 소극적이었다. 그런데 파급력이 없으면 방향성이 아무리 옳아도 삶에 미치는 영향력은 미미해진다. (물론 인생 새옹지마라고 당장의 파급력은 미미할지

언정, 나중에 어떤 결과를 초래할지는 아무도 모른다. 소리 소문 없이 사라질지 갑자기 역주행할지는 신만이 아는 것) 나의 고민은 '내 선택이 결국 내 삶을 원하는 방향으로 이끌 것이다.'라는 불확실한 확신에 있었다. 최근에는 그걸 좇아서 득이 된 적이 없으니 과연 그 길을 선택하는 것이 옳냐에 대한 의심. 선택지의 문제이기보다는 스스로에 대한 근본적인 의심이 선택에 혼란을 더한 것이다. 방향성만 추구해서는 안 된다는 것. 자기 선택에 대한 불신이 생겼다면 다른 선택도 해보는 것. 지금까지 내가 가는 길이 맞다고 생각하며 선택해 왔지만, 그렇지 않은 선택을 했을 때 얻게 되는 배움도 분명히 있다는 결론을 '49%의 의심과 51%의 믿음'으로 내려본다. 나의 이러한 성정이 참 마음에 들고 괜찮다고 생각해 왔는데 최근에는 이 성정에 대한 의구심이 들다 보니 머리가 아프다. 머리가 아플 땐 음악이지. god의 〈길〉이나 듣자.

500자를 꼭 채워야 하나요?

500자는 누구나 쉽게 시도할 수 있는 분량입니다. 대스마트폰 시대에, 노화에 접어든 분들은 조금 힘들겠지만, (안경을 써볼까요?) 핸드폰 화면을 꽉 채운 분량이 바로 500자입니다. 글을 통해 내 생각을 조리 있게 논리적으로 풀어나가려면 최소한 A4 용지 한 장 정도는 채워야 합니다. 하지만 시작하는 이들에게 A4 1장(1,400자)은 흰 여백만큼이나 채우기 부담스러운 분량입니다. 그럴 땐 쉽게 시작할 수 있고, 누구나 만만할 수 있는 분량으로 시작하면 좋습니다. 저는 그게 500자라 생각했습니다. 500자는 하나의 기준일 뿐 꼭 채우지 않아도 됩니다. 400자가 되어도 좋고, 600자가 되어도 좋습니다. 오늘 하루 포착한 글감을 쓰다 보면 어느새 채워지는 것이 500자입니다. A4 용지 한 페이지에서의 한 줄은 50자 정도입니다. 10줄 정도는 써본다는 생각으로 시작하세요. 쓰다 보면 10줄이 채워지는 몰입의 순간을 경험할 수 있을 겁니다.

멜랑꼴리한 기분을 500자 글쓰기로
써볼까요?

– 왜 슬펐나요? 왜 화가 났을까요? 무엇 때문에 상
처받았나요?

무기력해서 쓰기 시작했습니다

웃음이 메마른 그대에게

유머 한 스푼 추가하기

유머는 세상에서 가장 위대한 소통법이라고 생각합니다.

함께 있을 때 즐거운 사람은 같은 지점을 보고 함께 웃을 수 있는 사람입니다.

그래서 저는 글이 담고 있는 유머를 사랑합니다.

그리고 글을 통해 웃길 수 있는 사람을 존경합니다.

글이 주는 가치는 다양하지만, 글을 통해 웃길 수 있다면

저는 그 글의 힘을 믿는 편입니다.

그래서 일상에서 포착할 수 있는 소재에 제 기량껏 유머를 담았습니다.

웃는 분도 있고 심드렁한 분도 있을 것입니다.

한 분이라도 웃겼다면 미소 지었다면 그것만으로도 저는 만족합니다.

더 많은 사람들이 웃는 세상이 되면 좋겠습니다.

그래서 저는 오늘도 글에 유머를 담습니다.

63. 드립과 틀림의 차이

　유튜브를 보다 보면 종종 틀린 자막을 발견한다. 그러면 마치 뽑기에서 재미난 것이 얻어걸린 양 진짜 틀린 것인지 확인한 후 댓글로 맞춤법을 바로잡는다. 물론 예의와 매너를 갖춰 정중하게. 오늘도 영상 댓글을 보다가 나와 같은 사람을 발견했는데 그 맞춤법 정정 댓글에 대한 반박 댓글이 꽤 흥미롭다. 반응은 총 세 가지로 1번 '꼰대냐?' 2번 '별게 다 불편하네.' 3번 '저건 틀린 게 아니라 드립이다.'였다. 궁금할 테니 이쯤에서 맞춤법을 공개한다. 화제의 맞춤법은 **'내 알빠 아니다.'**였다. 맞춤법 정정 댓글을 옹호하는 글 중 흥미로운 의견이 있었는데 요즘 어린 편집자들의 경우 왕왕 맞춤법을 틀린다는 것이다. 아예 납득이 안 가는 말도 아닌지라 나도 공감했는데, 일단 맞춤법 지적러 모두를 '꼰대'라 묶는 것은 기분 나쁘다. 누구나 볼 수 있는 미디어 환경에서 드립이 아닌 진중하게 사용된 자막이라면 맞춤법을 정확하게 쓰는 것이 옳다고 보기 때문이다. 아는 사람은 틀린 것을 알지만 모르는 사람은 그 쓰임을 바로잡을 기회를 놓치는 것이기도 하다. 물론 그렇다고 아쉬워하진 않겠지만 말이다. 이런 이유로 '불편'해서 맞춤법 정정 댓글을 굳이, 시간을 들여, 에너지를 써가며 쓰는 것이 아니다. 플랑크톤이 바다를 청정하게 만들듯 미디어 속 한글 자막 환경이 올바르게 정립되었으면 하는 마음으로 댓글을 다는 것이다. 마지막! 맞춤법 정정 댓글러의 나이는 모르지만 비슷한 입장에서 '꼰대와 드립' 일타이피의 갈굼은 못 참지. '내 알빠 아니다.'가 적어도 드립이 되려면 띄어쓰기는 원글과 같아야 한다. '내 알 바 아니다.'는 내가 상관할 일이 아니라는 의미를 지니며, 그렇게 썼을 때 알다의 '알'과 의존명사 '바'는 띄어 쓰는 게 맞고, 어떤 드립을 원했는지 모르겠으나 일빠이빠알빠라는(설마 이 드립?!) 무맥락의 드립이 아니라면 띄어 쓰는 게 맞다. 반대 의견을 펼친 사람이 간과한 게 있다면 드립도 맥락에 맞게 써야 한다는 것이다. 그래서 맞춤법 바로잡기를 재미있어하는 같은 꼰대 입장에서 맞춤법 정정 댓글에 대한 반박 삼종 세트를 한번 다뤄봤다. 이제 속이 좀 시원하네.

'꼰대도 드립인지 틀림인지 정도는 알그등요.'

무기력해서 쓰기 시작했습니다

64. 방귀 많이 뀌세요~

    양육과 케어에 들어가는 애정도를 비교할 수는 없겠지만, 아기를 한 사람으로 키우는 것은 동물을 케어하는 것보다 좀 더 고난도라 생각한다. 인간은 성장 발달기마다 케어의 방식과 애정 표현이(끈끈한 쌍방의 감정적 교류 포함) 달라지지만, 반려동물은 성견이 되기까지의 케어, 성견이 된 후의 케어 그리고 노견이 된 후의 케어로 상대적으로 단순하기 때문이다. 물론 사람이나 동물이나 병에 걸리거나 아플 때는 또 그에 맞는 케어가 필요할 것이다. 하여튼 꽤 많은 보호자가 반려동물을 자식과 같은 마음으로 보살피지만, 코천이 보호자임에도 강아지와 아기는 다르다고 생각한다. 그럼에도 한 가지 비슷한 점이 있다면 말썽을 피우고 때로는 마음에 들지 않아도 아프게 되면 '건강하기만 해다오.'라는 마음이 샘솟는다는 점인데, 장이 약해 종종 장 트러블로 고생하는 코천이가 이번에도 뭘 잘못 먹었다. (알고 보니 양배추를 먹은 것. 양배추는 강아지들이 좋아하는 간식 중 하나인데 코천이는 소화를 잘 못 시켜서 주지 않는다.) 저녁부터 복명음_{배에서 나는 꾸르륵 소리}이 엄청나고 방귀 냄새도 심하다. 걱정돼서 얼른 소화되라고 배도 만져주고(하지만 싫어함) 방귀도 많이 뀌라고 말해 주는데 문득 '이 말 왜 이렇게 서웟하냐?'라는 생각이 들었다. 부부나 가족에게는 절대 하지 않을 말. 인간의 방귀 냄새와 소리를 환영하고 좋아하는 사람이 얼마나 있을까? 코천이를 대하는 마음으로 누군가를 애정한다면, 그 사랑이 식을 일은 없겠다 혼자 상상하면서 피식 웃어본다. 배가 불편해 할아버지처럼 앉아 있는 코천이가 '저 인간 갑자기 왜 웃냐?'는 표정으로 나를 쳐다본다. 그럼 또 한마디 해줘야지.

"귀요미띠, 방귀 많이 뀌세요~ 방귀 많이 뀌고 빨리 나으세요~"

무기력해서 쓰기 시작했습니다

65. 만쥬가 참 맛있쥬?

　할인 혜택이 더 많은 물건을 사게 하기 위한 미끼라는 건 알지만, 최대한 이성을 부여잡으면 과소비는 막을 수 있다. 오늘까지 기한인 마켓컬리의 쿠폰. 요즘 긴축재정 중인데 친절하게 알람이 떴다. 40,000원 이상 구매 시 13,000원 할인! 당장 먹을 건 아니지만 쟁여두면 피가 되고 살이 되고 지방도 되는 것들을 사두자. 바로 마켓컬리 앱으로 들어갔다. 날씨가 곧 더워질 것 같으니 일단 냉면을 좀 사두고, 뭐 먹을지 고민될 때 바로 데워서 먹을 수 있는 만두도 좀 사두자. 벌써 30,000원이 넘었네? 남은 금액을 채우기 위해 혼자 살 때 종종 사 먹었던 밤만쥬를 사기로 했다. 손바닥 반만 한 크기의 밤만쥬가 30개 들어 있는 제품을 장바구니에 담았다. 커피랑 먹으면 그렇게 맛있을 수가 없다. 그래서 한때 만쥬 먹고 포동포동해졌었지. 양갱파와 약과파와 만쥬파로 나눈다면 난 무조건 만쥬파다. 밤양갱도 원곡 전부 들어본 적 없고, 약과의 쫀득한 튀김과자 같은 식감도 맛있다고 느껴본 적 없다. 그래서 양갱도 약과도 살면서 먹어본 개

수가 손가락 안에 꼽는다. 밥순이라 밥 외에 군것질을 잘 안 하는 편인데 이번 컬리의 할인 쿠폰으로 만쥬라는 든든한 간식만 마를 얻어 벌써 설렌다. 금액 역시 기가 막히게 40,080원에 맞춰서 아주 만족스러운 소비였다.

내일 아침은 커피와 만쥬, 참 맛있겠쥬?

66. 뼈해장국 합석은 좀…

음식으로 아재력을 판단하는(정확히는 편견에 기반한, 아재들만 좋아하고 먹을 것 같은 음식으로 채워져 있는) 테스트가 있다. 물론 재미로 하는 거지만 한 가지 음식만 빼고 다 섭렵했던 것 같다. 입맛도 저렴하고 이것저것 가리지 않고 다 잘 먹기에 혼밥하기 편한 음식을 선호하는데 그중 하나가 뼈해장국이다. 몇 년 전, 일주일 일고기_{일주일에 고기류는 한 번만 먹는} 프로젝트할 때 늘 상위에 랭크되었던 음식이다. 오랜만에 뼈해장국을 먹기 위해 늘 사람이 미어터지는 감자탕집을 찾았다. 점심시간의 중심인 12시 반이라 조금 걱정이 되었지만, 다행히 웨이팅은 없었다. 하지만 만석이었고 30대 후반으로 보이는 남성분 한 명이 4인석에 앉아 있었는데 사장님의 아들로 보이는 분이 '합석 괜찮냐'고 물어서 1초의 망설임도 없이 '아니오.'라고 대답했다. 나의 이런 전광석화 같은 줏대가 참 마음에 든다. 한 5분 정도 기다리니 혼밥남의 옆 4인석 테이블에 자리가 났다. 뼈해장국은 뼈에 붙은 고기를 발라 먹어야 하므로 비주얼적으로는 동물의 취식과 크게 다르지 않다. 양반이즘을 추구하는 사람이라면 먹기 힘든 음식이 뼈해장국이며 오롯이 나와 뼈해장국 두 가지에만 집중할수록 더 맛있게 먹을 수 있다. 그러므로 누군가와 합석을 할 경우 내 안에 숨겨진 야생성을 맞은편에 앉은 사람이 보고 기겁할지 모르고, 또 물고 씹고 뜯으며 맛보아야 하므로 고기가 상대방의 반찬 및 면상에 튀었을 경우 상당히 곤란해진다. 또한 아무리 '게걸스럽다'는 표현이 어울리는 식사라 하더라도 그 시간만큼은 나의 미각에 집중하는 '나를 위한' 시간이므로 누군가와의 합석으로 그 시간을 즐기지 못함 즉 그 시간을 침해당하는 건 용납하지 못할 일이다. 물론 사장님 입장에서는 합석을 통해 한 명의 매출이라도 올리는 것이 이득이며 혼밥으로 인해 낭비되는 4인석이 아까울 것이다. 하지만 혼밥러나 안혼밥러나 어차피 내는 돈은 같은데 같은 권리를 누리고 싶은 건 당연지사. 혼밥하는 사람도 많아지는 추세에 4인용 테이블만 즐비한 감자탕집 잘못이라며 합리화를 해본다. 붙었다 뗐다가 가능한 테이블도 있지 않은가. 천장에 달린 합석 요구판을 보며 순간적으로 드라마에서나 있을 법한 '뼈해장국 먹다가 눈맞?'이라는 설정을 상상해 봤다. 고개를 도리도리 흔들며 사람의 취향이 다양하다지만 나의 야생성을 보고 반한 사람이라니, 나는 도무지 반할 것 같지가 않다.

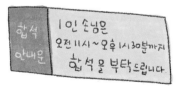

무기력해서 쓰기 시작했습니다

67. 등밀이에 대한 고찰

다소 더러운 내용을 담고 있으니 일독에 주의를 바랍니다.

운동을 하지 않아도 헬스장에 가게 되는 요인이 있으니 그건 바로 온탕과 냉탕을 갖춘 목욕탕과 다름없는 수준의 시설 때문이다. 원래는 사우나까지 운영해 사우나 안에서 아주머니들의 별별 수다를 듣는 재미도 있었는데 코로나 때 폐쇄되더니 다시 개장할 기미가 안 보인다. 하지만 난 사우나보다 탕을 좋아해서 사우나 운영이 요원해 보이지만 크게 아쉽진 않다. 어린 시절부터 엄마를 따라 목욕탕에 다녀 버릇해서 정기적으로 때를 미는 것이 습관이 되었다. 그래서 목욕탕이나 마찬가지인 샤워 시설에서 종종 때를 민다. 이게 밀어 버릇한 사람만 느낄 수 있는, 때를 민 후의 쾌감이 있어서 목욕탕이 사라지지 않는 한 때는 계속 밀 것 같다. 피부 건조화의 주된 요인이라 할지라도 말이다. 온탕에서 멍을 때리니 오늘도 느낌이 왔다. 'It's time to scrub(때를 밀 때야)!' 안타깝게도 사람의 팔은 등을 다 커버하지 못한다. 그래서 혼자 등도 못 긁고, 혼자 등에 로션도 못 바르며, 때 미는 것은 더더욱 미션 임파서블이다. 어찌어찌 손에 닿는 곳만 민다고 해도 팔이 제 기능을 할 수 없는 각도에서 미는 때는 영 시원찮다. 아마 목욕탕에서 발견하는 안쓰러운 장면이 있다면 TOP3 안에는 들지 않을까 생각해 본다. 그렇게 분투하는 중에 옆의 옆자리에 앉은 아주머니께서 등을 밀어주신단다. 그분과 나는 둘 다 헬스장을 오래 다녔고 얼굴 본 지는 4~5년 됐으니 모르는 사이는 아니지만 누군가가 등 밀어준다고 하면 오만가지 생각이 머릿속을 스친다. 때를 미는 건 죽은 피부를 벗겨내는 일인데 2주만 지나면 나의 피부들은 극락(사실은 하수구)으로 떠날 채비를 마친다. 누군가 때를 밀어주는 건 상당히 고마운 일이나, 과한 때의 양으로 인해 민폐를 끼치는 건 아닌지 걱정이 들 때도 있다. 또한 도움을 주시는 분들은 모두 엄마뻘이라 기운도 나보다 다 없으신 분들인데 여동생과 언니의 말을 빌리자면, 내 등은 작용과 반작용이 심하게 일어나는 높은 탄성도를 자랑해, 때 미는 사람에게 엄청난 에너지 소모를 일으킨다는 것이다. 그러니 때를 밀어준다는 도움의 손길을 넙죽 받기에는 내 몸뚱아리가 호락호락하지 않고 너무 많은 때를 양산해 냈다. 하지만 그 아주머니는 한 카리스마 하는 분이라 나의 거절을 거절하고 등을 밀어주셨는데 손이 안 닿는 가운데 부분만 밀어주신다고 해놓고 어깨부터 엉덩이까지 꼼꼼하게 밀어주셨다. 누군가에게 도움의 손길을 내미는 것과 누군가

무기력해서 쓰기 시작했습니다

의 도움을 받는 것이 상당히 조심스러운 개인주의자가 되었지만, 어린 시절 자주 접했던(요즘은 거의 사라진) '모르는 사이지만 서로서로 등 밀어줍시다.'의 경험이란, 참으로 좋고 따뜻한 오지랖이 있던 시절로 돌아간 느낌이었다. 아주머니께서 등을 밀어주는 동안도 내 뇌는 쉬지 않고 어느 타이밍에 STOP을 외쳐야 할지를 주시하고 있었다. 너무 빨리 외치면 등이 시원하게 밀리지 않을 것이고 너무 늦게 외치면 아주머니가 쓰러지실 수도 있기에 적당한 타이밍을 노려 잽싸게 감사하다고 말씀드렸다. 그동안 몸은 쾌적해도 등의 찝찝함은 놔둔 채 목욕을 마쳤었는데, 아주머니의 고마운 제안에 상쾌함은 배가 되었다. 기브 앤테이크를 따지는 개인주의자는 또 아주머니의 등을 밀어드리려고 했으나 오늘은 아주머니의 scrub day(때 미는 날)가 아니었다. 고로 나는 목욕탕에서 아주머니를 다시 만나는 날 고민할 것이다. 때를 미시는지 안 미시는지 주시하고 내가 받았던 상쾌함을 한 번은 돌려드려야 마음이 편할 것 같다.

68. 공파는 종자만, 대머리가 되긴 싫어

　매년 돌아오는 생일이 특별히 의미가 있는 건 아니지만, 그렇다고 매년 받던 축하를 안 받게 된다면 그것도 서운할 것 같다. 5월은 가족의 달이면서 생일이 있어 여러모로 바쁜 척하지만 사실 안 바쁘다. 좁디좁은 인간관계의 소유자라 바쁜 척할 뿐. 생일이라 해도 케이크는 없다. 마음을 담은 형식적인 축하가 의미 있는 건 케이크를 사고, 초를 켜고, 노래를 부르고, 불을 끄는 과정이 번거롭지 않은 나이까지이다. 케이크는 맛있지만, 밖에서 축하할 때 케이크가 남으면(거의 없긴 하다.) 뚜벅이들은 번거롭게 들고 다녀야 하며, 집에서 축하하면 남아도는 홀케이크가(좋아하는 맛이 아닐 경우) 처치 곤란해 난감할 수도 있다. 그래서 이번 생일도 케이크 없이 봉투만 거둬들이고 있는데 자본주의사회에서 마음을 담은 돈만큼 강력한 건 없어 보인다. 여기에 숟가락을 얹는 이들이 있었으니 그것은 마케팅의 일환으로 생일 쿠폰을 쏘는 업체들이다. 대표적으로는 스타벅스가 있고, 아띠제도 생일 쿠폰을 쏜다. 그래서 회원 가입만 잘 해놔도

무기력해서 쓰기 시작했습니다

공짜로 커피 두 잔은 마실 수 있는 것이다. 그리고 5월은 봄옷과 여름옷을 같이 입는 일교차가 다소 있는 계절이다. 옷의 필요성이 막 느껴지는 계절인데 가입되어 있는 의류 회사와 쇼핑 플랫폼에서도 생일 쿠폰을 주었다. 한 곳은 5,000원 할인 쿠폰, 한 곳은 무려 20% 할인 쿠폰. 이렇게 되면 안 살 옷도 뭐 살 게 없나 둘러보는 게 사람 심리다. 그래서 열심히 뒤져 장바구니에 넣어놓고는 결제는 미루는 중이다. 나를 위한 소비는 가능하지만, 마케팅 상술에 휘둘리기는 싫은 40대. 오늘 비만 안 왔으면 코천이 데리고 스타벅스까지 가서 폼나게 무료 쿠폰으로 커피 한잔 주문해 마시는 건데 비가 와서 글렀다. 쿠폰 기한이 15일 남았으니 아끼다 똥 만들지 말고 열심히 머리를 굴려 언제쯤 마시면 좋을지 정해야겠다. 그나저나 공짜 쓰려면 나름대로 머리를 굴려야 하는데 이런 스트레스가 머리카락을 빠지게 하는 요인이 아닌가 잠깐 생각해 봤다.

69. 뭐 쓸까 고민하다가

굶주린 하이에나처럼 하루 종일 글감을 찾아 헤매지만, 아무리 머리를 쥐어 짜내도 아무것도 나오지 않는 날이 있다. 그런 날은 지구를 곳(곧) 뜨고 싶을 정도로 허망하기도 한데 그럼에도 불구하고 누군가가 나에게 500원에 글감을 사겠냐고 물어본다면 그럴 용이가(용의가) 있다. 어쩌면 이 사단(사달)이 난 것은 하루가 너무 평안했기 때문이리라. 머리끈을 다 쓰는 바람에 머리끈 120개를 온라인으로 주문한 것이 너무 방탄(방탕)한 소비가 아닌가 생각해 보지만, 그 정도는 나의 흰머리를 돗(돈)보이게 하기 위해 쓸 수 있는 돈이다. 어제 〈The 8 Show〉를 봤는데 문안(무난)하게 흥행할 것 같다. 물론 넷플릭스에서 볼 수 있는 거라 관객 수랑은 상관없지만, 여덟 명의 연기를 보고 있으니 연기 수제(수재)는 어떤 사람을 말하는 것인지 알 것 같았다. 캐릭터에 빠져 드라마에 더욱 몰입하게 만드는 것. 그래서인지 먹고 있던 과자가 온대간대(온데간데)없이 사라져 아쉬웠다. 겉치례(겉치레)에 신경을 많이 쓰는 편은 아니지만 요즘 들

무기력해서 쓰기 시작했습니다

어 얼굴에 뭐가 자주 나 신경이 쓰인다. 과자를 먹어서일까? 건
드리지 말아야지 하면서 손으로 자꾸 건드리게 된다. 커피, 과
자, 술. 몸에 안 좋은 건 왜 이리 맛있는 건지. 얼굴에 뭘 거의
바르지 않아 외부 요인보다는 내부 요인이 맞는 것 같은데 일채
유심조(일체유심조)의 마음으로 조절을 좀 해봐야겠다.

🫖 유튜브에서 발견한 틀린 맞춤법으로 글을 한번 써보았습니다.

곳 뜨다
할 용이가 있다
사단이 나다
방탄한
돗보여
문안하다
수제
온대간대
겉치례
일채유심조

70. 세상 하찮은 창의력 부심

    고딩 때 이런 재능을 발견했더라면 삶이 좀 달라졌을까? 어릴 적부터 그런 재능이 있었는지는 모르겠지만 분명한 건 딱히 창의력이라고 떠오를 만한 기억은 없다. 탈직장을 시작하고 혼자만의 삶을 꾸리기 시작하면서 내 뇌의 일부가 약간의 창의력을 숨기고 있었다는 걸 알게 됐다. 하지만 남들에게 인정받을 만한 엄청난 창의력이라던가 이건 꼭 특허로 내야 해 같은 일종의 번뜩이는 아이디어가 아닌, 남들은 딱히 관심 없고 나만 기발해하는 그런 쓸데없는 생각에 가깝다. 오래전 경기와 서울을 오가는 광역버스가 입석도 가능할 때 버스 고개받이 모서리에 가방걸이 같은 게 있으면 어떨까 생각해 본 적이 있다. 툭 튀어나와 있으면 버스 통로 통행에 걸리적거리고 누가 다치거나 할 수도 있으니까 똑딱이 형식으로. 평소에는 등받이 통로 쪽에 숨겨져 있다가 달각하고 누르면 튀어나와 가방을 걸 수 있는 거지. 그리고 너무 얇아선 안 된다. 보통 가방걸이에 걸고 싶은 가방은 무거울 확률이 높으므로 무게를 견딜 수 있는 정도의 두께

무기력해서 쓰기 시작했습니다

로 설계되어야 한다. 그래서 그냥 상상해 보고 혼자 그림으로 끄적거렸었는데 10년이 지난 어느 날, 좌석버스 의자에 내가 생각했던 가방걸이 같은 게 있는 게 아닌가. 헛! 이거 뭐지? 하면서 바로 검색 돌입. 진짜 가방걸이였다! 그 이후로는 그 버스 외에 다른 곳에서 본 적이 없고 자주 애용하는 좌석버스에도 없는 걸 보면 아마 시범적으로 만들어본 게 아닌가 추측해 본바, 상용화는 어려웠겠지 생각하며 '특허 안 내길 잘했네.' 속으로 안도했다. 이렇게 별 쓸데없는 상상을 가끔 하는데 최근 감탄한 창의력 대마왕을 만났다. 언제부턴가 모든 이들이 변기 뚜껑을 닫고 물을 내리는데 몇 번의 더러운 까꿍을 만난 뒤로 나는 변기 뚜껑을 닫지 않는다. 그런데 가끔 변기가 막히거나 막힌 변기를 만나면, 이걸 뒷사람한테 어떻게 알려야 할지 난감할 때가 있다. 한번은 펜과 종이가 있어 사용 불가라고 써놓은 적이 있는데 수중에 아무것도 없는 날 복병을 만났다. 혼자 고민하며 나의 창의력에 SOS를 청했다. (쓸데없는 창의력이라 해도 문제 해결에는 종종 도움이 된다.) 하지만 그 어떤 것도 생각나지 않았다. 화장실에는 뭔가를 표시할 그 무엇도 없었다. 그렇게 무력하게 변기 뚜껑을 덮고 후일에 아무 일 없기를 바랐다. 얼마나 지났을까. 그 이후로 막힌 변기를 또 만났다. 그런데 이럴 수가! 나는 내가 열망했던 창의력 대마왕을 만난 것이다. 닫힌 변기 뚜껑 위에는 이렇게 쓰여 있었다. X. 휴지를 팔뚝 길이 정도로 잘라 알파벳 X로 만든 아이디어라니!! 당신을 진정한 창의력 대마왕으로 인정합니다. 그렇다. 화장실엔 휴지가 있었다. 나는 펜과 종이만 생각했고 그 외의 것은 필기도구로 생각하지 못했다. 아~ 이 표현력의 벽! 나는 내가 생각하지 못한 무언가를 발견했을 때 사진으로 남겨놓는 버릇이 있는데, 그 당시엔 감탄만 하고 사진 찍는 걸 깜빡했다. 아직 나의 창의력은 쪼렙에 불과하다. 조금 더 정진해 고정관념에서 벗어나야 한다. 이 자리를 빌려 휴지로 큰일을 막은 창의력 대마왕에게 존경과 감사를 전한다.

무기력해서 쓰기 시작했습니다

71. 거절 잘하는 법

　나는 거절을 잘한다. 아니, 잘하는 편이다. 사람의 행동에는 가치관이 반영되어 있다. 어떤 행동을 하기 전에 '내가 이렇게 행동하는 건 이래서야.'라는 전제가 깔리지 않으면 행동이 어려운 사람, 하지만 전제가 깔린다면 행동하는 데 시간이 단축되는 사람. 그게 나야! 빠~룸빠두비두밥. 지금은 스팸 문자나 전화가 많아져 아예 안 받거나 발신을 차단하지만, 예전에는 모르는 번호도 받았다. 대개 보험을 들라는 전화나 텔레마케팅류였다. 아주 오래전, 대학교 새내기 때 아르바이트하겠다고 세상 물정 모르고 간 곳이 텔레마케팅 회사였다. 그때 전철에서 친한 친구에게 '기본급에 성과급이 있다.'라고 신나서 통화했던 기억이 아직도 남아있다. 부끄러워서 기억으로 남은 것이 아닐까 추측해 본다. 그렇게 이틀을 일하고 그만두었는데 전화로 무언가를 설명하고 판매하는 이들에게 통화 시간은 절대적으로 짧을수록 좋다. 고로 '나는 어떤 말을 해도 넘어가지 않을 것이니 단념하세요.'라는 뉘앙스를 팍팍 풍기는 것이 관건이다. 선정 어휘가 참 중요하다고 생각하는데 그래서 나는 기분 나쁘게 말하거나 '안 합니다.'라고 말하지 않고 '괜찮습니다.'라고 거절한다. 그리고 1초 후 여전히 자기 할 말 중인 그들을 뒤로한 채 통화 종료 버튼을 누른다. 새삼 기분 나빠도 어쩔 수 없다. 그래야 나는 내 시간을 아끼고 그들도 헛된 시간을 아낄 테니. 헬스장 근처에는 모델하우스가 있어 종종 호객 행위를 한다. 그곳이 지름길이라 반드시 거쳐야 하는데 아주머니들이 두 손 가득 사은품을 들고 말을 걸기도 하고 어떤 날은 정장을 말끔히 빼입은 20대들이 나오기도 한다. 그들에겐 호객 행위 매뉴얼이 있어 보이는데 1) 동정심 유발 2) 가벼운 방문 이 두 가지다. '첫 출근이라는 둥, 오늘 꼭 한 건 해야 한다는 둥, 1분만 들어갔다 나오셔도 된다는 둥, 아무것도 안 하셔도 된다는 둥, 한 번만 살려달라는 둥.' 다양한 말로 어필을 한다. 그러나 그 모든 것은 '비즈니스'에 입각한 립구라라는 걸 알기 때문에 또 '괜찮습니다~' 신공으로 평소 속도보다 1.5배 빨리 걷는다. 이 모든 것이 비즈니스라는 걸 알지만 생판 남에게 요청해야 하는 그들의 일이 쉬운 일이 아님을 알기에 거절하는 마음도 편하지만은 않다. 하지만 모든 일에는 그 일에 따른 부수적인 것들이 있으며, 그것을 감당하면서 내 행동을 관철하겠다는 마음을 매번 먹지 않으면 이 세상을 살아가기란 아주 피곤해지는 것이다. 그래서 나의 이런 불편한 감정은 내가 책임지겠으니 내 거절에 대한 당신의 감정은 당신 몫입니다의 자세로 정진하는 것. 그것이야말로 참된 거절의 증~

무기력해서 쓰기 시작했습니다

신(정신)! 그러면 거절을 아주 잘할 수 있다. 내가 하는 거절이 나만을 위한 것이 아닌, 당신을 위한 거절이기도 하다는 것. 대신, 표정은 부드럽게, 말투는 단호하게, 발걸음은 빠르게!

72. 껌딱 받을 사람들

산책하다 마주하기 싫은 상황은 두 가지다. 하나는 똥 테러, 하나는 껌 테러. 똥은 보호자가 밟지만(강아지는 절묘하게 다른 친구들의 똥을 피해 걷는다. 친구들 쉬야 냄새는 그렇게 맡으면서 똥은 피하는 게 너무 신기하다.) 껌은 강아지가 밟는다. 인도와 차도를 구분하는 곳에는 작은 나무들이 심겨 있는데 흙밭으로 이루어진 그곳은 껌 뱉는 이들이 주로 쓰레기통처럼 사용하는 곳이다. 도로에 뱉지 않고 흙에 뱉으면 사람들이 껌을 밟을 확률은 낮아지지만, 주로 친구들 냄새가 나는 그곳 가까이에서 걷는 강아지들은 껌을 밟을 확률이 높아진다. 강아지 발바닥의 털은 길지 않고 발바닥 사이에도 있기에 한 번의 껌 테러는 강아지에게나 보호자에게나 상당히 골치 아픈 일이다. 그래서 걷는 폼이 좀 이상하다 싶으면 껌을 밟은 것인데 그럴 때는 〈쇼생크 탈출〉의 주인공처럼(앤디는 비를 맞으며 자유를 느꼈지만) 하늘을 보며 포효(Noooooooo~~!!!!!)하고 싶은 충동에 사로잡힌다. 그런 후 검색에 돌입한다. **강아지 발에 붙은 껌 떼는 법.**

무기력해서 쓰기 시작했습니다

올리브 오일을 발라 살살 문지르면 껌딱지가 조금씩 떨어진단다. 손에 오일을 발라 코천이의 발바닥을 문질문질했다. 으악! 껌이… 조각조각 떨어진다. 어우~ 더러워. 곁에 붙은 딱딱한 조각들이 떨어지자 본체가 모습을 나타냈다. 연노란색의 형광색 껌. 누구냐 넌? 20대에 교정한 이후로 한 번도 껌을 씹지 않았기에 요즘 껌 트렌드를 알 길은 없으나 거무튀튀한 조각들 사이로 말랑말랑하게 늘어나는 촉감을 느끼자니 길에 껌 뱉은 사람이 더욱 원망스럽다. 그게 끝이면 다행이지만 껌을 완벽하게 제거하기란 어려우므로 그렇게 혹사당한 발을 강아지들은 자꾸 핥는다. 발이 습하면 좋지 않아 못 핥게 하지만 애초에 껌을 밟지 않았다면 이런 일도 없는 것이다. 또 한 번 원망하는 마음을 품게 된다. 그들에게 어떤 껌벌을 내리면 좋을까? 머리카락에 껌이 붙어 삭발하는 벌? 옷과 몸 사이에 껌을 발라 옷을 입어도 찝찝한 벌? 그런 벌을 준다 한들 이미 저승에서 받는 벌이 뭐가 그리 가혹할까. 상상하다가도 시큰둥해진다. 겨울에는 똥이든 껌이든 딱딱해서 좋았는데 산책하기 좋은 날씨는 껌 테러와 똥 테러를 양산한다. 하여간 길에 뭐 뱉는 사람은 진짜 비호감이다. 올리브 오일로 껌 제거를 열심히 했더니 다행히 첫날만 좀 핥고 두 번째 날부터는 괜찮아졌다. 그들은 별생각 없이 길에 껌을 뱉는, 비도덕한 시민 의식을 지닌 껌 애호가일 수 있지만 나는 그들의 시민 의식이 껌을 껌 종이에 싸서 버리는 수준으로 발전하길 바란다. 그때까지는 길에 버려진 껌을 발견할 때

마다 정신 차리라는 의미에서 나는 그들에게 저주를 퍼부을 것
이다.

　당신, 그러다 껌벌 받아!

　　　　　　　　　　　무기력해서 쓰기 시작했습니다

73. 진정한 맛집은 빈 그릇에서

    지난번 헌혈하고 받은 상품권을 쓰기 위해 순댓국집에 갔다. 사실은 고기가 땡겨서 혼밥하러 갔다. 고기가 땡길 때가 있는데 그럴 땐 정말 몸이 격렬하게 단백질을 원해서라고 생각한다. 그래서 뼈해장국을 먹고 싶었으나 지류 상품권을 받지 않아 순댓국집으로 최종 결정했다. 순댓국을 좋아해서 동네 순댓국집은 거의 다 먹어봤는데 예전에는 맛집이었다가 다시 방문했을 때 뭔가 달라진 집은 잘 가지 않게 된다. 영화 〈봄날은 간다〉에선 사랑도 사람도 변하는데 순댓국집도 물가 상승에 따라 변할 수 있는 것이다. 오랜만에 최애 순댓국집은 어떨지 궁금했다. 2019년에 처음 방문했을 때도 8,000원으로 다른 순댓국집에 비해 가격대가 좀 있는 편이었는데 그동안의 물가 상승으로 11,000원이 되어 있었다. 그럼에도 부동의 맛집엔 손님이 바글바글. 조금만 늦었으면 웨이팅에 걸릴 뻔했다. "순댓국 하나 주세요~" 요즘은 식성에 따라 순대만 또는 고기만을 선택해 주문할 수 있다. 게다 노년층이 많은 순댓국집은 비계와 껍데기, 머리 고기 등 살코기 외 부산물이 많다면 이 집은 살코기가 80% 이상이다. 껍데기와 오소리감투를 좋아하는 나는 조금 아쉽긴 하지만 그래도 비계가 많은 순댓국보다는 훨씬 편하게 먹을 수 있어 좋긴 하다. 밑반찬이 깔린다. 양파, 쌈장, 깍두기, 겉절이 김치. 공깃밥의 양이 적어 더 달라고 했더니 부족하면 더 준단다. 자기네 집 고기양이 많아서 공깃밥을 남길까 봐 적게 주는 것이니 일단 먹어보고 부족하면 이야기하란다. 다섯 번째 방문 경력자로서 분명히 더 달라고 할 것 같았지만, 서빙하는 아주머니의 강력한 눈빛에 일단 한발 물러났다. 뽀얀 국물은 아주 담백하고 고소했다. 숟가락에 가득 담아 한입에 쏙. 앗 뜨거! '가게 안의 많은 사람들이 내가 숟가락을 입에 넣었다가 도로 꺼냈다는 걸 알아채진 않았겠지?' 추접스러움을 감당하지 말고 호호 불어서 먹기로 했다. 오랜만에 먹으니 아주 맛있다. 이 집은 겉절이김치도 맛있어서 밥이 아주 술술 넘어간다. 한 공기를 클리어하고 당연하게도 밥을 '조금만' 더 달라고 요청했다. 그렇게 두 공기까지 클리어하니 옆자리 손님들이 가고 없었다. 음식이 사라진 빈 그릇을 사진으로 남겨본다. 혼밥을 하고 맛집 인증은 사진으로 한다. 먹기 전의 음식 사진과 빈 그릇 사진. 그게 바로 진정한 맛집 블로거의(맛집 블로거는 아닙니다만) 증신! 내가 생각하는 맛집 철학은 빈 그릇에서 나온다고 생각하는데 예쁜 것만 찍고, 보고 싶어 하는 사람에게 빈 그릇은 확인하고 싶지 않은, 보여줄 수 없는 진실이 아닐까 한다. 진실을 가리고 싶을

수록 구구절절이 포장하고, 온갖 미사여구를 갖다 붙이는 법. 하지만 그런 맛집 블로그가 먹히는(요즘은 맛보다 보여주는 것도 중요하니까!) 현실. 맛집 블로거도 아닌데 왜 이런 글을 쓰고 있는 거지? 순댓국 잘 먹고 글은 삼천포로 빠져버렸네. 하여튼, 오늘도 잘 먹었습니다.

돼지님, 일용할 양식이 되어주셔서 감사합니다.

74. 나만 피곤한 밥집 소동

　사실 어제 〈인사이드아웃 2〉를 보려고 했다. 계획은 헌혈하고 밥을 먹고 영화를 보는 거였는데 밥집에서의 에피소드로 진이 빠져 그대로 go 홈 했다. 밥집에서 웨이팅을 했는데 웨이팅 기계가 고장이 났는지 직원분이 육성으로 손님을(정확히는 핸드폰 번호 뒷자리) 부르기 시작했고, 그러면서 순서가 꼬일 뻔했으나 나의 건강한 청력으로 다행히 내 순서를 사수하고 늦기 전에 허기짐을 달랠 수 있었다. 요즘 밥공기는 대부분이 그렇듯 100%가 채워져 있지 않고 한 70%만 채워져 있어서 제육볶음을 반이나 남긴 상태에서 공깃밥을 하나 더 주문했다. 웨이팅 시스템의 오류로 인한 순서의 꼬임을 발견한 나는, 가게 밖에서 기다리는 사람들이 직원분의 실수로 그들보다 늦게 온 다른 손님이 먼저 입장한 상황을 모르는 게 다행일까 불행일까 생각하며 맛있는 제육을 씹어 넘겼다. 곱씹어 봤을 때 12시 반 점심 피크 타임에 너무나도 바빠 보이는 상황에서의 직원분의 실수는 용납할 수 있어도 내 번호를 들었을 때 손을 번쩍 들고 먼저 입장

　　　　　　　무기력해서 쓰기 시작했습니다

해 착석한, 늦게 온 손님의 뻔뻔함은 왠지 모르게 얄미운 것이다. 하지만 이 이야기를 들은 친구는 그 손님의 번호 뒷자리와 내 번호 뒷자리가 비슷할 수 있다는 새로운 가정을 들려주었고, 꽤 설득력 있는 가정이었음에도 이미 한 번 비뚤어진 의심을 거두기에는 2% 부족했다. 헌혈할 때만 해도 오늘의 계획이 아주 만족스럽고 오랜만의 애니메이션 영화 감상이라 설레기도 했으나, 인생은 역시 계획대로 되지 않고 내 위장은 배고픔을 참지 않고 밥을 두 공기나 클리어했기에, 그 배부름과 진 빠짐으로 인해 영화를 보고자 하는 의지가 차갑게 식었다. 어쨌든 그 집은 내가 좋아하는 밥집이나 갈 때마다 부족한 공깃밥으로 인해 밥 두 공기를 시켜 먹기엔 애매한 것이고 그리고 물가 상승으로 인해 어쩔 수 없다지만 반 공기만 더 먹으면(정확히는 꽉 눌러 담은 한 공기) 되는 양인데 굳이 두 공기를 시켜 추가 요금을 내야 하는 상황이 탐탁지 않다. 그래서 앞으로 그 집엘 가야 하나 말아야 하나, 하는 고민을 하면서 제육볶음값 10,000원과 추가 공깃밥값 1,000원을 결제하고 나왔다.

75. 인라인이 타고 싶은 엄마

  인라인 열풍인 때가 있었다. 무료 강습을 하기도 해 지역의 큰 공원에서 30명씩 줄을 맞춰 강사의 자세를 따라 하기도 했다. 어깨너비 반만큼 발을 벌린 뒤 열중쉬어 자세로 무릎을 구부리고 상체는 숙인 채 오른쪽 발을 바깥으로 힘껏 뻗었다 가져오고, 왼쪽 발을 바깥으로 힘껏 뻗었다 가져온다. 허벅지 근력이 없다면 중심을 잡지 못하고 픽픽 쓰러져도 이상하지 않을 그런 자세다. 혼자 동호회에 나가 배우기도 했지만 10살 차이 나는 남동생과 그 당시 50대였던 엄마도 인라인에 입문한 터라, 주말이면 셋이 집에서 꽤 거리가 있는 공원까지 가서 무료 강습을 받았다. 그 이후 인라인의 인기는 시들해졌고 나의 첫 인라인이었던 살로몬은 누군가에게 나눔을 했던 것 같다. 하지만 작년에 갑자기 인라인이 타고 싶어졌고 당근에서 중고로 인라인을 구매해 열 번 정도 라이딩을 나갔는데 역시나 40대의 라이딩은 20대 때와 달라서 인라인을 또 처분하게 되었다. 엄마도 계속 인라인을 타고 싶어 했는데 내가 말렸다. 운동 신경이 좋은 편도 아니고 이제 나이도 있어서 잘못하면 어느 곳 하나 부러지기 쉬운 게 인라인 아닌가. 그냥 평지 같아 보이는 곳도 보도블록이냐 아스팔트냐에 따라 인라인에서의 보행감은 완전히 다르고, 약간의 굴곡만으로도 인라인 위에서의 경사는 상당히 위험해질 수 있는 것이다. 하지만 인라인에 대한 미련을 버리지 못한 70대 할머니는 오늘 인라인을 타겠노라 선언했고(집에는 엄마가 버리지 않고 놔둔 엄마용 인라인이 하나 있었다.) 마지못해 나는 코천이와 산책하러 가는 김에 봐주겠다고 했다. 다행인 건 탄천에 맨들맨들한 바닥의 인라인 코스가 있다는 건데 근처 계단에서 인라인을 신어도 1.5m 너비의 아스팔트를 지나가야 하므로 혼자선 불가능한 도전이었다. 하지만 말려봐야 내 입만 아프거늘. 내심 오늘 타다 넘어지면 앞으로 타겠다는 말이 쏙 들어가지 않을까 하는 생각도 했다. (이런 걱정할 자식이 없는 대신 이런 걱정을 끼치는 부모가 있는 게 아이러니) 물론 안 다치는 게 가장 좋긴 하지만, 무대뽀 성향의 운동 신경 없는 엄마가 안 넘어진다는 게 솔직히 믿기지 않기 때문에 더더욱 인라인 타는 것을 말리고 싶은 것이다. 어찌 됐든 인라인 코스에 엄마를 모셔놓고 "조심히 타고 있어~"라고 말한 뒤 코천이 산책을 다녀왔다. (내가 지켜보고 있다고 안 넘어지는 것도 아니고 내가 없다고 넘어지는 것도 아니니 어찌 됐든 마음을 최대한 편하게 먹는 것이 내 정신 건강에 좋다.) 코천이 산책도 하는 둥 마는 둥 급하게 돌고 왔더니 엄마도 엉거주춤한 자세로 양쪽 발을 살짝살짝 밀며 인라인을 조심스레 타고 있었다. 한 번도 넘어지진 않은 듯했다. (다행이지만 다행이 아니다.) 그럴 만도 한 게 엄마는 탄다고 타고 있었지만 저건 타는 게 아니라 바퀴가 달려 굴러가는 인라인에 그냥 서 있는 수준이었다. 한 20분 탔을까. 엄마는 내 팔을 잡고 1.5m의 아스팔트를 건너 무사히 계단에 도착한 후 인라인을 벗었다. 넘어지지 않은 것에 자신감을 얻었는지 다음에 또 타겠단다. 아오~ 이것도 위험하고 저것도 위험하니 집에만 계시게 하는 것보다 위험을 감수하고라도 하고 싶은 걸 하면서 사시는 게 더 나은 일이 아닐까 생각한 적이 있다. 물론 그런 성향의 가족 구성원과 함께 사는 다른 성향의 구성원이 받을 스트레스는 개인(저요.)의 몫이겠지만. 자식이 오토바이를 타겠다고 하는 거나 부모님이 오토바이를 타겠다고 하는 거나 비슷하지 않을까 하는 생각. 추가로 상대방도 걱정할 구성원을 배려해 자기 욕심의 일부는 내려놔야 하는 게 맞지 않을까 하는. 하지만 그 배려라는 것 또한 그것이 배려가 필요한 부분이며, 배려하겠다는 의지와 의식이 있어야만 가능하다는 것. 어쨌든 걱정은 최대한 덜 하면서 살고 싶은데 뭐 이런 걱정은 사람들이 하는 수많은 걱정 중 사소한 걱정에 지나지 않나 하는 생각을 하면서 언제 만날지 모를 남편은 이러한 성향에서만큼은 최대한 나랑 비슷했으면 하는 마음이다.

무기력해서 쓰기 시작했습니다

76. '○○'를 기다리는 시간

　내가 얘를 기다릴 줄은 몰랐다. 만나서 좋을 일이 별로 없기도 하고 얘가 오면 나는 상당히 불편해지기 때문이다. 그나마 다행인 것은 다른 사람들만큼은 나를 아프게 하지 않는다는 점인데 어떤 사람은 얘를 만나면 며칠을 앓아눕고 배가 끊어질 듯한 고통을 느낀다지만 나는 그 정도는 아니다. 그래도 기분 좋지 않은 불편감을 주는 복통이 미미하게 있어 한 번은 꼭 약을 먹어야 한다. 얘가 도움이 안 되는 건 금전적으로도 마찬가지다. 얘를 만나기 위해서는 필요한 물건이 있는데 이 물건이 싸지 않다. 한 달에 한 번씩 정기적으로 찾아오니 나이가 들수록 그 찾아옴이 빨라져서 이 물건은 항상 쟁여놓아야 하는 필수품이다. 그렇게 몸은 고되고 돈도 쓰면서 얘를 만나야 하나 싶지만 얘와의 만남은 운명이다. 어쩔 수 없이 만남을 유지할 수밖에 없고 그게 벌써 30년이 넘어간다. 어떤 이는 40년 만에 헤어졌으며 어떤 이는 빠르면 30년 만에 헤어질 수도 있다는데, 헤어진 사람들의 말을 들어보면 그 헤어짐이 후련하지만은 않다더라. 그래도 얘가 존재하는 것으로 유지되는 것들이 있는데 얘가 떠나감으로써 유지되던 것들이 힘을 잃거나 약해졌고 그건 절대 플러스가 아니라고. 그뿐이 아니다. 얘는 자기를 잊지 말라고 자기 친구를 붙여놓고 간다는데 얘가 또 가관이다. 성은 갱이요, 이름은 년기. 호감이 가지 않는 이름만큼이나 별로 가까이하고 싶지 않다. 그나저나 얘와 함께하는 시간이 별로 유쾌하지 않고 앞으로도 유쾌하지 않을 일이지만 얘가 떠나고 난 뒤에 올 일도 두렵기는 마찬가지다. 그래서 얘가 안 오길 바랄 때도 있었지만 지금은 얘가 안 오면 이 아이의 스케줄표를 뒤적거리며 '올 때가 됐는데, 오기로 한 날이 지났는데.' 하며 걱정한다. (이런 날이 올 줄이야!) 그러면 예정보다 2, 3일쯤 지나 '나, 오래 기다렸어?' 하며 나타나는 너. 밉지만 반가움이 더 큰 건 이제는 내가 아쉬운 쪽이라 어쩔 수 없다. 아마 얘가 떠나면 큰 변화가 올 것이고 나 역시 그때를 대비해 몸과 마음을 잘 케어해야 할 것이다. 조금이라도 늦게 떠나기를 바라지만 나의 바람과는 상관없이 얘는 어느 날 훅하고 떠날 것이다. 떠나서 알게 되는 이별이 아닌, 떠나고 난 뒤의 빈자리로 알게 되는 이별. 너와 이별 후 년기와도 잘 지내는 법을 터득해야겠지. 솔직히 말할게. 한 번도 경험해 보지 못한 너와의 이별이 나는 좀 두려워. 그러니까 천천히 떠나주라. 플리~즈(〈인사이드아웃〉의 슬픔이 버전으로).

무기력해서 쓰기 시작했습니다

77. 꼬리와 가지로 글쓰기

글을 잘 쓰기 위해 필요한 건 무엇일까. 어릴 적 책을 많이 읽고 공부를 잘한 이들은 비교적 글을 잘 쓰게 된다. 이건 머리가 좋아서라기보다는 머리 안에 들어 있는 정보가 많으면 그 정보를 연결하기 좋은 환경이 마련되는 것이라 그렇다. 고로 공부를 잘하지 않았어도 내가 가진 정보가 많고 그걸 연결하는 훈련이 되어 있다면 기본 필력은 갖췄다고 보면 된다. 그래서 글을 잘 쓰기 위해서는 독서를 많이 하는 것도 좋지만 영화를 많이 보는 것, 여행을 많이 하는 것, 남다른 경험을 많이 하는 것 또한 도움이 된다. 인문학적 소양이란, 나의 경험을 지식과 연결해 생각하고 느끼고 말하는 능력이라고 생각하는데 글에서 깊이를 뿜어내고 싶다면 흡수한 경험과 지식을 팥빙수 먹듯 휘휘 저어 나만의 것으로 해석하는 과정이 필수다. 인문학적 소양을 키우기에 글쓰기가 적합하다고 말하는 이유다. 글을 쓰려면 끊임없이 생각해야 하고 무엇을 더하고 뺄지 고민해야 하며 전체 글의 완성성을 놓지 않아야 한다. 그런 의미에서 글을 어떻게 쓰는 거냐고 묻는다면 꼬리와 가지로 쓴다고 이야기하고 싶다. 뭔 말이냐고? 미안하다. 너무 생략했다. 꼬리에 꼬리를 무는 것처럼 생각하고, 나무의 잔가지를 쳐내는 것처럼 다듬는다. 글이 잘 써질 땐 내가 글을 쓰는 건지 글이 나를 쓰는 건지 모를 정도로 머릿속에 글이 떠오른다. 그럴 땐 떠오른 글이 도망가지 않도록 손가락을 빨리 튕겨야 한다. 타다닥타닷타다다닷! 하지만 별생각이 나지 않을 때도 그래야 한다. 꼬리에 꼬리를 무는 것처럼 '이 내용 뒤에는 이런 내용을 써보자.' 타다닥타닷타다다닷! 하지만 역시 별생각 없이 의식의 흐름대로 쓰다 보면 야생의 담쟁이덩굴을 맞닥뜨리게 되는데 그럴 때 필요한 것이 가지치기다. 더 잘 자라게 하려고 혹은 보기 좋은 모양새를 위해 불필요한 부분을 과감히 쳐내는 것. 초심자의 경우 이 부분이 잘 보이지는 않는다. 그럼에도 그런 부분이 어디인지 검토하고 확인하려 노력해야 한다. (보통 수업이나 모임에서는 글 쌤이나 글 코치, 동료들이 도움을 준다.) 그래서 글 좀 써본 이들은 쓰면서 쳐내고, 다 쓰고 또 쳐낸다. 탁.탁.탁! 탁.탁.탁! (가지치기의 칼날을 휘둘러 보자아~) 쉽게 쓰니 쉬워 보이지만 꼬리와 가지의 활용은 결코, 쉽지 않다. 게다 이 글이 쉬워 보이는 이유는 쪼매난 핸드폰 화면으로 열나게 엄지를 두드리며 쳤다가 지우기를 반복하기 때문이다. 이 정도면 엄지에 굳은살이 박여도 이상하지 않을 텐데 하루만 쳐도 손가락에 굳은살이 박이는 통기타에 비해 글쓰기는 정말 티가 안 나도 너무 안 난다. 꼬리에 꼬리를

무기력해서 쓰기 시작했습니다

무는 생각의 나열과 나열된 글을 쓰면서 고치고, 완성해서 고치고, 저녁에 고치고, 화장실에서 고치고, 버스로 이동하면서 고치는 것으로 가지를 친다. 그렇게 글쓰기는 완성된다. 어떤 사람은 자신의 글을 백 번 정도 읽으면서 퇴고한다는데 난 그렇게는 못 한다. 쓸데없이 많이 읽는 것도 나와 내 글과의 거리(객관화)를 적당히 유지하기 어렵게 만든다고 생각하기 때문이다. 글을 쓰고 나서 열 번 정도 읽으면서 고치되 글을 쓴 당일에 읽고, 하루 지나서 읽고, 3일 묵혔다가 읽고 하는 것으로 마음에 들 때까지 고치는 것. 그게 바로 가지치기를 효율적으로 하는 요령이다. 아무리 고쳐도 마음에 들지 않는다면 그건 글이 아닌, 글쓴이의 문제다. 적당한 선에서 펜을(정확히는 엄지 또는 손가락) 놓는 것도 필자의 역량이다. 유명한 글쓰기 작가분들이 이 글을 보면 코웃음을 칠 수도 있다. 하지만 진정한 작가로 거듭나기 위해선 때론 남의 코웃음에 콧방귀를 뀌는 배포 정도는 지녀야 하거늘. 콧방귀를 좀 더 잘 뀔 수 있게 콧구멍을 벌렁벌렁거려 보자. 이렇듯 꼬리에 꼬리를 무는 작업을 하다 보면 엄지뿐 아니라 콧구멍이 바빠지기도 한다. 양손에 꼬리와 가지라는 균형 감각을 쥔 채 글쓰기에 빠져보자. 그러다 보면 망나니처럼 글 춤을 추고 있는 당신을 발견하게 될 것이다. 글쓰기에 입문하는 모두에게 꼬리와 가지 신령의 가호가 깃들기를 바라며, 나의 글 춤은 여기까지.

78. 제발 괜찮은 결과를 보여줘

    내가 구독하지 않았는데 네이버 모바일 버전을 클릭하면 유난히 헤어스타일링 영상이 많이 뜬다. 초반에만 영상을 살짝 보여주고 더 보고 싶으면 **계속**을 누르라는데, 궁금하니까 당연히 계속을 누르게 된다. 원하는 헤어스타일이 있고 디자이너 선생님에게 어느 정도의 요청이 가능하며 헤어가 완성되었을 때 '이 미용실은 걸러야겠군.' 또는 '이 선생님에게 정착해야겠군.'이라고 한 번이라도 판단한 적이 있다면 누구나 알 것이다. 헤어스타일링을 잘하는 선생님을 만나기가 얼마나 어려운 일인지를. 이유는 80%의 고객은 전문가인 헤어 디자이너에게 시술의 잘못을 따지지 못하고, 어떤 원리로 헤어가 완성되는지 파악하기 어렵기도 하므로, 헤어가 원하는 대로 나오지 않았을 때 디자이너를 탓하거나 AS를 요구하기보다 미용실을 바꾸는 것을 택한다. 그러면 디자이너의 입장에서는 뭔가가 마음에 안 들어서 방문을 안 하겠거니 하지만, 자기 기술이나 전문성에는 특별히 문제가 있다고 생각하지는 못하는 것이다. 물론 그들의 기술과 전

무기력해서 쓰기 시작했습니다

문성에 문제를 제기하려면 그들의 전문적 지식에 준하는 센스와 문제를 지적하더라도 나는 이 사태(잘못 구현된 헤어)를 해결해 나가고 싶다는 이성적 자세를 놓지 말아야 한다. 하지만 그런 소비자가 어디 흔할쏘냐? 그래서 자신의 실력을 과신하는 혹은 문제없다고 생각하는 분들도 헤어 디자이너가 된다고 생각한다. (이 분야만 그런 건 아닐 것이다.) 그래서일까? 유독 헤어 영상에 나오는 시술 결과가 너무 뻔하거나(해놓고 보면 왜 다 똑같은 컷에 똑같은 펌인지), 시술 전과 다를 게 없거나, 더 안 예뻐 보인다. 분명 괜찮다고 생각해서 영상을 올린 것일 텐데, 게다 무료로 시술받는 것처럼 보이는 고객도 '내가 웃는 게 웃는 게 아니야.'로 느껴진다. 그들의 진짜 심정은 모르지만, 남들은 어떻게 생각하나 궁금하니 그럴 땐 댓글을 확인한다. 나와 같은 의견이 70%, '괜찮다, 예뻐졌다.'라는 댓글이 30%다. 내가 보는 눈이 비주얼 척도 면에서 대중적인 건 맞아 보인다. 그런데도 이런 영상이 꾸준히 올라와서 좀 안타깝다. 그래도 마음에 들어 하는 사람이 있으니 꾸준히 영상을 올리는 거겠지? 나역시 미용실을 워낙 까다롭게 고르고 한 번 마음에 드는 디자이너 선생님을 만나면, 그분이 그만두지 않는 이상 계속 그 분한테 머리를 맡기는데 내가 마음에 들어서 후기를 남긴 미용실이 2호점을 내거나 확장 이전하는 걸 보면 뿌듯하면서도 시술 금액이 매년 인상되는 것에도 영향을 준 것 같아 '후기와의 결별'을 다짐해 보기도 한다. 그나저나 영상 '계속 보기'를 누르면서

나의 마음은 '제발 괜찮아져라!'와 '별로여라~'를 왔다 갔다 하
는데 같은 고객 입장이라면 전자를 원하고, 시청자 입장에서는
후자가 더 재미있기 때문이라는(마음에는 안 들지만, 무료이므
로 표현할 수 없는 오묘한 표정) 결론에 다다랐다. 헤어스타일
링 무료 시술받은 사람들이 모인 단톡방에는 어떤 이야기들이
오갈까? 너무 궁금하다.

79. 디지털 에프킬라가 필요해

'반사'라는 놀이가 있다. (요즘은 없나?) 말로 장난 같은 걸 당하면 '반사'라는 말로 한 번에 되갚아줄 수 있는 아주 신박한 대처법이다. 인스타와 블로그, 문자로 오는 다양한 스팸에 '반사'를 날릴 수 있다면 얼마나 좋을까. 일일이 차단하느라 피곤한 건 물론이거니와 아무리 차단해도 끊임없이 연결되는 그 집요함에 '디지털 똥파리'라는 이름을 붙여본다. 진짜 똥파리는 똥에만 붙는데 디지털 똥파리들은 여기저기 다 붙는다. 그래서 더 기분 나쁘다. 내가 똥이 아닌데 나한테 붙는 똥파리 3대장. 1번은 스팸 문자다. 가장 자주 있고 가장 지능적이다. 대처법은 두 가지로, 오는 족족 차단하거나 '후후' 어플에서 메시지 필터링을 하면 된다. 두 번째가 진짜 효과가 좋은데 스팸 문자가 많이 올 때는 하루에 네 번도 받아본 적이 있다. 자영업자는 문의가 핸드폰으로 오기 때문에 새로운 번호로 문자가 왔을 때의 기대감이 있는데, 그 기대감을 허탈감으로 바꿈과 동시에 상당한 기분 나쁨을 선사한다. 후후 어플을 통해 필터링할 단어를 열

개 등록할 수 있는데, 하나 받을 때마다 등록했더니 스팸 문자가 확 줄었다. 하지만 스팸도 진화한다. 스팸 메시지 등록이 어렵게 온갖 특수문자를 사용해 문자를 보낸다. 지능형 똥파리들이다. 2번은 인스타 스팸이다. 인스타는 좋아요나 팔로워를 하는데 종류는 두 가지로 재무 설계를 빙자한 사기꾼이거나 섹파를 찾는 포르노 유형이다. 인스타는 발견한 즉시 차단하거나 신고하지 않으면 계속 내 피드에 연결되어 있어 의도치 않게 디지털 똥파리가 붙어 있는 형국이 된다. 기분이 아주 더럽다. 마치 내가 아무렇지 않게 걸어 다니는데 내 머리에 똥파리가 하나 붙어 있는 느낌이랄까. 그들의 일신상에 불이익이 있기를 기도하며 신고 버튼을 누른다. 3번은 그나마 양반이다. 블로그에 다는 댓글인데 '좋은 포스팅 잘 봤습니다. 제 블로그에도 방문해주세요.' 유형이다. 놉. 댓글을 정성스레 달아도 구경을 갈까 말까인데 방문해 달라고 하는 댓글러는 100% 인간이 아니다. 매크로로 돌려서 댓글을 달 확률이 높다는 것이다. 바로 차단. SNS 활동을 덜 하면 이런 일도 없을 것이다. 하지만 나 정도면 많이 하는 것도 아닌데 대체 다른 사람들은 그 많은 똥파리 스팸을 어떻게 처리하는지 심히 궁금하다. 세상의 흐름이 그렇다고 받아들이기에는 똥파리들 뒤에서 통신 업체와 메타가 뒷짐 지고 있는 것 같아 더 기분 나쁘다. 안 쓸 수도 없고, 가만 놔둘 수도 없고. 이런 디지털 똥파리들 없애주는 구독 서비스는 누가 안 만드나? 만든다면 매달 구독하고 싶다. 그러면 내가 굳이 지우거

무기력해서 쓰기 시작했습니다

나 차단하지 않아도 나 대신 지우거나 차단해줌으로써 아주 깨
끗한 SNS를 즐길 수 있을 것 같은데. 서비스 이름은 Digital
F-killer로, 줄여서 데프킬라. 움핫핫.

"치이이익~ 디지털 똥파리들 사라져랏!"

80. 격렬하게 웃고 싶다

  3, 40대 작가가 쓴 에세이를 읽다 보면 종종 이런 문구를 발견한다. '귀여운 할머니가 되고 싶다.' 귀여운 할머니란 어떤 할머니일까? 일단 성질이 괴팍하지 않아야 한다. 그리고 괴팍하게 보여서도 안 된다. 온화한 미소가 귀여운 분위기와 잘 어울리는 그런 모습일 것이다. 그리고 주름이 너무 많이 보여서도 안 된다. 귀엽다는 건 곧 천진하다는 말이며 얼굴에서건 스타일에서건 천진한 느낌이 들어야 한다. 천진해 보이려면 너무 어른스러워선 안 된다. 무거워 보여서도 안 된다. 무서워 보이는 건 더더욱 안 된다. 귀여운 할머니는 '귀엽다'는 수식어에 걸맞게 밝고 발랄한 느낌이어야 한다. 그러니 옷도 가급적 밝은색을 입고 그런 색이 어울릴 것이다. 아마 빨간색이나 어두운 보라색을 입는다면 그건 귀여운 할머니보다는 열정적인 할머니나 카리스마 있는 할머니라는 수식어가 더 어울릴지 모른다. 귀여운 할머니에는 우리가 생각하는 노년의 부정적인 이미지가 거의 없다. 젊은이들과 소통하며 젊게 입고, 활력 있는 분위기에 지금

을 즐길 줄 아는 노년. 그게 바로 귀여운 할머니가 가진 느낌은 아닐는지. 하지만 누가 뭐래도 가장 강력한 요인 중 하나는 귀여운 중년이어야 한다는 것이다. 귀여운 중년이 귀여운 노년이 될 확률이 높지, 시크하고 도도한 중년이 귀여운 노년이 될 확률은 드물다. 그래서 난 귀여운 할머니가 되긴 글렀고 아마 뚱한 할머니가 될 것 같다. 왜냐하면 지금도 꽤나 뚱한(뚱뚱한 아님. 물론 배가 좀 나온 올챙이 실루엣이긴 함) 중년이기 때문이다. 하지만 뚱한 중년이 싫은 건 아니다. 뚱한 분위기는 살갑게 느껴지거나 호감은 아니지만 그래서 얻는 유익함도 좀 있기 때문이다. 그래도 뚱하기만 한 건 싫다. 뚱함 속에 유머가 있는 노인이면 좋겠다. 그러려면 지금부터 유머의 기술을 익혀야 하는데 삶에서 유머가 메말랐다. 격렬하게 웃어본 게 언제인지 모르겠다. 격렬하게 웃고 싶다.

"저기요, 저 좀 웃겨주세요."

81. 내 자리 내놔

  평균수명 연령에 가까워진 어르신들은 왜 아이들과 비슷해지
는 걸까? 어른으로서의 마음보다는 이제 살날이 며칠 남지 않
았으니 내 마음대로 하고 싶다는 마음이 강해지는 걸까? 세상
에는 다양한 사람이 많고 좋은 사람, 나쁜 사람, 이상한 사람이
(명확히 구분되기보단 상대방과 상황에 따라 어떤 사람인지 달
라지는 게 맞지만) 뒤섞여 살아가지만 '합리성'에 기반하지 않은
행동 방식에는 어떻게 대응해야 할지 늘 의문이다. 그러한 고민
이 나의 뇌를 발전하게 만드는 것이라고 긍정 회로를 돌려보지
만, 뇌가 발전하는 것과 그러한 상황에 적응되는 것은 다른 차
원이므로 고민은 행동으로 이어지기 어렵다. 아홉 살? 열 살?
운동 후 샤워실에서 만난 초딩은 나이를 가늠하기 어렵다. 그저
저학년쯤인 걸로 추측할 뿐이다. 초등학생이 많은 시간, 일부
샤워기에는 샤워 도구 가방이 걸려 있다. 내가 늘 애용하는 수
압 센 샤워기에도 걸려 있다. 열심히 샴푸를 하고 있으니 한 초
딩이 옆에 서 있네. 수영을 갔다 왔더니 어떤 아줌마가 자기 자

무기력해서 쓰기 시작했습니다

리(하지만 공용 샤워기)에서 씻고 있다. 자기 자리라고 말하는 초딩. 순간의 갈등. '이 샤워기는 공공물로 자리를 맡아놓는 건 암시롱 소용이 없단다.' 이런 이야기를 하면 잘 받아들일까. 부드럽지만 단호하게 그러면서 알아듣도록 설명할 자신이 없다. 빠른 포기. 뭐라고 말하고 비켜줬던 것 같은데 기억이 안 나네. 대부분 정해진 시간에 가서 운동하고 씻지만 특별한 일정이 있는 날은 운동 시간이 달라진다. 당연히 씻는 시간도 달라진다. 가장 고연령대인 80대 어르신들이 몰려 있는 시간. 바로 12시부터 2시의 아쿠아 수영_{수영이 아닌 물에서 율동하는 것}이다. 때를 좀 밀어야 할 것 같아 좌석 샤워기 자리에 앉았다. 한참을 씻고 있는데 한 타임이 끝날 시간에 수강생들이 몰려나왔다. 80대 초반(역시 나이가 가늠이 잘 되진 않는다.) 정도 되어 보이는 할머니께서 굽어진 허리로 내 옆에 서서 나를 째려보고 계셨다. 나도 과장 좀 보태서 여기 시설 쩜바 10년 차다. 눈치를 보니 항상 이 자리에서 씻고 수영이 끝나고 나오면 늘 비어 있던 자리로 보인다. 그런데 오늘은 웬걸? 젊은 사람이 자기 자리를 차지하고 있네. 의자 가져오셔서 옆에서 씻으셔도 된다고(이미 다른 곳도 만석이고 어차피 기다리실 거) 말씀드렸는데 기분이 언짢아 보인다. 의자가 아닌 바구니 놓는 선반에(나와 대각선으로 마주 보게) 앉으신 후 젊은 사람이 왜 이 시간에 오냐는 둥, 지금은 수영하는 사람들 씻는 시간이라는 둥 투덜대신다. 수영하냐고 물어봐서 헬스 한다고 대답해드렸는데 불편하게 옆에서 계속 째려보실 것 같아서 급하게 몸을 씻고 자리를 비켜드렸다. 참으로 어렵다. 어떻게 설명하는 것이 가장 좋을까? 설명하면 이해시키고 상황을 마무리할 수 있을까? 나의 결정은 늘 의도한 바를 잘 어필할 수 있느냐에 꽂힌다. 그리고 그게 안 될 것 같다면 시도하지 않는다. 그 상황에서 벗어나는 걸 택할 뿐이다. 하지만 한편으로는 의도한 바대로 되지 않았다고 내가 한 행동이 의미가 없다고도 생각하지 않는다. 에너지를 쏟고 싶은 상황인지 아닌지를 판단해 행동에 옮길 뿐이다. 오래전, 여름 납량 특집의 대표 프로그램인 〈전설의 고향〉은 너무 무서웠다. 특히 무서웠던 몇몇 에피소드가 떠오르는데 한쪽 다리를 빼앗긴 귀신이 "내 다리 내놔~" 하며 쫓아오는 장면은 아직도 생생하다. 같은 여름날, 샤워 시설에서 전설의 고향을 경험하고 있다. 귀신은 진짜 자기 다리를 되찾기 위해 '내 다리 내놔~'를 외쳤지만, 자리를 맡아놓은 초딩과 어르신은 공용 시설임을 무시하고(한쪽은 사회화의 미학습, 한쪽은 사회화의 망각이라는 점이 다르지만) '내 자리 내놔~'를 외친다. 나는 요즘 전설의 고향만큼이나 그게 무섭다.

82. 살생의 날

　벌레 쫄보는 벌레 잘 해치우는 사람이 이상형이다. 여름은 이
래저래 벌레들의 계절. 맨질맨질한 자동 개폐 쓰레기통으로 바
꾼 뒤부터 초파리들이 자꾸 쓰레기통 뒤에 알을 깐다. 수시로
에프킬라를 뿌려보고 쓰레기통 겉에도 발랐지만, 오래가지 않
는 약효로 인해 초파리와의 동거는 계속되는 중이다. 사실 초
파리 알은 나름대로 봐줄 만한 비주얼이라 아주 극혐은 아니다.
하지만 그들의 왕성한 번식력으로 1~2마리가 아닌, [9]1소대 집
합을 보게 되기도 하는데 그러면 비주얼이 극혐으로 상승한다.
오늘도 오랫동안 방치된 쓰레기통 뒷부분을 보게 되었는데 하
아… 그동안 좀 선선해지고 비도 오고 그래서 괜찮을 줄 알았더
만, 너네 사랑을 참 많이도 나눴구나. 그렇게 세상에 태어난 알
들은 기어보지도 못하고 에프킬라에 절여져 쓰레기통에 버려
졌다. 월초에 코천이한테 외부 기생충 약을 발라주는 걸 깜빡

---

9) 1소대: 30~40명

했다. 액상 기생충 약을 목뒤에 발라주면 몸에 붙은 진드기들이 약기운에 취해 몸에서 빨리 떨어진단다. 약효는 약 한 달간이다. 그래서 한 달에 한 번씩 발라줘야 한다. 요즘 유난히 몸을 긁는다고 했더니 어디서 진드기 한 소대를 붙여왔네. 그저께도 한 열다섯 마리 잡았다고 들었는데 어제도 내 이불에서 다섯 마리, 마루에서 다섯 마리, 코천이 몸에서 다섯 마리 정도 잡았다. 1mm 정도 크기의 얇은 진드기들이 피를 빨아먹고 까맣고 통통해져서 보이는 것이지 그렇지 않으면 보이지도 않는다. 얇은 건 찢어 죽이고 통통한 건 터뜨려 죽인다. 왜냐하면 얇은 진드기는 찢어야 잘 죽고, 통통한 건 손톱으로 눌러 터뜨려야 잘 죽기 때문이다. 남의 피로 배를 불리는 건 그들의 본성이지만 보호자 있는 강아지들의 피부에 붙은 진드기는 발견되는 즉시 사살(아니, 충살인가?)이다. 초파리도 그렇지만 진드기도 사람에겐 해충이므로 죽일 때의 죄책감 같은 건 없다. 게다 작은 진드기는 그들의 징그러움이 눈에 잘 보이지 않으므로 혐오감은 초파리 알보다 더 적은 편이다. (하지만 1mm보다 커지고 통통해질수록 혐오감은 올라간다. 1cm까지 큰 진드기도 봤다. 코천 미안~) 죽일 때의 죄책감은 없고 혐오감도 타 해충에 비해 다소 적은 편이지만, 그래도 살생은 가급적 하고 싶지 않다. 살생이 싫어서가 아니라 나에겐 혐오감이 곧 고통이기 때문이다. 그래서 클수록 해충일수록 죽을 때 고통스러워하는 발버둥이 나에겐 너무 징그럽고 보고 싶지 않다. 그래서 이런 나의 고통을 대신 짊어

무기력해서 쓰기 시작했습니다

주는 사람이 있다면 호감이 될 수밖에 없는 것이다. 꽤 많은 살생을 한 오늘, 죄책감과 혐오감이 없는 애들이라 다행이었다. 살생의 업보를 언젠가 받겠지만 인간으로서 어쩔 수 없는 일이기에 다음 생애에는 다른 생명으로 태어나라는 말과 함께 에프킬라에 절어 죽고 손톱에 터져 죽은 그들에게 굿바이 인사를 건넨다.

83. 가을엔 해장국인데…

　찬바람이 불기 시작했다. 가을엔 역시 해장국이지. 내가 좋아하는 해장국집에서 우곱탕을 먹기로 했다. 오랜만에 찾아가는 집. 근래에도 리뷰가 올라왔나 검색해 본다. 가게 정보가 안 나온다. 설마 없어졌나? 부동의 맛집인데? 잡식성에 여자치고는 대식가인 나는 생각보다 맛잘알이라 내가 맛있다고 찜한 집은 전통의 강자인(내가 늦게 발견한 것일 뿐) 경우가 많았다. 그런데 그런 집이 없어지다니. 조금 더 검색해 보니 임대계약이 만료되어서 없어졌다고 하는데 장사가 안되었을 것 같지는 않고, 임대료 문제가 있어서 나간 게 아닐까 추측해 본다. 나쁜 건물주 같으니! (건물주는 오래오래 장사하기를 바랐을지 모른다. 생각보다 장사가 안되어 가게를 접은 걸 수도 있지만, 그냥 클리셰 같은 편견으로 건물주를 욕해 본다.) 슬픈 마음으로 플랜B(J에겐 언제나 플랜B가 있다.) 가게로 가서 선지해장국을 먹었다. 사실 우곱탕선지와 곱창이 들어 있다을 먹고 싶었는데 플랜B 가게에는 우곱탕이 없어, 그냥 선지해장국양과 선지가 들어 있다을 먹었다.

　　　　　　　　　　　무기력해서 쓰기 시작했습니다

먹으면서 생각했다. 플랜B는 플랜A를 대체할 수 없구나. 흑…
내 해장국 맛집 돌려줘~!! 슬픈 마음으로 계산하고 나오니 가
을바람이 더 차게 느껴졌다. 잡식성에 대식가라 그런가? 왜 이
렇게 먹고 싶은 게 많은지 방에 누워 있으면 먹고 싶은 게 막 떠
오른다. 그러고 보니 오늘 저녁을 일찍 먹긴 했네. 내가 좋아하
는 닭볶음탕집을 검색해 보자. 검색이… 안 된다. 왜! 왜! 대체
왜냐고!! 가게 이름은 한방 삼계탕이지만 닭볶음탕이 더 유명
하다. 두 가지 모두 먹어봤는데 두 음식 모두 아주 훌륭했다. 그
이후로 같이 갈 사람이 없어서 못 갔지만, 늘 내 마음속 닭볶음
탕집 1순위는 그곳이었는데. 찾아보니 또 없어진 듯하다. 배달
특수를 이기지 못하고 장사를 접으셨나. 아무래도 오프라인 손
님이 많은 가게의 경우 배달에는 약하거나 배달을 하지 않는 일
이 많다 보니(내가 좋아하는 순댓국 맛집도 배달을 안 함) 어떤
연유로 가게를 접게 되었는지 심히 궁금하다. 결국 이로써 내가
좋아하는 음식점 두 곳이 사라졌네. 세상이 참 빨리 변한다. 맛
집이라고 살아남을 수 있는 환경도 아닌 듯하다. 머릿속에 맛집
리스트 폴더만 있었는데 이제는 추억 속 맛집 리스트 폴더도 만
들어야 할 판이다. 쩝쩝… 식욕이나 다스리자.

84. 단편소설과 사이클의 궁합

"난 운동이 너무 재미있어!"

운동하기 싫다는 말에 엄마가 답했다. 속으로 '제대로 된 근력 운동을 안 하시니 운동이 재미있는 거 아닐까요?'라고 생각했지만, 눈이 오나 비가 오나 등산을 하는 엄마가 대단한 건 맞으니까 그냥 침묵을 지켰다. 그러면서 생각했다. 운동이 즐거우니까 하는 사람이 대단한 걸까? 운동을 싫어함에도 하는 사람이 대단한 걸까? 대단하다고 인정받고 싶어서는 아니지만 내 생각엔 후자가 아닐까 한다. '저항력'이 클수록 써야 하는 에너지가 커지므로 저항력을 누가 더 많이 쓰느냐가 완승의 기준이 된다. 운동에 대한 저항력을 최대한 낮추기 위해 내가 쓰고 있는 전략은 5:2:1 비율이다. 5의 비율로 유산소를(힘들지 않게), 2의 비율로 무산소를(무겁지 않게), 1의 비율로 복근 운동을(아프지 않게) 하는 것이다. 그래봤자 45분의 루틴이지만 이것이 그래도 매일 헬스장을 가게 하는 나만의 원칙이다. 여기엔 또

무기력해서 쓰기 시작했습니다

하나의 윤활유가 있는데 러닝머신을 할 때 꼭 TV를 보는 것이다. 원하는 프로그램이 나오면 땡큐지만 그렇지 않아도 좋다. 거울로 내 얼굴만 보는 것보다는 나으니까. 그런데 갑자기 러닝머신이 지겨워져서 사이클을 타기로 했다. '사이클은 더 지루한데…'란 생각이 들자 며칠 전 읽기 시작한 박상영 작가의 단편집이 (영화 〈대도시의 사랑법〉 덕분에 읽기 시작함) 떠올랐다. 그래! 박상영 작가 소설 재밌던데 읽으면서 운동해야겠다. 그렇게 타기 시작한 사이클과 읽기 시작한 단편소설. 박상영 작가의 글이 나랑 잘 맞기도 했지만, 글도 워낙 재미있어서 15분만 읽으면서 타기로 했다. 그런데 소설이 재미있으니까 생각보다 시간이 빨리 갔다. 그렇게 20분, 25분, 30분. 원래 유산소는 25분만 하는 건데 소설이 재미있으니까 운동을 더 하게 되네? 소설이 아직 끝나지 않아서 넘겨봤는데 분량이 좀 남아서 오늘은 여기까지 읽기로 했다. 원래는 운동할 때 물을 마시지만, 이날은 왠지 아아아이스 아메리카노를 마시고 싶어서 아아를 준비해 왔는데 사이클 옆에 텀블러를 거치해 두고 핸드폰으로 소설을 읽으니까 웬걸, 운동하는 북카페에 온 거 같잖아?! 운동도 하고 책도 읽고(집에선 오히려 안 읽는다.) 이거 완전 럭키비키쟈나!! 그렇게 뿌듯하게 유산소를 마치고 나머지 운동을 하고 왔다. TV 보면서 러닝머신을 할 게 아니라 사이클을 타면서 책을 읽어야겠네. 이렇게 좋은 상호작용을 이제야 발견하다니! 이제라도 발견했으니 밀리의 서재를 잘 이용해서 몸과 마음의 근육을 쌍으로 잘 키워봐야겠다.

무기력해서 쓰기 시작했습니다

85. 플랜C, 생각보다 괜찮네?

인간은 익숙함에 지배당한다. 한 번 꽂힌 무언가가 있으면 다른 선택은 잘 하지 않는다. 나 역시 좋아하는 커피(숍)가 있으면 특별히 도전 정신이 생기지 않는 이상 다른 커피(숍)에 눈길을 돌리지 않으며, 오뎅바에 가서는 오로지 곤약만 먹고, 좋아하는 핸드크림이나 수분크림을 발견하면 단종될 때까지(하지만 단종된다는 게 반전) 주구장창 그것만 쓴다. 그러니 마케팅 측면에서 굉장히 꼬시기 어려운 부류가 나 같은 사람이다. 네가 뭐래도 내가 좋은 게 최고. 그래서 잘 가던 곳이, 잘 쓰던 것이, 잘 먹던 것이 갑자기 없어지면 그것만큼 허탈한 게 없는데 일주일에 한 번은 출근하는 스터디 카페의 고정석(당일 지정제)도 비슷하다. 내가 좋아하는 좌석은 비즈니스 룸_{학생들 공부하는 스터디 룸과 노트북 사용이 가능한 비즈니스 룸이 나뉘어져 있다}의 벽 쪽 코너인 15번 좌석이다. 문에서 적당히 떨어져 있지만 또 너무 구석은 아니므로 깊숙이 들어가지 않아도 되면서 또 가까이 있는 문의 소음에서 안전하다. 그런데 갑자기 비즈니스 룸 좌석의 인기가 많아졌다.

시험 기간인지 모르겠지만 어느 날 보니 15번 좌석을 누가 선점한 것이다. 아쉽지만 플랜B로 가자. 16번이 적당할 것 같다. 15번의 바로 뒷좌석이다. 그렇게 15번을 누가 찜하면 난 16번을, 16번을 누가 찜하면 난 15번에 앉았다. 그런데 어느 날, 15번 좌석과 16번 좌석 두 개가 모두 나간 것이다. 이런… 플랜C는 내 계획에 없었는데…. 비즈니스 룸의 벽 쪽 좌석이 아닌 곳은 모두 창가 자리로 고개를 들면 바로 앞 공원을 볼 수 있다. 카페라면 단연 공원뷰를 택했겠지만, 난 작업을 하러 스터디 카페에 온 것이므로 공원뷰 같은 부질없는 사양에 혹하지 않았다. 하지만 이제 선택권이 없으니 공원뷰 자리 중 문에서는 적당히 떨어졌지만, 완전 구석은 아닌 곳을 찜했다. 오… 공원뷰로 인해 자꾸 창밖을 보고 싶어질까 걱정했는데 창이 더러워 뷰가 아닌 뿌(뿌연 뷰)가 되었기에 괜한 걱정이었다. 앞이 막혀 있지 않고 창으로 되어 있으니 작업을 하다 가끔 하늘을 보고 싶을 땐 뿌만으로도 꽤 괜찮았다. 그래서 50시간의 정기권 중 30시간을 15번 좌석에서 보냈고, 8시간 정도를 16번 좌석에서 보냈는데, 2시간의 공원뿌 맛으로 나머지 10시간은 누가 미리 선점하지 않는 이상 공원뿌 좌석에 앉을 예정이다. 역시 사람은 좀 열린 마음으로 다양한 시도를 해봐야 한다. 내 사전에 플랜A와 플랜B만 있을 거라 생각했는데 어쩌다 플랜C를 경험하니 생각보다 마음에 드는 플랜C의 뿌 맛! 그래서 나 같은 사람은 옆에 약간 새로운 걸 떠먹여 주는 사람이 필요하다. 이거 해볼래? 저거 해

무기력해서 쓰기 시작했습니다

볼래? 선택한 것에 대한 고집은 있지만, 생각보다 같이하자는 것엔 다소 열려 있는, 스판덱스_{신축성 있는 소재}가 들어간 청바지 같은 사람.

그래도 오뎅바에선, 온리 곤약이다.

86. 온라인 속 은인들

　노트북 작업을 많이 하는 사람들은 외장하드가 곧 재산일 수 있다. 10년 넘게 축적되어 온 자료들이 손바닥만 한 기계 안에 다 들어 있기 때문이다. 나 역시 10년 이상 쌓아온 강의 자료 및 잡다한 파일을 갖고 있는데 외장하드를 한 번 백업해야지 하고서는 지금 멀쩡하니까 자꾸 미루게 되었다. 그러다 어제 글쓰기 수업 수강생들의 초고 피드백을 마치고 나서 저장하는데 외장하드와의 연결이 끊겼다. 그런 후 다시 연결했는데 '매개변수가 틀립니다.'라는 문구만 뜨고 연결이 되지 않는 것이다. 갑자기 급초조해졌다. 21세기의 지성인은 이럴 때 검색을 한다. 일단 문제가 생긴 건 확실해 보인다. 복구를 할 수 있느냐 없느냐 검색해 보니 복구 업체의 홍보 포스팅이 70% 이상이다. 그러다 뒤 페이지로 가니 자체 복구 방법을 정리해 놓은 사람이 있었다. 그렇게 해서 안 되면 업체에 맡겨야 한단다. 노트북과 밀접한 생활을 하고 있지만 인간 자체는 상당히 아날로그에 가깝기에 이런 일이 생기면 난 스스로 하기보다 업체에 맡기는 편

　　　　무기력해서 쓰기 시작했습니다

이다. 다행히 30분 거리에 업체가 있다. 복구 비용을 찾아봤다. 용량에 따라 다른데 30…만 원?? 제일 저렴한 게 30만 원이었다. 헉 소리 나는 금액. 외장하드에 들어 있는 자료를 복구만 한다면야 아깝지 않은 금액이지만, 그래도 부담스러운 금액인 건 맞았다. 복구 비용을 보니 내 안의 디지털 쫄보 대마왕이 '쫄보'라는 단어를 발로 걷어차고 있었다. 자체 복구 방법을 다시 들여다보자. 음… 제어판에서, 관리자 권한으로 들어가서, hskdsk/f D:를 (명령어도 외움) 입력하면 된다고? 방법은 생각보다 간단했다. (얼마나 다행인지.) 엔터를 친 후 30초 정도 뭔가 쭉쭉쭉 써지더니 작업을 완료했단다. 제발~ 제발~ 돼라!!! 컴퓨터 화면에 드라이브가 떴다. 30만 원(그 이상의 가치)이 굳었음과 동시에 이 문제로 쓰여야 할 나의 시간과 에너지, 마음고생이 뿅 하고 사라짐을 느꼈다. 나는 바로 온라인 속 은인들에게 감사의 댓글을 남겼다. (내가 본 포스팅 역시 다른 은인을 통해 알게 된 방법을 공유한 것이었다.) 당신의 포스팅 하나가 수많은 이들의 지갑과 인생 자료를 지켜주었다고. (물론 똑같이 쓰진 않았다.) 그런 다음 새 외장하드를 바로 구매했다. 지금은 외장하드가 도착하기 전, 노트북에 백업을 하는 중이다. 미리미리 준비해 이런 문제를 겪지 않는 사람들은 마음고생을 훨씬 덜 하겠지? 문제 예방에는 실패했지만, 자료 복구에 성공한 나는 온라인 은인들을 만나 세상의 살 만함을 느꼈고, 자칫 고난이 될 뻔한 경험의 포장에도 성공했다.

87. 너의 효자손이 되어줄게

  이런 제목의 노래가 있을 것만 같다. 다정함과 위트가 함께 느껴지는. 다만 반전인 것은 여기서 '너'는 人이 아닌 犬이라는 것. 나에게 너는 반려견인 코천이다. 기본적으로 온몸에 털이 있는 강아지는 피부 트러블이 잦다. 종의 특성도 있겠지만 환경적 특성도 무시 못 해 여름에는 피부약을 먹여야 하나 말아야 하나를 고민하게 된다. (먹을 때는 간지러워하지 않지만 그때뿐이다. 트러블을 완화시키기는 해도 근본적으로 완쾌의 개념은 날씨가 바뀌어야 가능하다.) 그래서 이빨과 뒷발을 사용해 몸을 자주 긁는다. 같은 방을 사용하는 처지라(자기 침대가 있지만 사용해 버릇하지 않아 늘 내 요에서 잔다.) 보고 있으면 안쓰러워 보호자인 나는 효자손을 자처한다. 몇 번 손톱의 맛을 보더니 시원한지 곧잘 내 옆에 와 턱을 치켜드는데 역시 모든 동물은 학습의 DNA를 갖고 있어 무섭다. 효자손은 혼자 긁지 못하는 간지러운 곳을 긁기 위해 만들어진 도구인데 기다랗고 끝이 각진 무언가만 있다면 대체 가능하다. 이 도구가 만들어지기

무기력해서 쓰기 시작했습니다

전까지는 내 등을 긁기 위해서는 누군가에게 부탁했을 것이다. 긁어줄 사람이 없었다면 간지러움의 고통을 참아야 했을까? 어쩌면 이 도구는 긁어줄 사람이 없어 고통에 몸부림치던 사람이 만든 것이 아닐까 생각해 본다. 원래 모든 발명품은 필요한 자에 의해 만들어지는 법이니까. 어쨌든 사람들은 이 도구로 인하여 사람의 손을 덜 필요하게 됨과 동시에 혼자서도 등을 긁을 수 있는 자긁 능력을 획득한 것이리라. 편리한 물건은 어쩜 이렇게 자립 지향적(+인간 비친화적)인지. 효자손이란 이름은 참 잘 지었지만, 사람이 타인의 등을 긁어줄 일은 이제 상당히 드문 일이 되었다. 나 역시 등이 간지러울 땐 근처에 있는 30㎝ 자를(괜찮아요. 나만 쓰니까) 이용하곤 하니까. 그래서 코천이의 목이나 등을 긁어줄 때면 '부모님 등도 안 긁어드리는데.' 하는 생각이 절로 나긴 한다. 스킨십의 효용에는 심리적 안정감이 있다고 하는데 그러고 보면 내가 코천이를 긁어주는 것 같지만, 나 역시 코천이의 체온으로부터 받는 것이 있는 것이다. 코천이는 나한테 받으러 왔지만 나도 걔한테 받는 것이 있다는(그래서 애 표정이 이렇게 당당한가?) 것. 긁어줄 때마다 생각한다. 내가 너의 효자손이 되어줄게. 그리고 또 생각한다. 부모님께 효자 되긴 그른 것 같지만 적어도 손으로 느껴지는 따뜻함은 잃지 말아야겠다고.

88. 수면방과 고구마방

에세이 러버는 또 에세이를 읽고 있다. 이번엔 카피라이터 노윤주 작가의 에세이『오늘의 모험, 내일의 댄스』. 대학생 때 고구마방이란 아이템을 생각했단다. 공강 시간에 학생들에게 방을 대여해 주면서 고구마를 제공해 주는. 동치미는 추가 요금. 게다 이곳에서의 인사는 '고구맙습니다'. 카피라이터답게 아이디어가 통통 튀면서 귀엽기 그지없다. 고구맙습니다라니. 나도 대학생 때 비슷한 아이디어를 떠올린 적이 있다. 고구마방과는 대조적인 수면방. 말 그대로 공강 시간에 어디 널브러져 있고 싶은데 널브러져 있을 만한 곳이 없어 생각해 낸 아이디어다. 노윤주 작가가 고구마나 동치미 그리고 고구맙습니다라는 인사를 생각해 낸 것으로 대학교 안에 있으면 좋을 공간을 촘촘히 구상했다면 나는 철저히 개인적인 욕구에서 떠오른 아이디어를 친구들에게 설파해 외면받았다. 그래도 꽤 구체적으로 생각했었는데 딱 몸 뉘일 공간만 있는 1인실이다. 2인실은 없으며 요와 베개(일회용 커버는 주어야겠지.)가 있는 오롯이 수면방으로

무기력해서 쓰기 시작했습니다

써의 공간. 요즘은 무슨 방, 무슨 방, 아주 많이 생겼지만, 펌프 오락실에 있던 DDR 게임가 유행하던 시절인 라떼는 비디오방밖에 없었다. 에세이를 읽다가 겉 포장은 아주 다르지만, 알맹이는 꽤 비슷한 아이디어에 신기해 글을 써본다. 그나저나 카피라이터는 대학생 시절부터 좀 남다르긴 했구나 싶다. 대학생 때도 수면방이라는 이름이 좀 음지스럽고 또 남과 여를 어떻게 구분할 건지 어려움이 있었는데(여대라 여학생 전용으로 만들려는 계획이긴 했다. 구상만 잔뜩) 노윤주 작가의 방은 21세기 들어 게임기와 노래방 시설이 있는 새로운 방으로 재탄생된 듯하다. 그래도 고구마를 주면서 추가 요금으로 동치미를 주며 고구맙습니다라고 인사하는 고구마방은 어떤 방도 이기지 못할 것 같다. 21세기에는 사라진(것처럼 보이는) 따뜻하고 시원한 낭만이 느껴지는 공간이기 때문이다. 나의 기질에는 공강 시간에 한숨 푹 잘 수 있는 수면방이 더 맞아 보이지만, 네이밍에서는 고구마방이 완승이다. '수면방 갈래?'보다 '고구마방 갈래?'가 훨씬 건전해 보이고 귀여우며 배부른 느낌이므로 이기려야 이길 수가 없다.

고구마와 동치미
이 꿀조합을 어떻게 이기나?

89. 뺨을 맞다

여름에도 모기 때문에 신경 쓸 일이 없었는데, 쌀쌀해진 이 11월에 모기와의 전쟁이다. 방에 모기가 들어오면 두 가지 파로 나뉘는데 '그냥 잔다 파'와 '죽이고 잔다 파'이다. 나는 후자로 어떻게든 모기를 찾아서 죽이고 숙면한다. 모기를 찾는 방법은 불을 끈 상태에서 가만히 있다가 윙~ 소리가 나면 살며시 불을 켠다. 그리고 주위를 둘러보면 모기가 근처에 붙어 있다. 그럼 잽싸게 약을 뿌려

약이 없으면 성룡에 빙의해 얇은 티 같은 걸로 쳐서

'아뵤~'는 취향대로

난 모기 날아갈까 봐 최대한 조용하게

죽이면 된다. 그러다 최근에 또 하나의 방법을 알게 됐는데 보통 모기가 머리 근처에서 날아다니면 윙~ 소리가 나니까 손바닥으로 내 머리통을 쳐서 모기를 죽일 수도 있다. 며칠 전 그렇게 두 번(아이고 頭야…) 쳐서 아침까지 조용하게 숙면한 적이 있다. (그렇게 죽였다고 생각했는데 그냥 걔가 몸을 사린 것

무기력해서 쓰기 시작했습니다

뿐이었다. 다음 날 발견해 처형했다.) 그래서 그렇게 하면 굳이 일어나서 불을 켜고 모기를 잡지 않아도 되겠다고 생각하던 차에 오늘 모기가 또 왔네. 윙~ 찰싹! '아 놓쳤어.' 한 번 더 찰싹! '아 뭐야! 누가 내 뺨 때렸어?!!' 머리통을 때린다는 게 뺨을 때린 나. 40년 인생에 내 볼따구를 나한테 맞을(손은 머리보다 빠르다!) 줄이야. 생각보다 아파서 손바닥으로 볼을 문질러본다. 뺨을 맞으면 이런 아픔, 이런 기분이구나. 모기 덕분에 하나의 경험치가 올라갔다. 모기는 또 몸을 사리는 것 같다. 뺨까지 맞았는데 아직 안 죽은 것 같으니, 오늘 밤 숙면하긴 그른 것 같다. 자다가 '윙~' 소리가 나면 머리통을 때려 모기를 잡을 수 있을 때까지 특훈을 멈추지 말자.

🏷️ 이 글을 쓰고 목뒤 쪽 언저리가 이상해 만지니 뭐가 만져진다. 자세히 보니 짜부된 모기 형체 같다. 역시 모기잡이 머리통 때리기는 헛되지 않은 것으로···.

90. 상장 이름 정하기

　글쓰기 수업에서 중간 평가를 했다. 중간 평가가 무엇인고 하니, 글쓰기 수업이 어떤 의미인지 생각해 보고 마치 강의 평가처럼 문항을 작성하는 것이다. 그리고 글로도 써보는 과정. 글쓰기 수업을 통해 무엇을 느꼈느냐, 이 수업이 어떤 의미인지를 글로써 생각해 보는 것이 바로 중간 평가다. 그냥 글만 쓰고 지나가면 재미없어서 작년에는 상장을 준비했었다. 올해도 드리는 게 좋을 것 같아 복지사님과 협의해 상장을 수여하기로 했다. 수업은 수업이면서 하나의 퍼포먼스이기도 하다. 수업의 커리큘럼을 정하고 그 커리큘럼대로 수업을 잘 진행하면서 수업 내용도 알차다면 GOOD. 하지만 프로그램은 때로 어떤 퍼포먼스를 요한다. 왜냐하면 수강생들의 글쓰기 실력은 눈에 안 보이지만 사진만큼은 눈에 잘 보이기 때문이다. 남는 건 사진뿐. 그래서 사진으로 남길 만한 행사를 기획하고 사진도 열심히 찍어준다. 꼭 그것 때문에 상장을 준비하는 건 아니다. 난 수업을 통해 수강생들이 글쓰기 실력을 향상하고 그룹형 글쓰기를 통해

무기력해서 쓰기 시작했습니다

얻는 의미가 있기를 바란다. 하지만 장장 7개월 동안 그것만으로 수업을 채우는 건 재미없지 않은가! 어차피 해야 할 중간 평가라면 조금 더 기억에 남았으면 하는 바람에 상장을 준비했다. 총 8명. 각자의 개성이 다르다. 한 명이 잘 쓰는 수업이 아닌, 각자의 다양한 글이 모여 좋은 수업을 만들어간다. 그래서 상장 이름도 제각각이다. **중꺾마상, 위트상, 솔직표현상, 글감포착상** 등등 개인에게 맞는 이름을 붙였다. 상장 이름 생각해내느라 많이… 힘들었다. 그래도 유튜브에서 찾은 웅장한 BGM도 틀고 자기 이름이 호명되었을 때 상장 받으러 나오는 수강생들이 조금은 즐겁지 않았을까 생각해 본다(즐겁지 않았어도 눈치가 제로인 나는 알 길이 없다. 그냥 내 식대로 즐거웠을 거라 추측할 따름). 장장 7개월의 수업, 이제 반이 지났다. 남은 3개월도 알차게 가보자.

91. 액땜은 돈으로

25년이 코앞이다. 24년을 잘 살았는가? 글쎄~ 흔쾌히 OK라고 말 못 하겠다. 어쩌다 타로 영상을 보게 되었는데 좋은 이야기만 해주니까 좋아서 계속 보게 된다. 25년에 돈 많이 벌 운세라고. '돈 많이 번다.'는데 기분 안 좋을 사람이 있을까? 헤벌레하고 웃었지만 깨진 치아 때우느라고 벌써 마이너스다. 가던 치과가 전화를 받지 않아 새로운 치과를 뚫었다. 선생님은 친절하셨고 깨진 부분이 크지 않으니 일단 임시로 때우고 다시 깨지면 크라운으로 하란다. 급하게 돈이 나가지 않아 신이 났고 기분이 좋아졌다. 그렇게 주말 동안 친구네 집에 가서 띵까띵까 놀았다. 잘 먹고 잘 놀아서 배가 똥똥해졌다. 아주 귀여운 크롭티를 가져갔는데 어느 카페 크리스마스트리 옆에서 친구랑 찍은 사진을 보니 친구 옆에 산타가 서 있었다. 산타 할아버지들은 왜 그렇게 배가 빵빵한지. 크롭티와 고무줄 바지의 조합으로 귀여움이 상승한 줄 알았는데 푸근함만 상승했다. 저녁은 광어와 방어와 해삼을 먹었다. 임시로 치아를 때웠기 때문에 딱딱한 걸

무기력해서 쓰기 시작했습니다

먹지 않는다고 조심조심했는데 해삼을 먹다가 때운 곳이 또 깨졌다. 이런 해삼!! 그래, 오독오독 식감이 좋은 해삼은 싱싱할수록 딱딱하다더니 방심한 내 탓이다. 딱딱한 껍질이나 견과류만 조심하면 되겠다 싶었는데, 이런 맛 좋은 해삼 같으니!! 결국 거금 써서 크라운을 맞추기로 했다. 연말이라 예약이 어려웠지만 다행히 때운 게 3일 만에 깨져 의사 선생님께서는 시간을 내주셨고 이로써 새해엔 새로운 금니가 생기게 되었다.

  금니(정확히는 금 껍데기)야, 나에게 행운을 가져다주렴!

어디에 쓰는 게 좋을까요?

저는 '브런치 스토리'라는 플랫폼을 활용해 글을 썼습니다. 블로그에 써도 좋구요, 메모장에 써도 좋지만 쉽게 저장하고 내 글을 차곡차곡 쌓아나갈 수 있는 글쓰기 플랫폼을 추천합니다. 그중에 가장 유명한 것이 브런치 스토리입니다. 글을 쓰다가 내가 쓰기로 한 소재에서 아이디어가 막히면 그 소재로 검색해 남들은 어떤 이야기를 풀어나갔나 읽어봐도 좋습니다. 어떻게 써야 할지 막막할 땐 남들은 어떻게 썼나 구경하는 것도 좋은 학습이 됩니다. 또한 내 글을 타인에게 쉽게 공유할 수 있다는 점도 유익합니다. 나를 위해 쓰는 글이지만 남들이 내 글을 읽어주고 좋아요를 눌러주는 것만큼 동기부여가 되는 것도 없습니다. 댓글을 달아주는 고마운 이가 있다면 그것 역시 기분 좋은 일이구요. 글쓰기 플랫폼이 아니더라도 네이버 밴드나 카페 등 편리함과 꾸준함 측면에서 비슷한 활동을 하는 이들이 모여 있는 곳을 추천합니다.

유머의 기운을 끌어올려 500자 글쓰기로
써볼까요?

- 최근에 재미있다고 느낀 단어나 표현을 기록하고
  활용하세요.

무기력해서 쓰기 시작했습니다

가려움에 지친 그대에게

나의 시선으로 분석하기

유명한 작가의 에세이를 읽는 이유는
그 작가의 시선이 들어가 있기 때문입니다.
같은 일상이라도 유명한 작가가 쓰면 뭔가 다르겠지? 하는
기대 심리가 있기 때문입니다.
나의 시선으로 분석하기는 그렇게 쓰는 글입니다. 나는 어떤 시선을 가졌는가.
내가 왜 그렇게 생각하고 느꼈는지 분석해 글로 쓰는 작업입니다.
'어머니, 울지 마세요'는 마을버스에서 있었던 사건을 분석했고,
'장마 시즌의 배달'은 비가 많이 오는 날과 배달 건수에 대한 궁금증으로
쓴 글입니다. 일상의 글감을 포착했지만 '나의 시선'이 들어가 있다는 점에서
자유로운 글쓰기보다는 조금 더 분석적입니다.
'왜 그랬을까?', '왜 그럴까?' 의문이 드는 사건과 상황이 있다면
분석해 글로 써봐도 좋습니다.

92. 떡어 치우자는 말

개인마다 싫어하는 표현이 있을 것이다. 아마도 개인의 성장 환경에 기반한 무의식적 기피 현상이 반영된 것이리라. 나는 그 중 하나가 '먹어 치워라. 또는 먹어 치우자.'인데 음식을 남겨, 버리는 것에 죄책감을 느끼는 문화가 반영된 습관적 표현이라 할 수 있겠다. 먹을 걸 좋아해 어차피 잘 남기지도 않지만 나이 가 들수록 많이 먹기보다 적당히 먹는 것을 선호하는 만큼 애 매하게 남았을 때 '억지로' 먹는 것만큼 거부감이 드는 것도 없 다. 나는 다 못 먹을 경우 남겼다가 먹는 것을 선호한다. 그리고 남긴다면 아무리 적은 양이라도 꼭 먹는다. 내가 '먹어 치워라.' 로 표현되는 남기지 않음 강박에 부정적인 이유는 사용자의 이 중적인 잣대 때문이다. 적게 남은 걸 먹어 치우지, 무얼 남기냐 고 타박하는 사람들은 **'아까우니'** 먹어 치우라고 강요하면서도 남겨서까지 음식물을 **'아껴 먹는'** 행위에 대해서는 도통 좋은 말 을 할 줄 모른다. 음식을 남겨서 버리기는 '아깝'지만 애매한 양 을 남겨서 먹는 것 또한 '좀스럽다'고 느끼는 것 같다. 성장 환경은 나도 모르게 내 생활과 행동을 지배한다. 어제 먹은 떡볶이가(마지막 주문이라고 아주머니가 엄청 많이 주셨다.) 양이 많아 점심으로 또 먹었다. 맛있게 먹고는 냉장고에 넣으려는 찰나, '이거 다시 먹으려나?' 평소 같았으면 보관했을 테지만 떡볶이의 맛이 아주 신선한 느낌은 아니어서 음쓰통에 버렸다. 개인적으로 음식 남기는 걸 싫어하므로 단골 음식점에서 안 먹는 반찬은 도로 드리거나 빼달라고 말한다. 과한 음식 낭비도 지양해야 하지만, 강박 때문에 억지로 먹는 일도 지양하고 싶다.

93. 주연과 조연과 엑스트라

　어쩌다 보게 된 '나는 솔로' 모쏠 특집. 나와 성향이 다른 친구랑 같이 보면 내가 보지 못하는 부분까지 알게 되어서 재미는 2배가 된다. 영화를 봐도 드라마를 봐도 ST인 나는 알지 못하는 디테일을 흥분하며 알려주는 NF 친구. 그렇게 모쏠 편에 심취하게 되었고 19기 하이라이트 편인 영숙 대 광수ㆍ영철의 2:1 데이트를 보게 되었다. 유튜브 댓글에는 참가자들에 대한 꽤 많은 응원과 욕이 난무하는데 사실 리얼리티 프로그램의 맛이 오지랖 과잉의 흥분이긴 하지만 '흥분'만 하며 보기에는 우리는 모두 지성인이 아니던가. 그래서 화제의 인물 광수가 남긴 말에 대해 한 번 적어보고자 한다. 어떤 상처가 있는지 몰라도 남이 보기에 번듯한 직업, 평범한 외모, 평균적 체형을(개인의 결핍은 주관적이지만 타인의 결핍을 볼 때 우리는 결핍의 전형성에 기반해 사고하므로) 가진 사람이 자신을 타인의 못난 점만 갖고 있다고 생각한다는 점이 좀 충격이었다. 게다 영숙과의 대화에서 자신은 삶에서 주연보다는 조연일 때가 많았고, 그럴 땐 조연답게 빠져주는 게 맞다고 이야기했다. 누구나 자기 삶의 주인공이긴 하지만 누구나 주연이기만 할 수는 없다. 때로는 주연이기도, 조연이기도, 엑스트라이기도 한 것이다. 그러니 광수가 자신은 조연일 때가 많아서 자신을 못난 사람이라 규정하는 것은 전제 자체가 틀렸다. 주연 좀 아니면 어떤가? 조연이면 어떻고 엑스트라면 어떤가? 씬 스틸러 같은 조연이 될 수도, 엑스트라여도 다른 사람들에게 두고두고 회자되는 그런 인물이 될 수도 있는 것이다. 남들보다 못났다고 생각해도, 찌질한 면이 있어도, 감추고 싶은 커다란 약점이 있다고 해도, 그런 자기를 감당하며 데리고 사는 태도가 주인공의 자세 아닐까? 광수는 배려라는 단어를 무의식적으로 남발한다. (진짜 배려하는 사람은 '배려해 줄게.'라고 말하지 않는 걸 보면) 남들을 배려한다고는 하지만 자신의 회피 성향을 배려라는 단어로 포장하는 건 아닌지 생각해 볼 일이다. 광수의 각성에 회의적인 사람도 있지만 나는 그 각성이 내면 아이의 손을 잡아주는 어른의 손이 되었으면 한다. 우리는 모두 어느 정도는 스스로가 만든 틀 안에 자기를 가두고 살아간다. 스스로가 그 틀을 깨든, 타인에 의해 깨지든, 깨진 틀을 더 단단하고 멋진 새로운 틀로 복구해 내는 것이 성장이라면 TV 속 그들을 욕하기보다는 그들의 성장을 바라며 오지랖 과잉을 긍정적으로 치환시켜 보면 어떨까?

우리 역시 언제든 깨질 수 있는 주연이자, 조연이자, 엑스트

무기력해서 쓰기 시작했습니다

라니까 말이다.

94. 이상한 나라 한국

　다른 나라에서 살아본 적은 없으나 한국에서 태어난 이상 한국에서 잘 살고 싶다. 사실 다른 나라에 대한 로망도 별로 없다. 미디어가 발달해서 그런지 어릴 때는 관심도 없고 잘 보이지 않던 것들이 심기를 건드리는데 그중 하나가 범죄자들에 대한 가벼운 형량이다. 최근 권도형테라폼랩스의 공동 설립자 이자 CEO로서 가상화폐 테라·루나 사건의 주범이 몬테네그로에서 잡힌 후 한국으로 송환될지 미국으로 송환될지 귀추가 주목된다. 싱가포르에서도 송환 요청을 했다는데 유튜브 댓글을 보면 죄다 한국으로 오면 안 되고 미국으로 보내야 한다는 댓글뿐이다. 100년을 감옥에서 썩어도 시원치 않을 범죄자가 한국에만 오면 가볍디가벼운 형량을 받고 피해자들을 두 번 죽이는 형국인데 이것을 사법부만 모르는 것 같다. 2020년 다크웹에서 아동 성 착취물 사이트를 운영한 손정우가 미국으로 송환되지 않고 우리나라에서 1년 6개월만 살고 나온 것이 대표적이다. 그때도 이 사건을 아는 모든 사람은 손정우의 미국 송환을 바랐지만, 한국 법원은 그 요청을 기

무기력해서 쓰기 시작했습니다

각했다. 한국은 표면적으로는 굉장히 살기 좋아 보인다. 하지만 한 꺼풀만 벗겨보면 다양하고도 심각한 문제가 있는데 그중 하나가 법체계다. 판례라는 것이 시대에 맞게 개편되고 발전해야 국민도 법을 신뢰할 텐데 범죄자의 '미국 송환'을 열렬히 바라는 사람들을 보며 법조인들은 무슨 생각을 할까? '미국 송환'을 바라는 무수한 댓글을 보며 잠깐 상상해 봤다. 우리나라가 미국과 같은 형량을 내렸다면, '전 세계 사람들에게 피해를 준 것에 대해 우리나라로 반드시 데려와 죄에 상응하는 처벌을 내려야 한다!'라는 주장이 더 많이 보이지 않았을까? 범죄의 수위와 형량이 비례하고 법원의 판결에 납득이 갈 때 건강한 사회가 만들어진다고 생각한다. 건강한 사회를 만들기 위해 고쳐야 할 것들이 한두 개가 아니지만, 이민 갈 거 아니면 억지로라도 긍정 회로를 돌리고 싶다. 그래서 말인데, (뭣 때문에) 공부 열심히 한 판사님들아 '제발 권도형은 미국으로 좀 보내자!'

🗒 24년 12월 31일 권도형은 미국으로 인도되었고, 미국에서 재판을 받게 되었다.

아주 속이 시원하다.

95. 권위에 죽지 않는 사회

 권위의 사전적 의미는 1. 남을 지휘하거나 통솔하여 따르게 하는 힘 2. 일정한 분야에서 사회적으로 인정을 받고 영향력을 끼칠 수 있는 위신이다. 유의어로는 발언권, 영향력, 위력이 있다. 사기를 치는 방법의 하나로 권위 있는 사람과의 친분을 과시하거나 그 사람도 하고 있다는 정보를 이용하는데 이러한 것들이 '그런 대단한 사람이?! 혹은 그런 영향력 있는 사람도?!'라고 생각하게 만들기 때문이다. 이 모든 것들은 권위에서 온다. 그리고 우리나라 사람들은 유독 이 권위라는 영향력에 약해 보인다. 예전에 어느 팟캐스트에서 사람들이 좋은 대학을 가고 좋은 직장에 들어가고 싶어 하는 이유를 '영향력'에 있다고 분석했는데 꽤 그럴듯하다. 브런치만 봐도 '의사, 변호사, 교수'(또 뭐가 있을까.) 등 우리 사회에서 꽤 인정해 주는 직업을 가진 사람들의 글에 좋아요가 더 많이 달리는 것을 볼 수 있다. 물론 그분들의 글이 좋고 유익하고 재미있어서일 수도 있지만, 예전에 전현무가 브런치에 입성'나혼자 산다'에서 플랫폼 화면을 대놓고 보여주었다했을 때 엄청난 이슈가 된 걸 보면(팬심

무기력해서 쓰기 시작했습니다

일 수도 있지만 아나운서이자 방송인이라는 직함은 사람들에게 '호감'이자 때로는 '위계'로 작용한다.) '영향력'은 약간의 '위력'을 발생시키며 꽤 많은 사람이 이 '위력'에 쉽게 마음을 내놓는다. 어쩔 수 없다. 좋은 대학에 가고 번듯한 직업을 가진 사람들을 '다시 보게 되는'(아무 정보도 없다가 서울대 출신 또는 의사라고 하면) 심리는 돈이 곧 힘인 자본주의사회에서는 아주 자연스러운 현상이다. 그들이 갖는 권위는 누구한테 부여받은 것이 아니다. 사회가 인식하는 성공 롤모델에 대한 무조건적인 짝사랑이 만들어 낸 종속적 우러름이 아닐까. 공부를 잘하고 공부를 많이 오래 하고 그걸 통해 사회에 끼치는 좋은 영향을 부정하고 싶은 마음은 없다. 하지만 아직도 유명인들이나 좋은 대학, 번듯한 직업을 가진 사람에게 아무 의심 없이 반하는 사람들이 있음이 우리 사회의 유난한 특성인 듯하여 글을 써본다.

96. 생명에 대한 이중성

코천이를 산책시키다 로드킬당한 무언가를 봤다. 로드킬 하면 길냥이가 대부분이나, 사이즈가 커 보이지 않아 고양이는 아닌 듯했다. 맞은편 차선이었고 색깔이 회색 비슷한 걸로 봐서 청설모라고 생각했다. 청설모는 공원에서 많이 봤어서 어쩌다 로드킬을 당했나 안타까웠지만 가던 방향이 아니라 집에 가던 길에 마저 확인해야겠다 생각했다. 로드킬을 자주 접하는 건 아니지만 동물을 좋아하는 편이라 죽어 있는 걸 보면 가급적 신고를 한다. 이미 죽은 동물이지만 도로에서 처참하게 썩어가는 걸 원하지 않을 것 같아서다. 게다 차들이 지나가면서 계속 짜부되는 것도 신경 쓰이고. 시청 도시미관과에(미관을 해치는 요인이라 그럴까?) 전화하면 사체를 수거해 간다. 집에 가는 길에 얼핏 사체를 봤다. 색은 회색이었지만 청설모 같지 않았다. 그냥 쥐였을까? 그냥 쥐라고 생각하니 안도감이 들었다. 왜? 쥐는 더럽고 유해한 동물이니까. 순간 이상했다. 청설모라고 추측했을 때 느껴진 안타까움이 안도감으로 바뀌다니. 어떤 동물이냐

무기력해서 쓰기 시작했습니다

에 따라 생명을 대하는 마음이 달라지는 게 놀라웠다. 다 같은 생명인데 다분히 인간 중심의 시각이다. 사람이 살기에 피해야 하고 더럽고 무서운 것들은 죽어 마땅하고, 그렇지 않은 죽음에는 안타까움을 느낀다. 하지만 곧 어쩔 수 없다고 생각했다. 사람은 이렇게 생겨 먹었다고. 살아가는 데(정확히는 안전하고 평안한 삶을 위해) 위해가 되는 생명에는 가차 없어지는 동물이 사람이다. 고양이였다면 또 한 번 도시미관과에 전화했겠지만, 형체를 알아보기 어렵게 털색만 보이는 동물이라(정확히는 쥐라고 판단했기에) 그냥 내버려두었다. 누군가 신고하지 않았다면 내일 또 보게 될 것이다. 쥐도 그냥 하나의 동물인데 인간의 시선으로 생명을 경시했다고 생각하니 또 그건 신경이 쓰인다. 내 근처에 있는 것과 내 눈에 띄는 것은 싫지만 죽어 마땅한 건 없으니까. 미안한 마음에 명복을 빌어본다.

청설모든, 쥐든 하늘에서는 행복하길.

97. 정서적 재산과 휴머니티

어린 시절 카프카의 『변신』을 정말 재미있게 읽었다. 솔직히 충격적이었다. 가족이 벌레로 변했다고 그렇게 방치하고 죽게 만들다니. 그리고 그레고리가 죽고 나서 가족들이 소풍을 가는 장면은 '가족이 어떻게!'를 생각하게 했다. 돈을 벌면서 다시 생각하니 자본주의사회 속 가족은 그럴 수 있다고 느꼈다. 사회의 일원으로 가족의 일원으로 돈을 벌지 않으면 벌레 취급을 받을 수도 있는 것. 이건 인간을 하나의 쓸모 있는 존재로 여기는 기준으로 돈을 벌 수 있느냐 없느냐를 우선시하는 것과 같다. 그러므로 돈을 벌 수 없는 상황이라 판단될 때 우리는 그 사람을 '비정상인' 취급하며, 돈을 벌지 않을 때 역시 '비정상인' 취급한다. 사람의 가치는 경제적 가치와 정서적 가치로 나뉜다고 생각하는데 경제적 가치는 그 사람의 경제적 능력을 말하며 정서적 가치는 그 사람의 정서적 능력을 말한다. 자본주의 사회에서는 경제적 능력을 우선시하며, 정서적 능력은 터부시하는 경향이 있다. 우리는 대개 돈 많은 사람을 부러워하지만 정작 좋아

무기력해서 쓰기 시작했습니다

하는 사람은 정서적 능력이 출중한 사람이다. 아닌가? 개인에 따라 다르겠다. 경제적 가치가 중요한 사람은 돈이 많은 사람을 쫓을 것이고, 정서적 가치가 중요한 사람은 함께 있을 때 편하고 즐거운 사람을 쫓을 것이다. 하지만 자본주의사회에서 돈과 정서를 무 자르듯 반으로 깔끔하게 자를 수 없고, 돈이 사람에게 마음의 여유를 주듯이 정서적 능력이 경제적 여유에 기반한 경우도 많다. 그래서 사람들이 부자를 좋아하는 것이다. 부자가 돈이 많아서가 아니라, 마음의 여유로 인해 팍팍하고 괴로울 상황이 덜 만들어지니까. 고로 경제적 가치를 실현하는 일도 중요하지만 그렇지 않다고 개인의 쓸모를 제로화시키는 건 정서적 재산을 무시해서 벌어지는 일이다. 개인마다 가진 정서적 가치란, 때로는 파급력이 엄청나 사람들에게 좋은 영향을 준다. 좋은 기운을 가진 사람을 좋아하는 이유는 이러한 정서적 가치와 무관하지 않다. 그러한 사람은 기본적으로 정서적 재산이 탄탄하다고 볼 수 있다. 그리고 본능적으로 사람들은 정서적 재산이 풍부한 사람에게 끌린다. 그레고리네 가족이 어떤 성정을 가졌는지 모르겠지만 어른이 되고 나서 보니 좀 더 다양한 시각으로 보게 되었다.

1. 그레고리는 일만 해서 가족들과 정서적 유대감이 적었을 것이다.
2. 가족들은 그레고리의 꽤 오랜 병 수발에 지쳐갔을 것이다.
3. 그레고리의 죽음으로 가족들은 엄청난 사망보험금을 받게 되었다.

1번도 그렇고, 2번도 그렇고, 3번도 그렇고 그레고리의 죽음으로 남은 가족들이 행복할 여지는 충분하다. 그래서 자본주의 사회에서 돈이 중요하다는 건 유치원생도 아는 일이지만, 그럴수록 정서적 가치를 무시해서는 안 된다고 생각한다. '돈이 많으니까, 능력이 출중하니까 까탈스럽고 성격이 괴팍해도 이해해.'(안 그런 사람도 있지만, 인간은 자신이 우위에 있다고 생각하면 선한 태도를 쉽게 내려놓게 된다.)가 아닌, 정서적 재산에 기반해 경제적 여유도 있는 그런 사람이 되고 싶다.

무기력해서 쓰기 시작했습니다

98. 학습권 소외

어른이든 아이든 가르치는 입장에 있다 보면 조금은 느린 학
생을 만나게 된다. 개인의 가치관이 선생님으로서의 책임감(또
는 사명감)을 만나게 되면 교육관이 된다고 믿는데, 공교육이
아닌 사교육 현장에서 그렇게 빡세지 않아도 되는(입시에서 벗
어나 있는) 수업을 하다 보니 그런 학생들의 커버가 가능했고
그렇게 하는 게 옳다고 믿어왔다. 최근에 시작한 어른 대상 글
쓰기 수업. 두 번째 시간에 약간 어눌한 분이 참여했다. 약간의
대화와 실습을 통해 수강생들도 모두 어떤 차이를 느꼈을 것이
다. 하지만 끽해야 두 시간 수업이고 서툴러도 그에 맞는 대응
을 하면 된다고 생각했다. (그리고 실제로 신경을 써서 진행했
다.) 그 수강생으로 인해 앞으로의 수업에 나의 에너지를 더 많
이 써야 함이 예측되고 걱정도 되었지만, 그렇다고 그분을 어찌
할 수 있는 것도 아니었다. 수업이 끝날 때쯤 담당자분이 **경계
성 지능인**이라고 말씀해 주셨고, 그분이 소외되지 않게 잘 이끌
어가야겠다고 약간의 다짐을 하기도 했다. 그분의 존재와 부재

에 따른 이중적인 마음을 확인하고 잘 감추기 위한 다짐이기도 했다. 평범한 나로서의 '한숨 섞인' 마음과 선생님으로서의 '다 같은 학생'이라는 마음. 이 두 가지가 동시에 튀어나왔지만, 결론은 역할에 있어서의 책임감이 이겼기에 걱정이 오래가진 않았다. 세 번째 수업 시간. 그분은 오지 않았고 담당자님께 수업 참여가 어렵다고 연락이 왔다고 했다. 또 불쑥 튀어나온 이중적인 마음. 에너지 쓸 일이 줄었다와 편하게 배울 수 있는 환경이 되어주지 못한 미안함. 두 번째 시간에 커리큘럼대로 잘 따라왔지만, 본인이 느꼈을 위화감은 우리 중 누가 의도한 것이 아님에도 앞으로의 수업을 따라가는 게 힘들 거라 분위기만으로 전달된 것이 아닐까? 수업을 들을 권리가 누구에게나 있지만 결국 직접 느끼고만 '보이지 않는 벽'으로부터 소외되는 경험. 그렇다면 그분들을 위한 수업을 따로 마련해서 진행해야 할까? 하지만 그러한 교육 환경이 진짜 그분들을 위한 일일까? 교육에서 효율을 우선시할 때 사람에 대한 존중은 옅어진다. 다양한 사람들이 모여 수업을 받는 건 배움이기도 하지만 공존이기도 하고 배려이기도 하다. 그런 사회가 되어야 한다고 믿으면서도 그분의 '다름'을 느꼈을 때 이중적인 마음이 들어 뜨끔했고, 그 마음을 들키지 않으려 애썼다. 그분이 세 번째 수업에도 참여했으면 어땠을까. 조금 부족해도 천천히 해도 괜찮다고 말해 줄 수(공개적으로는 말고) 있었을 것 같은데 그분이나 나나 아직은 사회적 관성을 이길 힘은 없었던 것 같다. 담당자님으로부터

무기력해서 쓰기 시작했습니다

'그분이 안 올 것이다.'라는 이야기를 들었을 때 순간 '수업에 오시라.'고 다시 연락드려 볼까 생각했다. 하지만 그것 또한 부자연스러운 일이라 생각했고, 그분의 선택으로 원활한 수업이 되겠다는 이기적인 마음도 한몫했다. 수업에 참여하셨다면 개개인의 특성과 수준에 맞게 이끌었겠지만 내가 가진 교육관은 수업에 참여하느냐의 여부로 발현이 되므로 불참 의사를 밝힌 이상 나의 역할은 다한 것이다. 그럼에도 자발적 탈락 혹은 자발적 소외가 납득 가는 것은 아니다. 내가 가진 선생으로서의 소양은 이 정도지만, 선생님의 소양이나 가치관을 들먹이지 않을 정도의 안전한 시스템과 사회적 분위기가 마련되었으면 한다. 사회적 약자들이 학습된 소외를 경험하지 않기를. 다음에 비슷한 분을 만나게 된다면 다음 시간에 꼭 오시라고 말하겠다고 생각해 본다.

99. 좋은 관계는 고민이 적다

관계 맺고 살아가는 사람의 특성상 좋은 관계를 맺고 싶지 나쁜 관계를 맺고 싶은 사람은 없을 것이다. 그렇다면 좋은 관계란 뭐고 나쁜 관계란 뭘까? 친구도 적고 사람에 무관심한 내가 이런 고민을 하게 되는 이유는 가족 구성원이 내 마음 같지 않을 때다. (메타인지를 끌어올려 반대로 생각해 보면 나도 그들 마음 같지 않을 것이다.) 하지만 가족이든, 친구든, 연인이든, 지인이든 관계를 맺는다는 건 나와 너를 기본으로 누군가와의 상호작용으로 이루어지는 것이므로 상대방과 상호작용이 명쾌할수록 관계는 매끄럽고 고민이 적다고 본다. 이건 사고의 방식이 비슷하거나 상대방에 대한 이해나 배려의 폭이 넓을 때도 적용이 되는데, 반대로 사고방식이 다르거나 배려나 이해의 폭이 좁으면 상호작용은 상호반작용이 되어 대화에 튕김이 많고 감정은 불쾌해진다. 그래서 주변에 이런 상호반작용을 하는 사람이 많으면 관계가 피곤해지는 것이다. 명쾌하고 편한 상호작용은 고민이 적다. 다른 말로 하면 내가 할 말이나 행동에 대해 신경은 쓰지만, 스트레스를 크게 받지 않는다. 상호반작용을 부르는 관계에서는 '이런 말을 하면 이렇게 나오겠지?', '이렇게 행동하면 분명 이런 반응을 할 거야. 그러니까 그렇게 하기보다는 이렇게 하는 게 나을 수도 있어.'라며 어떤 행동을 해야 튕김과 불쾌함을 덜 유발할지 머리를 굴려야 한다. 최근에 **이중 언어**라는 표현을 들었는데 듣는 사람으로 하여금 이중으로 해석될 여지를 주는 표현을 말한다. 예를 들어 학부모의 경우 '엄마(또는 아빠)는 너를 지지하지만, 공부를 안 하면 원하는 걸 이루지 못할 거야.'라는 말은 '지지한다.'와 '이루지 못한다.'의 두 가지 표현을 통해 실제로는 지지하지 않음을 담고 있지만, 말로는 지지한다고 표현함으로써 듣는 사람에게 혼란을 유발한다. 이런 이중 언어를 사용하는 부모(연인 또는 친구일 수도)를 둔 자녀들은 '안정감'을 느끼기 쉽지 않으며, 그 사람의 진심이 무엇인지 알기 어려워 고민에 빠진다. 이처럼 이중 언어든 상호부작용이든 공통점은 불필요한 고민으로 하여금 에너지를 소모시킨다는 점이다. 그래서 좋지 않은 관계는 함께 있으면 기가 빨리며 불필요한 에너지를 쓰게 되는 관계다. 그래서 그런 사람들과 떨어지려는 것은 생존을 위한 최소한의 방어이기도 하다. 요즘은 가스라이팅이나 나르시시스트라는 이름으로 많이 알려져 피해를 최소화하고 바로 손절하는 움직임을 볼 수 있는데, 그래서 점점 혼자 라이프가 많아지는 것이 아닐까 생각해 본다. 피곤한 관계는 사절, 말이 좀 안 통한다 싶으면 꺼져주세요. 가족이라면?

묻지도 따지지도 말고 독립. 관계를 바라보는 시각은 사람에 따라 분명 다를 것이다. 어떤 관계가 좋은 관계고, 어떤 관계가 나쁜 관계인지 명쾌하게 나눠지지 않을 수도 있다. 하지만 내가 경험한 바로 나에게 있어 좋은 관계란, 상호작용에 필요한 고민의 시간이 적은 관계라고.

덧, 애정하는 사람을 위한 건강한 고민은 에너지를 많이 뺏지 않는다.

무기력해서 쓰기 시작했습니다

100. 콤플렉스 주입하는 사회

타일러의 유튜브 '타일러 볼까요?'에 나온 이야기다. 이건 내가 하는 일과도 연관이 있어서 꽤 재미있게 봤던 영상이다. 타일러가 한국의 프로그램에 나오기 시작하면서 스타일리스트가 헤어와 메이크업, 스타일을 담당했단다. 모니터에 비친 얼굴을 시청자가 봤을 때 최대한 멋지고 깔끔하게 보이기 위해서 스타일리스트는 그들의 일에 최선을 다한다. 아마 이게 한국인 출연자들에게는 크게 어색하지 않고 당연했을 것이다. 가급적 키는 커 보이게! 몸은 날씬하고 비율 좋게! 피부는 맑고 깨끗하게! 헤어는 세련되고 멋스럽게! 하지만 여기에 출연자의 의지(애초에 방송이란, 기획에 모든 걸 맞추므로 출연자 역시 컨셉의 일부로 수렴된다.)란 없다. 그저 프로그램의 컨셉과 출연자들의 통일된 스타일 무드만 있을 뿐. 키가 작은 타일러에겐 물어보지 않고 높은 굽의 구두가 제공되었고, 말도 없이 자신의 점을 메이크업으로 지웠다고 했다. 자기 모습으로 방송에 나가고 싶은데, 없는 것까지 만들어 꾸며주는 문화가 개인의 의견과는(출

연자는 어떻게 보이고 싶은가?) 무관하게 진행이 되므로 일방
적이라 느껴진 것이리라. 또한 나는 아무렇지 않은 나의 일부를
바꾸려고 함으로써 이게 그들에겐 약점으로, 가려야 할 점으로
보이는구나라고 생각할 수밖에 없었다고. 스타일리스트들은
자기 일에 최선을 다한 것뿐이다. 하지만 타일러가 자기는 높은
구두 안 신어도 되고, 점을 메이크업으로 안 가려도 된다고 했
을 때 그들(뷰티 & 패션 전문가)은 아마 난감했을 것이다. 그런
부탁을 아마 한 번도 들어본 적이 없을뿐더러, PD나 작가로부
터 '타일러 스타일링은 다 끝난 건가요?'와 같은 찜찜한 말을 들
을(물론 이런 경우 진짜 작가가 저렇게 말을 하는지는 알 수 없
지만, 방송 시스템이 작가 주도로 돌아가므로) 수도 있다. 이처
럼 스타일리스트들의 마법과 같은 능력으로 방송에서의 출연
자들은 최대한 빛나 보인다. 타일러는 전문 방송인이 아니었기
때문에 꾸며진 자신과 그렇지 않은 자신이 많이 차이 나지 않
길 원했고, 현재 자기 모습이 마음에 드는데 자꾸 뭔가를 바꾸
려고 해 '이건 뭘까.' 궁금하기도 했을 것이다. 우리나라 사람들
은 꾸미는 것을 좋아하고, 그것을 자기 관리라는 명목하에 치켜
세운다. 그리고 그렇게 하지 않는 사람들을 깎아내린다. 그러므
로 대머리에 키가 작은 타일러도 최대한 다르게 보이길 원하지
않을까 생각했을 것이다. 한국 사회에서 대머리에 작은 키는 콤
플렉스니까. 뷰티와 패션 산업은 그렇게 발전했고 앞으로도 프
로그램에 나오는 출연자들은 타일러처럼 반광(밝게 빛나는 것

에 반대하는 것)하지 않고, 맑고 깨끗한 물광 피부를 유지하겠지만, 타일러는 수동적인 꾸며짐에 의문을 품었다. 타일러는 없는 걸 만들어 내거나 있는 걸 지우는 연출보다는 약간의 깔끔함만으로도 충분하다고 생각했을 것이다. 꾸며진 나와 있는 그대로의 나와의 갭이 클수록, 있는 그대로의 나는 사람들로부터 부정당하는(내가 본 타일러는 어디 있어요?) 현상이 생길지도 모른다. TV 속의 자기 모습과 현실에서 만난 자기 모습이 그리 다르지 않았으면 좋겠다는 타일러의 말에 고개가 끄덕여졌다. 개인이 인정하지 않는 약점에 대해 먼저 배려하고(과연 배려일까?) 콤플렉스화하는 문화는 TV 속 방송인들에게 과한 미적 기준을 들이대는 한국인들의 심리와 그 심리를 잘 떠받치고 있는 뷰티 패션 산업과 맞물려 쉽게 사라지지 않을 것이다. 타일러의 영상을 보며 사진관에서 돌사진 속 아들의 얼굴 점을 말도 없이 포토샵으로 없애줬다는 친구의 말이 떠올랐다.

아기는 그림보다 더 귀여우며,
초상권을 위해 점의 위치는 임의로
찍었음을 알려드립니다.

101. 어머니, 울지 마세요

　누가 갑자기 머리를 때린다면 황당하고 기분 나쁠 것이다. 하지만 이내 곧 이게 무슨 상황인지 파악을 하는 것이 대부분 사람이 가지고 있는 인식부터 행동까지의 시스템일 것이다. 누군가가 고의로 때린 건지, 그렇다면 그 사람의 나이, 성별, 의도는 무엇인지 누군가와 의도치 않게 접촉된 거라면 어디와 어떻게 부딪힌 건지 말이다. 전기버스는 운전자석부터 뒷문까지의 낮은 좌석과 계단으로 올라가 앉는 뒷좌석으로 나뉘어져 있다. 내가 앉은 좌석은 두 번째 뒷좌석이었다. 앞에는 6~7세처럼 보이는 남자아이와 그 옆에 엄마로 보이는 여성이 타고 있었다. 남자아이의 행동이 평범하지는 않았는데, 산만하면서 표정이 없는 것이 정상 범위의 지적 수준이라고 느껴지지 않았다. 그렇게 10분 정도 갔을까. 에어컨 바람으로 가득 찬 버스 안 정적이 깨졌다. "애! 사람 머리를 그렇게 때리면 어떻게 하니?" 날카로운 목소리로 모든 사람의 이목이 쏠렸고, 뒷문과 마주한 좌석에 앉아 있던 아주머니는 자리에서 일어나 아이를 똑바로 바라보았

　　무기력해서 쓰기 시작했습니다

다. 옆자리에 앉아 있던 아이의 엄마는 바로 죄송하다고 이야기 했고, 그러자 아주머니는 다시 자리에 앉았다. 그렇게 일단락되 었다고 생각한 찰나, 한 30초쯤 지났을까. 아주머니가 다시 일 어났다. 아이에게 "엄마가 아니라 네가 잘못했다고 해야지. 네 가 잘못한 거잖아."라며 아이에게 말했다. 경황이 없어서였을 까? 아니면 아이의 일반적이지 않은 태도와 표정이 전혀 와닿 지 않았던 걸까? 저렇게까지 해야 하나 싶었다. 그러자 아이 엄 마가 다시 한번 죄송하다고 말하며 "아이가 자폐가 있어요. 제 가 핸드폰 하느라고 잘 보지 못했어요. 정말 죄송합니다." 죄송 하다는 말을 몇 번씩이나 하는 건지. 뒷좌석에 앉아 있던(그 아 주머니의 남편인 듯 보이는) 아저씨가 내려와 그만하라는 듯 아 주머니의 어깨를 잡아끌었고 다음 정류장에서 내렸다. 아이는 천진하게 두리번거리며 들썩거렸는데 바로 뒤에 앉은 내 눈에 아이 엄마의 눈물이 보였다. 그러고 나서 아이와 엄마 또한 버 스에서 내렸다. 아이는 바로 앞 횡단보도로 뛰어갔고, 아이 엄 마 역시 고개를 숙인 채 횡단보도를 건넜다. 화를 낸 아주머니 에겐 무엇이 부족했을까? 여유를 갖고 지켜보았다면 아이의 특 성을 파악했을까? 아니면 아이의 특성이 보이지 않을 만큼 자 기가 본 피해가 너무 크게 느껴진 걸까? 버스 안의 사람들은 어 떻게 느꼈을지 몰라도 아주머니의 대응이 너무 과했다고 느껴 졌다. 어른이라면 아이의 행동에 대해 조금은 여유를 갖고 신중 하게 파악했어야 하지 않나. 아이 엄마의 눈물에서 한국 사회에서 정상 범위 밖의 아이를 키우는 것이 얼마나 힘든 일인지, 사람들에게 죄송할 일이 많은 일인지를 다시금 느꼈다. 별일 아니게 넘어갈 수 있던 상황이(자폐 아동에 대한 배려와 이해가 부족한) 한국이라서 비극이 된 것만 같은 기분이었다. 아이가 없고 엄마는 아니지만 그 공간 속 뒷자리에서 모든 걸 조망하던 내 마음 역시 서글펐다. 창밖의 아이와 엄마의 모습을 보며 전달되지 않을 목소리가 자꾸 내 안에서 소리쳤다.

'어머니, 울지 마세요.'

🖋 글에서 '정상 범위 밖'이라는 표현을 썼는데 더 적합한 표현이 있으면 알려주시면 감사하겠습니다.

102. 장마 시즌의 배달

　뭘 자주 시켜 먹지는 않지만, 비가 많이 오는 날은 특히 배달을 자제한다. 날씨에 영향을 받는 배달의 특성상 비 오는 날의 배달은 사고(배달 사고가 아닌 교통사고)의 위험도가 올라간다고 생각하기 때문이다. 하지만 이런 생각을 하면서도 비 오는 날의 매출이 떨어지는 것보다 매출이 올라가는 게 더 좋은 자영업자나 배달 기사님의 입장에서는 소비자가 굳이 그런 생각까지 안 하기를 바랄지도 모른다. 그래서 찾아봤다. 비 오는 날의 배달비는 할증이 붙을까? 붙는 가게도 있고 안 붙는 가게도 있단다. 그리고 쿠팡, 배민 등 어떤 플랫폼을 이용하는지에 따라서도 달라지는 것 같다. 한 건당 돈을 벌 수 있는 배달업 측면에서 '궂은 날씨에는 일이 없는 것이 더 좋지 않을까?'는 편협한 생각이다. 하루이틀이 아닌 1, 2주 계속되는 장마에 몸을 사리기 위해 배달을 하지 않으면 고정 수입이 줄어들 수밖에 없으며, 고정 수입의 필요성을 생각하면 배달업이든 뭐든 결국 매일 출근해야 하는 것이다. 폭우와 폭설에 항공기는 결항하지만, 폭우와 폭설에 일반 버스와 좌석버스는 배차가 느려질지언정 아예 운행을 중단하지는 않는다. 그래서 장마 시즌에 배달을 시키냐 마냐는 자신의 가치관에 따라 결정하는 것이지 배달 기사님의 안위에 따라 결정하는 것은 자칫 오만한 생각일 수 있다. 그런 접근이라면 어차피 사고의 위험도를 줄이고 싶은 기사님들은 궂은 날씨의 출근은 자제할 것이며 출근하는 기사님이라 하더라도 몸이 곧 재산이므로 다른 날보다 특별히 조심조심 운전할 것이다. 그렇게 위험도를 줄이고 싶은 소비자와 아닌 소비자로 인한 수요와, 알아서 자신의 안위를 챙길 배달 기사님의 공급이 맞물려 비 오는 날의 배달 시스템이 적절히 유지되는 것은 아닐는지. 그러니 사고가 날지 모른다는 걱정에 기반한 죄책감은 덜어두고 자영업자와 배달 기사님의 매출을 올려주는 것에 일조하는 것이 어쩌면 그들의 안위를 위하는 진정한 마음이란 생각도 든다. 그럼에도 나는 폭우가 오는 날에는 배달을 시키지 않는다. 그들이 진짜로 원하는 게 무엇이든 간에 한 건의 배달료보다 폭우를 뚫고 오는 그들의 안위가 더 신경 쓰이기(내가 그 오만한 사람이다.) 때문이다. 맑은 날이나 비 오는 날이나 배달 음식은 다 맛있겠지만 사고의 위험이 다소 적은, 마음이 조금 더 편한 날에 시켜 먹는 것이 나는 좋다. 다양한 사람의 선택이 모여 노동과 소득의 발란스가 잘 유지되길 바라는 마음으로.

무기력해서 쓰기 시작했습니다

103. 녹색 어머니 연합회

초등학교 통학 시간에 마을버스를 타면 횡단보도에서 교통 지도를 하는 어머니 연합회를 볼 수 있다. 보통 어머니들이 하지만 가끔 아버지들도 볼 수 있는데 자세히 보니 들고 있는 깃발 색깔이 다르다. 어디는 ○○구청 연합회라고 적혀 있고 어디는 연합 중앙회라고 적혀 있고. 그렇다면 이걸 주최하는 곳이 다 다르다는 걸까? 잘 모르겠다. 친구들 말로는 한 반에 돌아가면서 교통 지도를 서는 것 같은데 때로는 자기가 편한 날, 혹은 시간이 되는 날로 맞추기 위해 다른 어머니랑 바꾸기도 한다. 어머니들이 주축이 되어 하는 모임이라 어머니 연합회겠지? 하지만 깃발에는 어머니 연합회라고 적혀 있고 아빠가 서 있다면 그 차이는 어떻게 받아들일까? 그냥 어쩌다 아빠도 나오는 것이라 여기면 될까? 내가 초등학생이라면 궁금할 것 같기도 한데, 이 모임이 예전에는 어머니가 주축이었지만 이제는 아버지도 참여할 수 있다면 이름을 바꿔야 할 때가 온 건 아닐는지. 부모님 연합회? 잘 모르겠다. 마을버스를 타고 가다가 깃발을 들고 교통 지도를 하는 아버지를 연달아(초등학교와 인접한 횡단보도 세 곳 중 두 군데는 아버지들이었다.) 보니 깃발에 적힌 '어머니'라는 단어가 유난히 눈에 띄네. 초등학생 자녀를 둔 아빠들 생각은 어떨까. 엄마들 생각은 어떨까. 나만 궁금한 걸까?

🗒 가입 요건이 초등학생 자녀를 가진 어머니로 명시되어 있어서 가끔 보이는 남자들은 정회원이 아니다. 그리고 시대가 변함에 따라 성 역할 왜곡 등 논란이 있기 때문에 녹색어머니회라는 명칭을 녹색학부모회로 바꾸고 가입 요건을 남녀 모두로 바꿔야 한다는 주장이 나타나고 있다. 다만 현재 운영진 측에서는, 50년 가까운 전통도 있고 정회원은 못 돼도 비회원으로 같은 역할을 수행할 수 있다는 이유로 반대 목소리를 냈다. - 나무위키

무기력해서 쓰기 시작했습니다

104. 자기표현과 자기과시

최근 모 프로그램을 보면서 자신에 대한 자신감을 드러내는 출연자를 봤다. 얼굴도 예쁘고, 몸매도 좋고, 머리도 좋은데, 인기도 좋다며 자신을 평가하는 모습이 '참 멋지다.'라는 생각보다는 '굳이 저렇게까지?'라는 생각이 들었다. 자기 애정? 자기 긍정? 물론 좋다. 그리고 자기 모습을 사랑하는 사람은 타인에 대해서도 잘 인정하는 편이라 생각한다. 나를 사랑하는 건, 나의 좋은 모습만 사랑하는 게 아니다. 내가 잘난 인간이라서 자신감이 뿜뿜하는 게 아니다. 나의 못난 점과 잘난 점을 잘 알고 그걸 받아들이면서 더 나은 내가 되고자 노력하는 마음이 자존감을 만들어 낸다. 그리고 그러한 디테일은 상대방을 볼 때도 적용이 된다. 내가 나에게 가졌던 관심과 이해, 포용의 마음 등을 상대에게도 드러내는 것이다. 그래서 자존감이 높은 사람은 멘탈이 건강하다는 말을 많이 한다. 멘탈의 건강함은 나의 찌질한 점도 인정하고 수긍할 때 단단한 흙을 뚫고 뿌리를 내린다. 그래서 자존감이 높은 사람은 자신에 대해 과시하지 않는다. 그저 존재할 뿐이다. 하지만 그 출연자가 왜 그렇게 자신에 관해 이야기하는지는 알겠다. 생각보다 꽤 많은 사람이 말에 의존해 사람을 보는 경향이 있다. 자신을 과시하고 자랑하는 게, 마치 자존감인 양 우러러본다. 어쩌면 자신에게 부족한 자존감을 투영해 반하게 되는 과정일지 모르겠다. 나는 이렇게 찌질한데 저 사람 옆에 있으면 그 찌질함이 희석될 것만 같은 느낌. 하지만 그 옆에 가보면 안다. 그 사람은 그냥 자기과시를 좋아하는 사람이지, 남에게 관심이 있는 사람이 아니라는 걸. 경쟁 사회에서 적당한 자기과시와 자기의 표현은 필요하다. 내가 어떤 사람인지, 어떤 생각을 하고 있는지를 말로 표현하는 건 나라는 사람을 좀 더 잘 알게끔 하는 소통의 제스처이기도 하다. 하지만 자기표현과 자기과시는 다르다. 자기표현은 절제를 바탕으로 하지만, 자기과시에는 절제가 없다. 그래서 나는 과하게 자신을 내세우는 사람을 보면 자존감이 높아 보이기보다는 자의식이 강해 보인다. '나는 이런 사람이에요. 멋지지 않아요?'라며 스포트라이트를 받기를 원한다. 스포트라이트는 밖에서 내리쬐는 빛이다. 자존감이 강한 사람은 안에서 빛나는 사람이다. 그들은 외부의 빛인 스포트라이트가 필요하지 않다.

무기력해서 쓰기 시작했습니다

105. 조금 이상한 설문 조사

　밀리의 서재에 읽을 책을 담아놓고 동네 도서관에 책을 빌리러 가는 자. 지적 허영이 있지만 지식을 뽐낼 수 있는 책보다는 인터뷰집이나 에세이만 읽는 자. 상호 대차도 열심히 빌리면서 집에서는 결코 책을 읽지 않는 자. 인간은 참 모순덩어리다. 아니, 내가 모순덩어리인가? 밀리의 서재에 담긴 책에 집중하자 다짐해 놓고서 또 그렇게 상호 대차 신청한 책을 빌리러 도서관에 간다. "이것 좀 작성해 주실 수 있나요?" 사서분이 설문지를 내민다. '과학고 설립을 지지하는 어쩌구저쩌구.' 자녀가 없어 과학고 설립에 특별히 관심도 없지만 설령 자녀가 있더라도 동네에 과학고가 있는 것이 내 교육열에 별로 영향은 없을 것 같아 '잘 모르겠음'이나 '중간'으로 체크하려는 찰나 동그라미 칠수 있는 칸에 적힌 두 가지 선택지. **매우 동의/동의**. 뭐지??? 이무자비한 설문은? 합리적이고 이성적인 설문의 형태라면 **동의/비동의**가 있는 게 맞는 거 아닌가? 저 설문을 받는 의도가 무척궁금했다. 결국엔 과학고 설립에 반대하는 의견은 받지 않으려는 설문 조사자의 불순한 의도가 담긴 설문지가 아니더냐!! 사서분이 바로 앞에서 지켜보고 있어서 뭐라도 선택해야 할 것 같은 압박에 결국은 동의에 동그라미를 쳤다. 동그라미하고 나서도 찜찜하다. 이렇게 반강제적으로도 설문을 할 수 있다는 것에 창의성과 참신함을 느꼈다. 다음에는 읽어보고 굳이 하지 않아도 되는 것이라면 마음을 굳게(생각보다 코앞에서 거절하는 것이 쉽지 않다.) 먹고 거절해야지. 다음 날 상호 대차 책이 도착했다는 알람을 받고 도서관에 또 방문했다. 설문 조사를 들이미는 사서분께 "저 어제 작성했어요." 하고 선수를 쳤다. 휴… 나의 순발력에 감탄도 잠시 "남편분 이름으로 하나만 더 해주세요." 아오~ "저 싱글이거든요!!" 라고 외치고, 나왔어야 하는데 싱글이 죄도 아닌데 말도 못 하고 엄마 이름으로 설문에 응하고 말았다. 왜 없는 남편까지 만들어서(물론 사서분은 40대로 보이는 내가 기혼자라 판단해버린 거겠지만) 설문하라고 하냐고요. '매우 동의/동의' 선택지도 의심스럽기 짝이 없는데 사서님의 강경한 대응에 말려버린, 나의 싱글로서의 정체성에 금이 간 것 같아 매우 찜찜한 하루였다.

무기력해서 쓰기 시작했습니다

106. 작은 글씨와 노년의 자존감

운동을 무사히 마쳤다. 러닝머신 25분, 복근 운동 5분, 등 운동 5분, 허벅지 운동 5분, 스트레칭 5분. 더도 말고 덜도 말고 귀차니스트에게 루틴 운동 45분이면 할 만큼 한 거지, 암. 이런 생각을 하며 몸을 열심히 씻고 있는데 옆에 60대 후반쯤으로 보이는 아주머니께서 바디워시를 거울 앞, 선반에 놓으신다. 그러더니 머리를 헹구시는데 '바디워시로 머리 감으시려는 건가?' 하는 생각에 신경이 쓰였다. (사실 바디워시로 머리 감아도 별 상관은 없을 거다. 두 가지 모두 우리 몸에 닿는 성분이고 또 묵은 때를 벗겨내는 성질은 공통적이므로.) 전에 같은 브랜드의 바디워시를 쓴 적이 있어서 분명 바디워시인데 내가 혹시 샴푸를 잘못 봤을까 봐 아주머니께서 고개를 숙였을 때 좀 더 자세히 봤다. 역시 바디워시였다. 그렇게 진실을 확인하니 예상대로 아주머니는 바디워시를 손바닥에 짠 후 머리를 감으셨다. 흠… 알고 감으시는(올인원?) 걸 수도 있고, 모르고 감으신다 한들 그걸 이야기하는 건 상당히 뻘쭘한 일이다. 엄마도 가끔 샴푸나 바디워시 등 영어로 쓰여 있거나 글씨가 작아서 나에게 물어보고는 한다. 그리고 샴푸든, 바디워시든, 클렌징폼이든, 요즘은 제품의 품목을 가장 크게 쓰는 것이 아닌, 자기네가 어필하고 싶은 타이틀을 맨 위에 제일 크게 쓰고 그다음에 브랜드명을 쓴 후 마지막 줄에 가장 작게 품목을 쓴다. 그러니 눈이 안 좋거나, 확인이 어려우면 헷갈릴 수 있는 것이다. 아주머니가 사용한 브랜드는

　첫째 줄 Organist,

　둘째 줄 Avocado Moisture,

　셋째 줄 아보카도 모이스처 바디워시(이제서야 한글)

　라고 적혀 있었다. 모국어가 한글인 나라에서 영어는 크게, 한국어는 작게 쓰여 있는 건 왜죠? 노년에 접어든 분들이라면 한 번쯤 겪었을 불편함이 아닐까 한다. 노안을 준비하는 40대로서 나이에 대한 긍정적·부정적 인식과 가치관, 배려는 이러한 사소한 것에서 느껴진다고 생각하는데 내가 내 몸 하나도 제대로 된 제품으로 씻지 못하는 환경에서 어떻게 나이 듦을 긍정할 수 있냐고!! 이럴 거면 글씨로 쓰지 말고 그림으로 그려줘. 샴푸는 머리카락, 바디워시는 몸, 클렌징폼은 얼굴!

그래도
오가니스트
사랑합니다

　　　　　　　　　　무기력해서 쓰기 시작했습니다

107. '바로 알기'보다 '바로잡기'

글을 읽다가 '한쪽 눈이 실명된 사람'을 지칭하는 단어가 궁금해졌다. 글에는 '한쪽 눈이 실명된'이라고 표현이 되었을 뿐, 지칭하는 단어가 없었기 때문이다. 우리 주변에서 잘 보이지 않는 현상이나 사람에 대한 단어는 생전 처음 듣는 경우가 있게 마련인데, '시각장애인'은 많이 들었어도 한쪽 눈만 실명된 사람을 지칭하는 단어는 들어본 적이 없다. 그리고 검색을 해봤는데 시각장애인에 속하지는 않아 보였다. 결국 요즘 거의 안 쓰는 말이지만 '외눈박이'로 검색했더니 설명 아래쪽에 **차별 또는 비하의 의미가 포함되어 있을 수 있으므로 이용에 주의가 필요합니다. - 차별 표현 바로 알기 캠페인**이라고 추가적인 글이 더 있었다. '아니 차별 표현을 바로 아는 건 아는 거고, 그러면 차별하지 않도록 제대로 된 어휘를 알려줘야지!' 국립국어원에 들어가서 '외눈박이'를 검색했다. 역시 낮잡아 이르는 말이라고 정의만 나올

---

10) 한쪽 눈이 먼 사람을 낮잡아 이르는 말 - 네이버 국어사전

가벼움에 지친 그대에게

뿐, 대체할 수 있는 단어가 없다. '아오~ 내가 못 찾는 거야. 아니면 진짜 지칭하는 어휘가 아직도 없는 거야?' 국립국어원에 들어가서 문의 글을 썼다. 차별하지 않기 위해 어떤 단어를 사용해야 할지 알려달라고. 그런 정보도 없이 이 말은 차별하는 말이니까 사용에 주의하라고만 하면 어떻게 하냐고 말이다. 갈수록 사용하는 어휘에 주의할 일이 많아지는 세상에서 '바로 알기'만으로는 부족하다. '바로잡기'가 필요하며 조금은 귀찮더라도 이런 건 좀 적극적일 필요가 있지 않나 생각해 본다.

📝 국립국어원에 문의했더니 이렇게 답변이 달렸다. '한쪽이 먼 눈'을 의미하는 '애꾸'는 뜻풀이상 낮잡아 이르는 말의 의미가 없으므로 이와 유의어 관계인 '독안(獨眼), 반-소경(半소경), 반맹(半盲)' 등을 쓰실 수 있겠습니다.

108. 말은 사람을, 사람은 말을 닮는다

    부모와 대화를 많이 한 아이가 정적이 흐르는 집에서 자란 아이보다 언어 습득 능력이 좋다는 건 많이 알려진 사실이다. 아무래도 말은, 읽을 수 있기 전까진 듣는 학습으로부터 시작되기 때문이다. 그럼에도 말은 억양, 톤, 높낮이, 텍스처(말에도 질감이 있다), 내용 등 많은 것을 담고 있기에 입이 트이지 않은 아이도 말의 내용 외에 많은 것으로 분위기를 파악할 수 있다. 내가 목소리에 보다 예민하다는 것을 알게 된 건 몇 년 전인데 잘생김에는 별로 반응하지 않으면서 목소리가 좋은 사람은 한 번 더 보게 되더라. 더해서 말투나 억양, 내용적인 면에서도 귀감이 되는 사람들이 있는데 말은 그 사람을 담고 있기 때문인지 그런 사람과는 왠지 가까이 지내고 싶은 마음이 든다. 나 또한 말주변이 없고 톤이 부드러운 편은 아니므로 말할 때는 가급적, 고민해서 입 밖으로 내뱉는다. 말은 하는 거지만 누군가에게 전달된다는 측면에서 내뱉는다는 표현이 더 와닿기 때문이다. 주워 담을 수 없으므로 내뱉기 전에 그만큼 고민을 더 해야 하는 것이다. 그리고 고민하다 보면 그만큼 정제된 말을 할 확률이 높아진다. 굳이 정제하지 않아도 말에 인격의 건강함이 묻어나는 사람은 그게 그만큼 몸에 밴 사람일 것이다. 하지만 보통 사람이 그렇게 되기란 쉽지 않기에 말이 나를 닮는다고 생각한다면 의식적으로 노력해야 한다. 목소리에 힘이 있는 사람, 휴머니티가 있는 사람, 좋은 기운이 있는 사람이 좋다. 그리고 그런 사람은 말하는 것만으로도 세상에 좋은 영향을 끼칠 수 있다고 믿는다.

유튜브에서 '손석희를 읽는 밤'을 보고.

109. 치킨은 식어도 맛있다

오랜만에 치킨을 먹고 싶어 치킨을 시켰다. 예전에 한승태 작가의 『인간의 조건』을 읽고 일주일 일고기 프로젝트를 한 적이 있다. 독립했을 때이고 나름대로 내 식단을 스스로 관리할 수 있는 환경이어서 가능했다. 계란만 빼고 가공육도 포함해서 진행했었는데 워낙 먹는 걸 좋아하고 육식에 대한 욕망도 있는 편이라 꽤 힘들었다. 단백질을 챙겨 먹는다고 했지만, 서서히 기력이 쇠했던 느낌만은 잊혀지지 않는다. 본가로 들어오면서 식단의 주도권이 자연스레 분할되었고 프로젝트 또한 종료되었다. 혼자 살 때는 한 마리를 한 번에 다 먹지 못했기에 보관에 어려움이 있어 치킨을 거의 시켜 먹지 않았다. 배달 음식의 과한 쓰레기도 요인이었다. 그러다 보니 치킨은 상반기에 한 번, 하반기에 한 번, 밖에서 누군가를 만날 때나 영접할 뿐이었는데 본가에 들어와 치킨 영접 횟수가 늘었다. 식단 관리에 진심인 엄마 덕분에 다행히 한 달에 한 번 정도 먹고 있다. 라면도 그렇고 치킨도 그렇고 안 먹어 버릇하니 한 달에 한 번 정도가 적당하다 느끼는데 보관이 쉬운 본가라서 혼자 다 먹지 못해도 종종 치킨을 시켜 먹는다. 한승태 작가의 글은 꽤 매력적인 내용에, 닮고 싶은 필력인지라 더 읽고 싶지만, 육식을 하는 자로서 차마 『고기로 태어나서』는 못 읽고 있다(불편한 진실을 감당할 자신이 없다). 찾아보니 우리가 먹는 치킨과 삼계탕, 찜닭 등등은 태어난 지 30일에서 7주 사이의 닭을 쓴다고 한다. 태어난 지 30일밖에 되지 않는 생명을 먹는 것이다. 닭의 평균수명은 7년에서 13년으로 평균 10년이란다. 사실 맛있게 먹었던 양이나 소도 나이가 많은 것보다는 어린 개체가 훨씬 많을 것이다. 치킨의 생존 일수를 아는 것이 치킨을 주문하는 횟수에 새삼스레 영향을 주지는 않을 것이다. 하지만 알고는 먹자. 치킨이 식어도 맛있는 이유는 죽을 날을 아주 많이 남기고 죽었기 때문이다. 30일을 인간의 수명으로 치환해 봤다. 233일 정도가 나오더라. 8개월이 좀 안 된다. 오늘 먹었으니 한 달 후쯤 또 먹을 것이다. 그때도 잊지 말고 닭의 짧은 생애를 복기하자. 어차피 죽은 닭은 말이 없고, 매년 치킨이 되기 위해 생산되는 닭은 줄지 않을 것이며, 치맥의 꿀조합이 사라질 일은 더더욱 없어 보이니, 우리가 먹는 치킨이 식어도 맛있는 이유는 30일의 짧은 생애가 담겼기 때문이라고, 이 글에서라도 남기고 싶다.

110. 안정감의 bye~ bye~

봄볕이 따뜻한 5월의 오전 베란다는 앉아서 책 읽기가 딱 좋다. 방에 들어가자고 코천이가 보채지만 않는다면 작업도 여기서 하고 싶은 심정이다. 집 근처에는 유치원이 있는데 웬만한 나무 높이보다 높은 곳에 살다 보니 본의 아니게 아이들의 등원 광경을 조망하게 된다. 자기 몸만 한 가방을 메고 뚜닥뚜닥 걸어가는 아이들은 얼마나 귀여운가? 일부 아이들은 셔틀버스를 타고 등원하지만, 일부는 부모가 건물 앞에 내려주고 인사를 한다. 어떤 부녀의 인사 소리. 나의 뇌가 소리쳤다. '이거 글감이야!!'

아빠가 인사한다. "바이 바이~"
아이도 인사한다. "바이 바이~"
아빠가 또 인사한다. "바이 바이~"
아이도 또 인사한다. "바이 바이~"

그렇게 세 번쯤 핑퐁했을까? 아이는 건물 안으로 들어갔고 아빠도 차를 타고 출발했다. 많은 의미가 들어있는 '바이 바이'.
잘 다녀오라고, 오늘 하루도 별일 없이 보내기를, 자기를 보고
싶어도 잘 참기를. 뭐 이런 느낌일까? 하지만 가장 강하게 느낀
건 '곧 다시 만나!'라는 안정감이었다. '다시 만날 수 있다.'는 전
제의 '바이 바이'는 얼마나 따뜻하고 다정하고 강력한 것인지.
그 광경을 보는 나까지도 마음이 몽글몽글해진다. 베란다에서
책도 읽고 글감도 찾고 오늘은 아침부터 운이 좋다.

111. 기사님도 놀랐을 텐데

　버스를 타고 갈 때는 보통 핸드폰을 한다. 전방을 주시하지 않고 고개를 숙이고 있다 보니 갑작스러운 흔들림에는 속절없이 놀라고 만다. 잘 가던 버스가 갑자기 휘청이더니 반대편 차선을 살짝 넘으려다 다행히 원래 차선으로 들어왔고 그 반동으로 옆 차선의 승용차와 부딪히기 전, 급정거에 성공했다. 버스안에는 열 명 정도의 승객이 있었는데 다들 놀라 무슨 일인가 파악하려 노력했고 나는 팔에 끼고 있던 텀블러 속 커피를 쏟을 뻔했다. (이번에 바꾼 텀블러 뚜껑의 빨대 구멍이 너무 과하게 크다.) 뻔한 레퍼토리인지 버스 기사님과 승용차 주인은 차에서 내려 서로의 잘못을 고함쳤고 나는 왼쪽에 앉아서 보지 못했지만, 오른쪽에 앉아 옆 차선의 상황을 볼 수 있었던 승객들은 승용차가 차선을 과하게 바꾸지 않았냐며 현 상황을 분석했다. 접촉 사고가 나지 않았고 기사님과 차주는 계속 싸워봤자 좋을 게 없다는 것을 알기에 '네 탓이오.'라는 고함은 30초 만에 정리되었다. 그 후 10분 뒤 버스에서 하차했는데 기사님도 많이 놀라지 않았을까 생각했다. 버스를 타고 그렇게 휘청인 것도 처음, 그렇게 급정거한 것도 처음이었기에 승객들의 안전과 함께 자신의 놀람도 진정시켜야 하는 것이 기사님의 직업 정신이겠구나 생각했다. (그러고 보니 그 상황에서 승객의 안전을 확인하는 매뉴얼이 있을 것도 같은데 기사님은 바로 파이터 모드로 전환했다.) 그래서 여기가 휴머니즘 가득한 세계였다면 그 세계 속 주인공인 나는 사고 이후 놀란 가슴에도 안전 운전해 주신 기사님께 감사함을 전했을 것이다. 하지만 현실은 그 어떤 감사도 직접 표현하기는 민망하고 또 차고지로 전화해 감사를 전하는 것도 이상하니(어쩌면 사고 날 뻔한 상황을 알리고 싶어 하지 않을 수도 있으니) 그저 글로 이런 일이 있었다고 끄적일 뿐이다. 그런데 글 쓰면서 아까는 생각하지 못한 부분이 있었으니 그것은 승객의 안전에 관한 확인을 건너뛴 것이다. 물론 경황이 없어 그럴 수 있지만 만약 누군가가 다친 상황이라면 안전에 관한 확인도 매뉴얼 측면에서는 아주 중요하기 때문이다. 그래서 기사님의 노고에 감사하는 한편 다음에 이런 일이 또 생긴다면 '다들 괜찮으신가요?'라고 한마디 건넨 후 파이터 모드로 전환하심이 어떨지 조심히 제안드리는 바다.

무기력해서 쓰기 시작했습니다

112. 결정장애 · 선택장애라는 말

    원래도 잘 쓰지 않았지만, 어느 순간부터 아예 안 쓰게 되었다. 자리가 사람을 만든다고. '쌤'이라는 호칭의 기분 좋음 덕분인지 (극히 주관적인 기준이지만) 말도 조금 가려서 하려고 한다. 그중 하나가 **선택장애·결정장애**인데 이 말이 생각보다 많이 그리고 자주 쓰인다. 우유부단해서라는 말보다 좀 더 트렌디해서일까? 아니면 좀 더 명확하게 와닿아서일까? 길에서 장애인을 흔하게 보는 사회가 건강한 사회라고 생각한다. 우리 사회는 그렇지 않다. 요즘에야 전동 휠체어를 타는 분들을 종종 보는 거지, 5년 전만 해도 길에서 잘 볼 수 없었다. 게다 전동 휠체어로 버스에 탑승하는 장면은 또 어떤가? 나는 40년 넘게 살면서 딱 두 번 봤다. 이처럼 장애인이 우리 사회에 잘 드러나지 않는 것과는 대비되게 선택장애 · 결정장애라는 말은 무척 많이 쓰인다. '장애'라는 말이 너무 무겁고 우리와 동떨어진 것처럼 느껴서도 안 되겠지만, 반대로 너무 가볍게 소비되는 것도 지양해야 한다. 내가 혹은 내 가족이 장애인인데 선택장애 · 결정장애와 같은 단어가 일상에서 아무렇지 않게 들린다면 어떤 기분일까? 그 단어를 쓰지 않기로 한 이유이다. 친구들과도 이런 이야기를 나눴다. 욕을 하는 게 그냥 자기 입이 더러워지는 것이라면, 선택장애·결정장애라는 말을 쓰는 건 나도 모르게 누군가에게 상처를 주는 일일지도 모른다. 내가 쓰는 말이 누군가에게 상처라면, 그 말을 꼭 써야 할 필요가 있을까?

113. 꼼꼼하다와 까탈스럽다

    최근 캡슐옷장 기사 관련하여 짧은 인터뷰를 하였다. 기자님이 편집해서 내는 기사지만 구체적으로 정보를 드리면 나도 좋고 기자님도 좋고 하니 이런 일에는 좀 적극적으로 인터뷰하는 편이다. 그래서 질문받은 날 인터뷰지를 정리해 보내드렸고 그 주 주말에 기사가 올라왔다. 외국의 미니멀리즘 작가의 책과(국내에도 『주말엔 옷장정리』라는 책이 있답니다.) 국내의 미니멀리스트 블로거 몇 명의 사례와 함께 내가 진행했던 '캡슐옷장 워크숍' 내용과 내 인터뷰 일부가 실렸는데 전체 기사의 마지막을 장식하는 부분에 눈이 멈췄다. **전문가의 캡슐옷장 팁**이라고 해서 세 가지 문단이 실렸는데 내가 강조했던 내용이 마치 남이 이야기한 것처럼 엉뚱한 곳에 들어가 있었다. 솔직히 예전 같았으면 대수롭지 않게 넘겼을 것이다. 예전의 나는 '그게 그렇게 중요할까? 그거 하나 바꾼다고 사람들이 알아줄까?' 이런 것에 회의적이기도 했고 약간은 '좋은 게 좋은 거지. 그냥 넘어가자.'란 마음도 있었다. 하지만 기사에 나온 수많은 전문가 중 누구의 말인지도 모르게 내가 강조한 내용이 있는 것을 용납하기 어려웠다. 그래서 일요일 저녁에 기사를 확인하자마자 기자님께 문자를 보내 양해를 구했다. '제가 인터뷰한 콘텐츠를 지키고 싶은 마음이라 이름을 넣어주시면 감사하겠다.'고. 다행히 기자님은 흔쾌히 수정해 주셨고, 좀 더 세심하게 살피지 못했다는 표현도 빼먹지 않았다. 그렇게 내가 한 말은 누구인지 알 수 없는 전문가의 칸에서 나의 칸으로 옮겨졌다. 다음 날, 블로그에 스크랩하기 위해 기사를 다시 보았다. 띠용~ 어제는 확인하지 못한, 오해를 불러일으킬 만한 오타가 또 있는 것이다. 메일 주소를 적은 거라 했는데 전체 메일 주소가 아닌 @****** 이렇게 적혀 있었고 보통 축약해서 적었다 하더라도(그러면 골뱅이가 뒤에 있지 않나요?) 엄연히 인스타 주소가 저렇게 쓰이므로 인스타 주소로 오해될 만한 상황이었다. 게다 나의 인스타 주소는 뒤에 숫자를 빼고 저렇게 썼을 때 외국인 계정 주인을 만날 수 있어 (예전 수강생이 태그를 잘못 달아 항의받은 적이 있어서) 그냥 넘어갈 수 없었다. 또다시 수정 요청을 드려야 하는 상황. 하지만 기사란 자고로 지워지지 않는 한 영영 남는 것이므로 이건 고쳐야 한다. 기자님께 다시 수정 요청을 드렸다. 이러한 사정으로 인스타 주소로 바꿔주시면 정말 감사하겠다고. 메일 주소를 인스타처럼 적은 게 내 잘못은 아니지만 그래도 번거롭게 해서 죄송하다고 감사하다고 문자 드렸다. 두 번의 문자를 하면서 내 머릿속에 이런 단어가 떠올랐다. **까탈스럽다.** 하지만

무기력해서 쓰기 시작했습니다

그런 단어는 요구 조건이 과할 때 쓰는 단어가 아닐까? 자기 권리를 지키기 위한 요청과 요구는 까탈스럽다기보다는 **꼼꼼하다**에 가깝다. 아마 수정 요청을 두 번 하지 않았다면 내 마음속 찜찜함은 20배가 되었을 것이다. 그래서 또 이런 글을 통해 불편함을(내 잘못은 아니지만 어떤 일을 두 번 하게끔 하는 것에 약간의 미안함을 갖고 있기에) 감수하고 행동에 옮긴 자신을 쓰담쓰담 해본다. 불편함은 순간이지만, 기사는 (삭제되지 않는 한) 영원하니까.

114. 그때는 그랬고, 지금은 이렇다

　요즘 다시 보는 미드가 있는데 무려 22년 전 미드인 〈몽크 (MONK)〉이다. 천재적인 감각으로 범인을 추리해 내는 前 형사 現 자문 컨설턴트인 몽크를 중심으로 범죄를 해결해 가는 수사물이다. 천재급 감각을 타고났지만, 불행히도 온갖 강박과 불안증이 있어 흐트러지거나 비대칭인 걸 보지 못하고, 더러운 물건을 혐오하고, 세균 공포증이 있어 사람들과의 악수 후에는 항상 물티슈로 손을 닦는다. 더럽고 불규칙하고 타인과 끊임없이 접촉해야 하는 세상에서 그런 그를 보좌하는 이가 있었으니, 그 사람은 바로 前 간호사였던 싱글맘 셰로나이다. 〈몽크〉를 처음 본 건 아마 20대 후반이지 않았을까 싶다. 매 에피소드가 범죄가 발생하고 몽크가 사건을 해결하는 방향으로 흐르기 때문에 〈CSI〉초기의 미드로 범죄 수사물와 비슷한 흐름으로 가지만 몽크의 천재적인 감각과 함께 코믹함을 유발하는 각종 포비아적 특성을 보는 것이 이 미드의 재미다. 분명 처음 봤을 때는 그런 부분만 보였다. 그런데 나이가 들고 보니 새로운 게 보이는 것이 아닌

무기력해서 쓰기 시작했습니다

가. 특히 주인공인 몽크 외에 세로나가 다시 보였다. 그녀는 싱글맘으로 아들 벤지를 키우면서 몽크의 조수로 일한다. 걸크러시 같은 성격으로 그녀의 태도는 상당히 진보적으로 느껴지는데(2002년 작인 것을 보면 미국은 확실히 이런 부분에서는 선진국이다.) 오늘 본 에피소드도 그랬다. 일찍 결혼한 세로나가 남편과 이혼하고 한 살인 벤지를 키우기 위해 선정적인 사진을 찍게 됐는데 그게 유출될 위기를 맞는다. 범인이 그 사진과 파일을 갖고 있었고 몽크가 사건을 파헤치면 그 사진을 공개해 버리겠다고 협박한 것이다. 하지만 그녀는 자기 아들이 그 사진을 보게 되는 날엔 당신(범인) 제삿날이라고 경고하고 아들에게 가서 솔직히 이야기한다. (한국이라면 불행한 결말로 치닫지 않을까?) 엄마가 어린 시절 잘못된 선택을 했고, 지금의 상황에서 그 사진이 유출되면 네가 학교에서 친구들로부터 놀림을 당할 거라고. 하지만 그땐 살아보려고 발버둥 친 거였고, 엄마는 너를 사랑한다고. 드라마라서 그런 것이겠지만 벤지는 한참을 고민하다가 담담하게 답한다. 친구들에게 놀림받지 않으려고 범인을 놔주면 안 되는 것 아니냐고. (기특한 자식) 세로나는 눈물을 닦고 몽크와 함께 범인을 잡는다. 미드 속 세로나의 나이는 분명 지금의 나보다 어리겠지만 예전에 볼 땐 보이지 않았던 그녀의 강단, 패기, 용기 등이 눈에 띈다. 그래서 〈몽크〉를 다시 보는 재미가 있다. 세로나는 참 멋진 여성이었구나. 몽크와 함께 사건을 파헤치면서 옷도 멋지게(타이트한 탑과 미니스커트

는 그녀가 자주 입는 패션 중 하나) 입고 아들도 잘 키우는 그녀가 왠지 모르게 이 미드를 보는 싱글맘에게 좋은 영향을 주었을 거라 생각해 본다. 한국에서 리메이크될 것 같지는 않지만, 우리나라도 이런 파격적인 대화와 장면이 심의에 걸리지 않고, 댓글로 욕도 먹지 않고, 조금 더 유연하게 받아들여지는 사회가 되었으면 한다. 엄마가 살기 위해 찍어선 안 되는 사진을 찍었다면 한국에선 아마 엄마 자격 박탈이지 않을까 싶은…. 참, 엄마 하기 힘든 한국이다.

무기력해서 쓰기 시작했습니다

115. 인간은 좋아하고, 새들은 죽는다

집 근처 글쓰기 수업을 하는 곳에 새로운 카페가 생겼다. 그곳은 산으로 둘러싸인 외진 곳으로 네 군데의 식당과 네 군데의 카페가 오랫동안 운영하고 있는데 뉴비 카페가 생긴 것이다. 집에 있다가 신상 카페나 한번 구경 가볼까 해서 책 한 권 들고 방문했다. 내가 또 오랜 블로거로서 소개 글을 빙자한 분석 글은 기가 막히게 쓰지 않는가? 오픈한 지 10일쯤 되었기에 방문객들의 후기도 탐색해 봤다. **빵도 팔고, 소리가 울려 시끄럽고, 커피가 맛이 없다.** 등이 있었다. 아이스 라떼 한 잔과 블루베리 데니쉬를 주문했다. 신기하게도 참외 데니쉬가 있어서 도전하고 싶었지만, 그래도 1빠는 안전빵으로. 빵과 커피가 나오는 동안 2층을 구경했다. 1층과 2층이 뚫려 있어서 그런지 소리가 엄청 울렸다. 책을 읽기는커녕 귀 건강이 좋지 않다면 수다 떨기에도 쉽지 않은 환경이다. 실제로 주문을 기다릴 때 노년의 할아버지, 할머니께서 직원분의 말을 잘 못 알아들으셨다. 빵은 맛있었고 커피는 무난했다. 빵을 먹을 거면 다시 올 것 같고, 커피만 마실 거면 이런 시끄러운 공간보다는 내가 좋아하는 잔잔한 인디 음악이 흐르는 전통의 다른 카페를 갈 것 같다. 커피를 마시는 동안 책을 읽으려고 펼쳤더니, 내 테이블에서 2m쯤 떨어진 곳에서 파리가 배를 보이고 누워 발버둥 치는 중이다. '그래, 이렇게 천장이 높고, 통창으로 되어 있는 사방이 막힌 장소는 다른 생명체에게는 감옥과 같겠다.' 파리를 보자 다른 시선으로 통창이 눈에 띄었다. 처음 들어왔을 땐 뻥 뚫린 통유리창으로 인해 바로 앞에 산이 보여 시원하고 눈이 정화되는 느낌이라 생각했다. 그런데 파리를 보자 신상 카페는 더 이상 예쁜 카페가 아닌 감옥처럼 보였고, 카페의 장점인 대형 유리는 많은 새가 머리를 박게 될 죽음의 벽처럼 느껴졌다. 나는 아주 오래전 아르바이트를 하다가 통유리창에 새가 부딪혀 죽은 장면을 본 적이 있다. 아르바이트생들은 오픈 전이라 1층에 모여 수다를 떠는 중이었는데 '쿵' 하는 소리와 함께 밖에 나가보니 새가 고꾸라져 죽어 있었다. 가게 앞에 있는 나무 아래에 묻어주었는데 그 뒤로 투명한 통유리로 된 가게 앞에 죽어 있는 새를 보면 그냥 지나치기가 어렵다. 나도 창가를 좋아한다. 카페든, 음식점이든 창가가 주는 시원하고 뻥 뚫린 느낌이 좋다. 그럼에도 그 카페의 통창으로 인해 얼마나 많은 새가 부딪힐까 떠올리지 않을 수 없었다. 사람들은 커피를 마시면서 자연을 감상한다. 마치 숲속에 앉아 있는 느낌으로 시간을 보낼 것이다. 새들은 가로 10㎝, 세로 5㎝ 간격의 점만 있으면 그곳을 비행하지 않는다고 한다. 그래서 그런 테이프조류 충돌 방지 필름 또는 버드 가드가 개발되었음에도 여러 규정에 발이 묶여 적용하는 데는 시간이 걸린다고 한다. 카페 주인이나 카페 손님들이 그런 사항까지 알지는 못할 것이다. 설령 알게 된다고 해도 달라질 게 있을까? 나 역시 이런 카페를 보며 죽게 될 새들의 명복을 기원해 줄 뿐이다.[11] 새들이 죽지 않았으면 좋겠다.

---

11) 하루 약 2만 마리 연간 약 780만 마리의 새들이 유리창 등 방음벽에 부딪혀 목숨을 잃는다고 한다.
– 서울특별시의회 공식 블로그

116. 선택에 대한 과도한 무게

'타일러 볼까요?'라는 타일러의 유튜브를 구독 중이다. 타일러가 보는 한국과 한국의 특성에 대한 새로운 시각이 재미있기 때문이다. 이번 콘텐츠는 선택에 관한 것이었다. 타일러가 인생을 결정짓는 선택의 기로에 있을 때 한국어 선생님께 상담을 받았는데 그 선생님이 하는 말이 '무엇을 선택하든 괜찮다.'에 가까운 뉘앙스였단다. 처음에는 이해가 되지 않았는데 곧 이해가 되더란다. 누가 봐도 A라는 길과 B라는 길이 극명하게 달라 보이고 A라는 길을 선택하면 B라는 길을 가보지 못할 것 같은 기분이 드는데 어떤 것을 선택하든 결국엔 마음에 남아 있는 길로 돌아오게 되어 있다는 말이었다. 나 역시 내 일을 하면서 선택보다 선택 이후가 더 중요하다는 걸 깨달았다. 실제로 퍼스널 스타일링 쪽으로 가기 위해 끼웠던 첫 단추가 내 생각대로 흘러가지 않았고, 인생 꼬였다고 생각하면서도 플랜B를 도모했지 내가 한 선택을 후회하지는 않았다. 오래전 지방대를 다니는 학생을 상담한 적이 있는데 그 학생은 인 서울의 이름 있는 학교

무기력해서 쓰기 시작했습니다

에 갈 실력이었으나 수능을 망쳐서 지방 국립대를 가게 되었고 인생 망한 태도로 친구도 사귀지 않고 지방대에 다니는 자신을 부끄러워하고 있었다. 한국은 학벌을 중요하게 여기고 어떤 학교에 다니느냐에 따라서 인생의 기로가 꽤 많이 달라진다고 생각하므로 어린 시절부터 선택에 대한 무게감이 다른 나라와 같지 않다. 그래서 자녀 교육에도 그렇게 과할 수밖에 없는 것이다. 부모의 한 번의 선택이 자녀의 삶을 송두리째 바꿀 수 있다는 인식이 깊이 박혀 있기 때문이다. 하지만 이것이 100% 맞는 말일까? 좋은 선택을 하게끔 하는 것도 중요한 일이긴 하다. 하지만 어떤 선택을 하든 그 선택 자체보다 선택한 후의 일에 대한 책임감과 함께, 어떤 태도로 임하는지가 인생의 방향을 주도적으로 끌어가는 데 더 중요한 것은 아닐까? 한 번의 선택으로 인생이 성공하고 망하는 프레임은 너무 가혹하다. 아마 '이번 생은 망했어.' 같은 우스개(과연 우스개일까?) 소리도 한 번의 선택으로 쉽게 인생의 결과를 예측하는 사회적인 분위기 때문은 아닐는지. 타일러는 인생에서 중요한 건 선택으로 인해 만들어진 점들의 분포도라고 했다. 우리가 하는 무수한 선택들은 하나의 선을 만들게 되어 있고 그 선이 가는 방향은 랜덤처럼 보였던 선택들이 만들어 내는 인생의 큰 줄기라고. (정확히 이렇게 이야기하진 않았지만 내가 이해한 뉘앙스는 그렇다.) 스티브 잡스도 비슷한 이야기를 했다. 선택은 점이고 그 점이 모여 만들어진 선이 인생을 만들어가는 거라고. 선택은 분명 중요하다. 하지만 선택에 과도한 무게를 부여하는 건 인생이라는 큰 흐름을 미시적인 관점으로만 살아가는 것이다. 선택의 기로에서서 고민은 충분히 하되 하나를 선택했다고 나머지를 버려야 한다는 생각은 접어두길 바란다. 하고 싶다고 생각하고 마음속에 담아두다 보면 언젠가 그 길을 걷고 있는 자신을 발견할 거라 생각한다.

무기력해서 쓰기 시작했습니다

117. 아, 다르고 어, 다르다

김해로 강의 여행을 다녀왔다. 친구가 시간이 맞아 같이 다녀 왔는데 T인 나보다 F인 그녀는 사람들의 친절함에 쉽게 감흥하는 편이다. 그러다 보니 함께 하는 나도 덩달아 사람들의 친절함에 빠지게 되었다. 내가 김해에 먼저 도착해 혼자 점심을 먹게 되었는데, 가고 싶었던 식당이 맛집이라 1인을 받을지 몰라 전화를 했다. 예약이 다 차서 죄송하다고 했고 그러려니 했다. 말투나 어감이 부드럽긴 했지만 가고 싶었던 식당이었기에 친절 여부보다는 플랜B를 찾아야 한다는 실망감이 앞섰다. 하지만 웬걸! 나보다 1시간 늦게 도착한 친구는 그 식당에 가서 밥을 먹었고 사장님의 친절함에 감동받았다고 했다. 자세한 에피소드를 말해줬으나 금방 까먹었는데 이후에 방문한 근처 카페 사장님도 너무 친절해서 이 여행이 만족스럽기 시작한 듯 보였다. 나는 호텔에서 친절함을 느꼈는데 1시 체크인인데 일찍 가는 바람에 12시에 도착했다. 시티뷰의 방은 입실이 되나 평야뷰는 1시나 되어야 가능하다고 했고 고민 끝에 그냥 시티뷰로 입실하기로 했다. 안내받은 층수에 갔더니 직원분들이 청소를 하느라 평야뷰 방문을 다 열어놨더라. 앗. 초록초록한 풍경. 놓치기 너무 아까웠다. 다시 백해서 엘리베이터를 타고 내려와 컨시어지 직원분께 미안한 웃음을 장착, '평야뷰를 봤더니 평야뷰에 묵고 싶어졌다. 죄송하지만 기다렸다 체크인하겠다.' 했더니 괜찮다고 바꿔드리겠단다. 그 뒤로 친구와 만나 이 친절함의 요인을 분석해 봤는데 말투와 화법에 있었다. 보통 '네.' 하면 될 것을 김해에서는 '**그럼예~**'로 바꿔 말하고 있었으며, 대부분의 화법이 이처럼 거절이든 긍정이든 부드럽고 기분 좋게 표현되고 있었다. 사람을 응대하는 직업의 디폴트값이 친절이라고 생각하진 않지만 친절하면 기분 좋다. 그리고 영향을 많이 받는 친구와 함께여서 그런지 나도 덩달아 기분이 좋았다. (혼자였다면 친절하시네? 하고 말았을 것 같기도….) 그리고 그 억양이 계속 귀에 맴돌았다. '그럼예~' 이건 내가 이렇게 말해야 상대방이 기분 나쁘지 않고 부드럽게 듣겠지의 의식적인 화법이 아닌, 그냥 그 지역 사람들의 화법이라는 생각이 들었다. 저런 화법을 구사하는 사회에선 시비나 싸움도 적게 일어나지 않을까 하는. 이번 여행이 즐거웠던 이유 중의 5할은 김해 분들의 친절함에 있다고 감사함을 전해 본다.

무기력해서 쓰기 시작했습니다

118. 기본적인 규칙

　운동하고 샤워하는 시간이 초등학생들의 시간과 맞물리면 어느 정도의 정신없음은 감수해야 한다. 돌고래 주파수와 맞먹는 그들의 목소리 톤과 종알종알 친구들과 이야기하며 씻느라 목욕탕 안은 금세 시끌시끌해진다. 그들은 모두 수영을 배우는 아이들인데 씻을 때 엄마나 할머니의 손이 필요한 저학년들은 상대적으로 얌전하지만, 4학년 위의 고참들은 어른이 적은 그들만의 리그에서 장난도 치며 즐거운 시간을 보낸다. 그들의 놀이 시간을 방해할 마음은 없으나 나 역시 오랜 시간, 이 시설을 이용해온 어른의 한 사람으로서 어디까지 말을 하고 말을 하지 않을지 늘 고민이 된다. 사실 모든 일이 평탄하다면 이런 고민도 하지 않겠지만 어른의 입장에서 아이들의 행동은 미숙하고 정돈되지 않은 부분이 있기에 모든 걸 방임할지 어느 선까지 이야기할지 '사회적인 어른이란 어떤 사람인가?'라는 질문을 스스로 해보는 것으로 고뇌에 빠지게 되는 것이다. 나도 아무 생각 없이 '내 알 바 아니오.' 모드로 몸만 씻고 나가고 싶은데 그게 안 된다. 5, 6학년쯤으로 보이는 여학생 두 명이 온탕과 냉탕에 놓인 빨간 바구니를 갖고 논다. 좁지 않은 목욕탕 안을 빨간 바구니에 찬물을 담아 친구에게 한 바가지 퍼붓겠다는 일념으로 쫓고 쫓기는 중이다. '초딩은 그럴 나이지. 하하하~ 예절은 무슨. 미끄러지지나 말기를.' 이런 생각과 함께 갖고 놀던 '빨간 바구니'를 과연 그들이 제자리에 갖다 놓을지 궁금해졌다. 아이를 키우지 않아서 모른다. 아이들이 사용한 물건을 알고도 제자리에 두지 않는 것인지 아니면 아직 어리기 때문에 학습 중인 건지. 이러한 것들은 싱글인 내가 경험하는 일이며 딱히 아이가 있는 친구와 이야기할 만한 에피소드도 아니라 생각해서 '어려서 그렇지.' 등으로 결론 내리고 만다. 하지만 4학년부터는 조금 다르다고 생각한다. 그리고 5, 6학년이면 기본적인 규칙에 대해서는 알 만한 나이이며 그걸 지키는 것도 알 만한 학년이라 생각한다. 그 둘은 실컷 놀고 애먼 곳에 바구니를 놓고 갔다. 일주일이 지나 어쩌다 보니 또 같은 시간에 몸을 씻게 되었다. 꺄르르거리며 빨간 바구니를 들고 쫓고 쫓기는 여학생 둘. '이 장면 어디서 본 것 같은데. 아! 지난주의 걔네구나.' 이러면 자연스레 또! 그들의 행보를 주시하게 된다. 과연 빨간 바구니는 제자리를 찾을 것인가? 예상은 했지만 역시 빨간 바구니는 애먼 곳에 있었고 그 둘은 나갈 채비 중이었다. "바구니 갖고 놀았으면 제자리에 갖다 놓아야죠~" 되도록 부드럽게 말하고 싶었으나 중음의 보이스는 학생주임 같은 목소리로 목욕탕 안에 울려

무기력해서 쓰기 시작했습니다

퍼졌다. 무슨 상황인지 어리둥절해하며 빨간 바구니를 원래 있던 온탕, 냉탕 근처에 갖다 놓았다. 그들이 진짜 몰라서 그런 건지, 아니면 공공장소에 있는 물건은 아무렇게나 사용해도 된다고 생각해서 그런 건지 알 길은 없다. 하지만 그들이 갖고 놀다가 애먼 곳에 바구니를 갖다 놓으면 타인은 그 바구니를 찾거나 거기서 일하시는 여사님이 바구니를 제자리에 갖다 놓게 된다. 그건 분명 타인에게 피해를 끼치는 일이다. 초딩들이 목욕탕 안에서 어떻게 놀건 별로 신경 쓰고 싶지 않다. 나도 '내 알바 아니'라는 개인주의적인 어른으로 살고 싶지만, 공공장소이며 함께 사용하는 공간이라는 개념을 알 만한 나이에는 적어도 타인에게 피해를 줘선 안 된다고 생각한다. 그들은 아마 웬 아줌마가 자기네들한테 뭐라고 해서 기분이 나빴을 수도 있다. 하지만 나의 한마디로 그들이 빨간 바구니를 갖고 논 후 제자리에 갖다 놓는다면 그걸로 충분하다. 다음에도 이 시간에 와서 바구니를 갖고 노는 그 둘을 보게 된다면 또 주시할 것이다.

'I see You~'

보기에는 그냥 빨간 바가지지만, 때에 따라서는 기본적인 규칙을 상징할 수도 있는 것.

119. 문득 깨달은 부끄러움

글쓰기 수업 단톡방에 기사 하나를 공유했다. 잘 썼다고 생각하는 좋은 글을 공유함으로써 '글맛'에 대한 감을 키울 수 있다고 생각하기 때문이다. 택시 기사분이 운전하며 겪은 다양한 상황을 자신의 관점으로 날카롭고 명쾌하게 풀어낸 글이었는데 배울 점이 많았다. 적확한 단어 사용과 위트 있는 라임의 활용, 단문과 장문의 화합은 역시 '제야의 고수들은 많다.'는 걸 다시 한번 느끼게 했다. 꽤 긴 글이었는데도 쉼 없이 한 번에 읽었고 수강생분들도 재미있게 읽은 모양이었다. 감상평을 짧게 나누었는데 내가 한 말은 **택시 기사님 하기 전에 어떤 일을 했는지 궁금하더라**였다. 그 말을 할 때도 뭔가 꺼림칙한, 하지만 당시에는 분명하지 않았던 느낌이 있었는데 (말에서의 자기 검열은 글에서의 자기 검열보다 집요하지 못하기에) 그 순간이 지나자 잊어버렸다. 그러다 이틀이 지난 오늘, 갑자기 그 일이 떠올랐다. '어? 뭔가 이상한데? 그 말이 뭔가 이상한데?' 느낌이 싸해 곱씹어 보니 내 말에는 택시 기사라는 직업에 대한 편견이 있었다.

무기력해서 쓰기 시작했습니다

1. 순수한 택시 기사님은 그런 글을 쓸 수 없다.
2. 좋은 글을 쓸 수 있는 부류의 사람은 따로 있다.

나는 이 두 가지 편견에 갇혀 있었다. 누구나 글을 쓰는 세상이고 지적 활동에 가까운 직업이라고 좋은 글을 쓰는 것도 아닐 텐데 나는 왜 택시 기사님의 전 직업이 궁금했을까? 글을 쓰는 것은 직업과 관련이 없고 통찰만 있다면 좋은 글도 쓸 수 있는 것인데 나는 여전히 특정 직업에 대한 편견에 갇혀 있었다. 어찌어찌 글쓰기 수업을 하고 있지만 내세울 거라곤 수강생들보다 조금 더 많은 글을 썼다는 것뿐, 나 역시 관심 있는 분야 말고는 일자무식쟁이에 가까우면서 저런 말을 턱턱 내뱉었다니. 흑역사 일기에 기록될 만한 일이다. 그래서 문득 부끄러웠다. 편협한 사고에서 벗어나고자 자기 검열을 열심히는 하지만, 마흔 살 넘게 살면서 박힌 무의식적 편협함은 의식의 관점에서 쳐내기가 무척 힘들다. 그래도 늦게나마 나의 무의식이 돌다리를 두들겨줘서 다행이다. 물론 건너기 전에 두드린 게 아닌, 건넌 후에 두드린 게 살짝 아쉽지만. 이번 기회로 나를 돌아보고 또 반성해 본다. 부끄러운 흑역사를 다시 반복하지 않도록 해마의 흑역사 일기장에도 기록해야지. 깨부수어야 할 편협한 생각이 내 안엔 아직도 너무 많다.

120. 조금 더 열린 마음으로

    사우나를 관리하는 여사님은 두 분이다. 한 분은 시크하신 스타일로 무표정이 디폴트값이나 경력이 오래되셨고 인사를 잘 받아주신다. 한 분은 새로 오셔서 3개월 정도 되신 분인데 무척 다정하신 분이다. 인사도 먼저 하시고 여름엔 가끔 "더우시죠?"라며 안부를 묻곤 하셨다. 시설이 좋지는 않지만, 배드민턴, 수영, 헬스, 요가, 댄스 등 각종 운동 프로그램이 있고 이제는 동네에서 거의 찾아볼 수 없는 목욕탕을 갖췄기에 동네 사람들의 사랑을 듬뿍 받는 곳이다. 김해로 여행 갔을 때 그곳 사람들의 다정함이 무척 좋았다. (친절함을 넘어, 목소리나 태도에서 느껴지는 인간미가 있다.) 나보다 더 그런 감성에 푹 빠지는 친구는 여행 내내 그 다정함에 김해를 사랑하게 되었다. 그래서 그런지 나까지 덩달아 그 다정함이 참으로 좋았는데 나라는 사람은 본투비 다정함에서 거리가 먼 사람이라 특히 그 이후에 그런 기분을 느끼게 하는 분을 만나면 김해가 떠오르곤 했다. 바로 사우나에 새로 오신 여사님이다. 그분을 보면서 사람을 끌어

무기력해서 쓰기 시작했습니다

들이는 매력이란 무엇인가, 특히 어르신들이(여사님도 나이가 있지만 7, 80대의 어르신들도 많이 오므로) 좋아하는 표정과 태도는 무엇인가를 생각하게 되었다. 덩달아 저런 분이 사기를 치면 열에 여덟 명 정도는 홀랑 넘어가지 않을까? 하는 불순한 생각이 들기도 했다. 그러면서 나도 조금은 다정함을 장착해 보면 어떨까 생각했다. 물론 사람이 한 번에 확 바뀌면 뭔가 조짐이 안 좋은 것이므로 나는 하나만 바꾸기로 했다. 바로 인사를 하는 것이다. 운동하는 건물 1층에는 경비원분이 계시는데 사실 먼저 인사를 거의 하지 않았다. 이유는 굳이? 나 말고도 인사를 해야 하는 사람들이 넘칠 텐데 나까지 인사를 받아야 할 필요가 있나. 피곤하지 않으실까와 나까지 굳이 할 필요가 있을까란 두 가지 마음이었다. 그런데 여사님을 보고 생각이 바뀌었다. 인사란, 피곤하기보다(물론 그런 사람도 드물게는 있을 것이다.) 다정한 것이 아닐까 하는 생각이 들었기 때문이다. 그 사람의 존재를 인식하는 것, 안부를 대신하는 것, 안녕을 기원하는 것, 그것이 모두 인사에 들어 있다는 생각이 들었다. 그러자 인사란, 생각보다 중요한 것이라 느껴졌다. 버스를 탈 때, 식당에서 밥을 먹고, 택시에서 내릴 때 늘 인사를 한다. 인사에 인색하지 않다고 생각했는데 구멍이 있었다. 늘 모든 이들에게 다정할 수는 없겠지만 그래도 얼굴을 마주치는 사람에게는 인사를 하자. 다정함까지는 아니어도 안녕을 기원하는 마음으로.

좋은 인사는 인간이 가진 매우 강력한 무기 중 하나입니다. - 박정수『좋은 기분』북스톤

쓸 말이 없을 때 어떻게 하나요?

쓸 말이 없을 때는 하루 쉬어도 좋습니다. 하루 쉬었는데도 쓸 말이 없다면 또 쉬어도 좋습니다. 일주일은 7일로, 주 5일 동안 글을 쓰고 주말에는 쉬는 방식으로 500자 글쓰기를 진행했습니다. 평일에 쓸 말이 없었는데 주말에 갑자기 소재가 생각나면 주말에 쓰기도 했습니다. 이렇듯 규칙은 있지만 규칙에 얽매여 쓰기보다는 하나의 기준으로 글을 꾸준히 쓴다는 마음으로 임했습니다. 주 5일에 하루만 써도 좋습니다. 하지만 마냥 쉬기보다는 늘 소재를 찾고 눈과 귀를 글쓰기와 싱크해 메모장에 기록합니다. 저 역시 글쓰기 소재가 생기면 메모장에 바로바로 기록해 놓고 써먹었습니다. 기록하지 않으면 잊어버리기 때문입니다. 일상의 소재가 아닌 영화 리뷰를 기록해도 좋고, 드라마나 리얼리티 프로그램 소감을 적어도 좋습니다. 글쓰기에 제한은 없습니다. 하루에 하나씩 써 내려가는 그 맛으로 쓸 뿐입니다. 쓸 말이 없을 때는 마음 편하게 쉬고, 쓸 말이 생기면 마음 편하게 쓰세요.

음미하고 싶은 것들을 분석해 500자
글쓰기로 써볼까요?

- 문제라고 생각되는 것들, 지적하고 싶은 것들, 내
  생각과 다른 것들

무기력해서 쓰기 시작했습니다

일기와 에세이의 차이

글을 쓰는 사람이라면, 특히 에세이와 관련된 글을 쓰는 사람이라면 이 차이에 대해 생각해 보지 않을 수가 없다. 전자책『혼자 하는 글쓰기』 1권에는 절대 비추. 글쓰기 얘기는 0.01% 되려나? 자기가 주제별로 쓴 사소한 글들만 모아놓은 낙서장이라는 리뷰가 달렸는데 저자도 댓글을 달 수 있어서 나는 '이 책은 글쓰기 방법론에 관한 책이 아닙니다. 방법론에 관한 책으로 오해를 살 만한 부분이 있었다면 알려주시면 수정하도록 하겠습니다. 방법론을 원하는 분들은 다른 책을 읽기를 권해드립니다.' 이렇게 작성해 두었다. 처음 리뷰를 읽었을 때는 좀 '띠용~' 했지만, 라마즈 호흡을 한 백 번 한 뒤에 생각해 보니 2018년에는 '방법론'에 관한 책이 대부분이라 그럴 수 있겠다 싶었다.

애초에 글쓰기 방법론을 주고자 쓴 책이 아니다. 사람들은 글쓰기를 할 때 거창한 이야기를 써야 할 것처럼 생각하고 아주 사소하거나 시시하거나 일상적인 것에 관해 쓰는 것은 일기가 아니냐고 생각한다. 하지만 많은 사람이 온라인에 써놓은 차이를 보면 에세이의 출발은 일기가 아니었을까 하는 생각이 든다. 처음부터 에세이를 잘 쓰는 사람이 있을까? 글빨 날리는 사람들을 보면 어릴 때부터 꾸준히 일기든 뭐든 기록을 해왔던 사람들이고, 그게 성인이 되어서도 필력이 되어준다고 생각한다. 일기 한 번 써보지 않은 사람이 시중에 나와 있는 에세이 책과 같은 글을 쓸 수 있다면 그건 타고난 거라 볼 수도 있다. 물론 소설을 많이 읽은 사람이 소설에 가까운 글을 쓸 수 있듯이 에세이를 많이 읽었다면 그게 도움이 되었을 수도 있고. 글쓰기의 3요소는 다독, 다작, 다상량이라 하지 않던가.

솔직히 일기와 에세이는 몇 가지 차이만 있을 뿐, 같은 배 속에서 태어난 것과 같다고 보는 입장이다. 약간 이란성쌍둥이 같달까? 그래서 온라인에서 좀 찾아봤는데 납득이 갈 만한 차이는 찾지 못했다. 그래서 생각해 봤는데 난 두 가지 차이만 있을 뿐, 그 외에는 다 같다고 본다. 읽을 대상과 글을 쓰는 목적의 유무. 일기의 대상은 나다. 내가 쓰고 내가 읽는다. 에세이의 대상은 타인이다. 내가 썼지만, 타인에게 읽히기 위해 쓴다. 글을 쓰는 목적이 일기는 없어도 된다. 하지만 에세이는 있어야 한다. 타인에게 읽힐 글이기 때문에 타인이 읽었을 때 무엇을 줄 것인가가 전제가 되어야 한다. 그래서 에세이는 글 이면에 정보, 재미, 감동, 의미(공감·위로), 통찰 등 하나 정도는 담고 있어야 한다. 사람들이 에세이를 읽는 이유는 일기처럼 편한 글이지만 저자가 주고자 하는 무언가를 얻을 수 있다고 생각하기 때문이다.

　최근에 권남희 저자의 『혼자여서 좋은 직업』을 읽고 있는데 (그녀의 글빨을 좋아한다.) '번역가'라는 타이틀을 뺀다면 이 글 역시 일기라 해도 무방하다. 번역가가 쓰는 삶의 일기인 셈이다. 실제로 부제 역시 **두 언어로 살아가는 번역가의 삶**이다. 그러니 어떠한 글이 '일기' 같다고 해서 비방한다면 그 사람은 스스로가 일기와 에세이의 차이에 대해 과한 기준을 들이대거나 명확한 차이를 알고 있지 못할 확률이 높다. 최민석 소설가의 『베를린 일기』는 제목에 그냥 '일기'가 들어간다. 에세이로 분류되지만, 소설가 특유의 위트와 시각이 일기 위에 덧씌워지면서 에세이로 전환되는 것이다. 에세이로의 업그레이드가 아니다. 그저 대상이 바뀌고 목적이 생기는 것일 뿐이다. 요즘처럼 에세이가 각광받는 출판의 시대는 없을 것 같다. 이유는 직장인이라는 이름으로 생활하던 글빨러들이 다양한 글쓰기 플랫폼을 통해 수면 위로 모습을 드러냈기 때문이다.

　나는 에세이를 잘 쓰는 사람들이 있다고 보는 편이다. 그들은 자기 계발서를 쓰기 어려울 것이다. 자기 계발서를 잘 쓰는 사람들은 에세이를 쓰기 어려울 것이다. 물론 두 가지를 다 잘 쓰는 사람도 있겠지만 드물 것이다. 감성적인 체계가 강한 사람들은 에세이를, 논리적인 체계가 강한 사람들은 자기 계발서를 쓰는 게 훨씬 수월하지 않을까? 실제로 권남희 번역가도 일본 자기 계발서를 번역하다가 이 영역은 자기 분야가 아니라고 생각해 소설과 에세이에 집중했다고 하니 이건 내 개똥 의견이 아닌 인간 성향에 기반한 신뢰할 만한 의견이라고 생각한다. 그래서 에세이를 쓰고자 한다면 일기에서부터의 출발은 당연한 거다. 그러니 만약 나의 글을 쓰고 싶다면, 그게 논리적인 글이 아니고 에세이라면(요즘은 얼마나 참신한 생활 에세이들이 많이 나오는가. 취미와 관련된, 운동과 관련된, 일과 관련된 등) 일단 일기처럼 시작할 것을 추천한다. 초심자에게 가장 필요한 마음은 '나는 작가가 아니'라는 팩트다. 자전거를 처음 타면서 두발자전거 타기를 원한다? 당연히 말도 안 된다.

	일기	에세이
독자/대상	나	타인
목적	없어도 됨	재미/감동/정보/의미(공감·위로)/통찰 등 한 가지 이상 필수

그래서 길게 말할 필요도 없이 일기와 에세이는 이란성쌍둥이와 같으며 그 차이는 두 가지로 구별된다. 내가 글을 써놓고 타인에게 보여줄 수 있고, 보여주고 싶고, 목적이 있다면 그건 에세이다. 그러니 '일기는 일기장에'라는 어마무시한 공격을 받았다면(아마 일기와 에세이의 차이에 대해서 심도 있게 생각

무기력해서 쓰기 시작했습니다

해 보고 관련 글을 한 번이라도 써본 사람이라면 저런 댓글을 쓰기는 어려울 것이다.) 이 글이 왜 에세이인지 답변해 주면 된다. '에세이란, 자고로 일기와 이란성쌍둥이로, ~한 요건을 가진다면 에세이라고 할 수 있는 거야. 짜샤~ 너가 에세이 맛을 알아?'라고 말이다. 나는 배지영 작가가 쓴 아래의 내용에 많이 공감한다. 일기와 에세이의 차이에 대해서 정리하고 보니 글을 써놓고 '너무 내용이 가벼운 거 아냐? 일기 같다고 비웃으면 어떻게 하지?'라고 고민하는 사람들에게 이제는 할 말이 있을 것 같다. '에세이란, 남에게 보여주는 목적 있는 일기랍니다.'

나는 일기와 에세이 사이에 견고한 장벽이 존재하지 않는다고 생각한다. 한 번 쓰고 그대로 덮어버리면 일기, 독자를 생각하며 몇 번씩 읽어보고 고치면 에세이. 서로 넘나들 수 있다고 여겨서 글쓰기 플랫폼에 '일기와 에세이 사이'라는 매거진을 만들어서 글을 쓴다. 어떤 이가 보고 듣고 느낀 글을 읽고 난 뒤에 나를 이루는 삶의 한 조각이 튀어나와 마음이 일렁인다면, 슬프거나 억울한 이야기에 감읍할 수 있다면 에세이다. 글의 앞머리에 맑음, 흐림, 첫눈, 천둥 번개 치다가 갬이라고 날씨를 기록해 놔도 일기가 아니다.

— 배지영 『쓰는 사람이 되고 싶다면』 사계절 출판사

인용을 허락해 준 배지영 작가님과 사계절 출판사에 진심으로 감사드립니다.

글쓰기 초심자에게 도움이 되는 열 가지 액션

무언가를 잘하려면 그걸 잘하는 데 필요한 센스가 있다. 요리를 잘하려면 좋은 식재료를 보는 눈이 있어야 하며, 옷을 잘 입기 위해서는 나에게 어떤 옷이 어울리는지 알고 있어야 한다. 마찬가지로 글 또한 글을 잘 쓰기 위해서 가지면 좋을 자질들이 있는데 무려 열 가지가 되니 '나만 없어.'라고 상심하지 말고 뭐가 있고 없는지를 한번 생각해 보자.

1) 관찰(보는 것)

관찰이 소재를 만든다. 쓰는 것을 잘하는 사람은 소재를 잘 찾거나 만들어 내는 사람일 확률이 높다. 대개 그런 사람들은 관찰력이 좋은 편인데 일상의 혹은 남들이 보지 못하는 것들을 찾아내 글로 풀어내는 능력이 있는 사람들이다. 한때 여행 에세이가 각광을 받은 적이 있는데 여행이란, 일상에서 느끼지 못하는 것들을 만끽하며 관찰력(+감성)이 상승하게 된다. 글을 쓰고 싶다면 여행을 떠나보는 것도 좋다.

무기력해서 쓰기 시작했습니다

2) 듣기(듣는 것)

잘 듣는 것 또한 글쓰기의 소재다. 필자는 예전에 마을버스를 탔을 때 옆자리에 앉은 아주머니의 껌 씹는 소리에 관해 쓴 적이 있다. 어찌나 껌을 찰지게 씹는지 껌 씹는 소리로 아카펠라를 해도 될 지경이었다. 하지만 껌 씹는 소리는 듣기 좋은 편이기보다 그 반대이므로 어떻게 하면 껌 씹는 소리를 좀 줄여달라고 할지 고민하기도 했는데 고민에 심취하는 동안 다행히 아주머니가 내리셨다. 오감을 활용하면 글쓰기 소재는 무궁무진해진다.

3) 상상력(확장력)

이건 특별히 잘하는 사람들이 있다. 이걸 잘하는 사람들은 소설 쓰는 것에 특화된 사람이다. 상상력이 부족한 사람에겐 확장력이라고 볼 수도 있는데 한 가지 소재를 풍선처럼 부풀리는 능력이다. 영화감독이나 소설가는 실제 있었던 어떤 한 줄 혹은 한 문장으로 스토리를 짜내기도 하는데 그것이 바로 상상력이자 글에서의 확장력이다. 기네스 펠트로 주연의 〈슬라이딩 도어즈〉라는 영화를 재미있게 봤는데 지하철을 탔을 때와 놓쳤을 때의 두 가지 상황에서 달라지는 인생이 그려진다. 이처럼 '나에게 사람들의 1시간 후를 알아채는 능력이 생긴다면?', '우리 집 반려동물이랑 몸이 바뀐다면?'에 대해 써볼 수도 있는 것이다.

4) 조합(소재와 소재)

이것은 소재와 소재를 배합하는 능력이다. 전혀 어울릴 것 같지 않은 두 가지 소재를 섞어 하나의 훌륭한 주제로 만들어 내는 사람들이 있는데 그들 역시 글쓰기의 달인이라 할 만하다. 마당의 잡초를 뽑으면서 정리되지 않은 앞마당의 상황과 현재 정치를 엮어 '잡초를 뽑지 않으면' 앞마당의 관리나 나라의 관리가 엉망이 될 것이라는 이야기를 할 수도 있는 것이다.

5) 기록(정보와 경험)

책을 읽거나, 영상을 보거나 기록하고 싶은 것들을 기록하는 편이다. 더 철저한 사람들은 액셀로 정리해서 바로바로 찾아볼 수 있도록 기록하지만 나는 그렇게는 못 하고 그냥 블로그에 업로드한다. 블로그 역시 검색 기능이 있어서 찾고 싶은 내용을 쉽게 찾을 수 있는데 기억보다는 기록이 더 정확하고 오래간다. 기록한다는 것은 기억하고 싶어 한다는 것이며 기억하고 싶어 하는 마음은 언젠가 글쓰기의 소재가 될 수 있다.

6) 질문(호기심)

어릴 때야 궁금한 것들도 많고 질문이 많지만 질문이 익숙하지 않은 환경에서 자라고 또 성인이 되면 딱히 궁금할 것도 없으므로 점점 질문이 없어진다. 그러다 보면 질문하는 법을 잊어버린다. 궁금한 게 있어야 질문을 하는데 딱히 질문을 해오면

무기력해서 쓰기 시작했습니다

서 살아온 것이 아니므로 뭘 질문해야 할지 모르겠는 상황도 발생한다. 그럴수록 어떤 상황에서, 관계에서 질문을 놓지 않아야한다. 누군가와 통화를 할 때 상대방이 자기 말만 한다면 '그 사람이 자기 말만 하게 된 이유는 뭘까?', '그 사람에게 나란 사람은 무엇인가?', '과연 통화란 무엇인가?'를 생각해 봐도 좋다.

7) 검색(호기심)

영화를 보든, 유튜브를 보든 궁금한 말이 나오면 꼭 검색해 본다. 스스로도 모르는 것이 많다고 여기기 때문에 검색이 습관화되어 있는데 검색은 내가 모르는 것을 알게 해준다는 면에서 정말 유익하다. 우리가 사용하는 단어는 한정되어 있으므로 영상 속의 누군가가 내가 몰랐던 말을 쓰는데 나도 평소에 사용할 수 있는 말이라면 기억해 뒀다가(기록해 두면 더 좋고.) 써먹자. 글쓰기는 잘 읽혀야 하므로 쉬워야 한다는 게 지론이긴 하지만 그렇다고 쉬운 어휘만 쓴다고 좋은 글인 것도 아니다.

8) 연습(반복)

꼰대가 되는 것이 이런 것인가. 나이가 들수록 옛말 틀린 게 없다는 생각이 강해지는 건 왜인지. 부모님이 자주 하시는 말씀 중에 '연습이 대가를 만든다.'가 있었다. 뭐든 연습하면 성장한다. 반복의 중요성을 말하는데, 글쓰기 역시 자주 쓰는 사람을 띄엄띄엄 쓰는 사람이 이기기는 어렵다. (물론 두 사람의 재능과 성향과 실력이 비슷하다는 전제하에) 그러므로 글쓰기를 잘하고 싶다면 적어도 일주일에 한 번은 써야 한다. 솔직히 매일 쓰는 것은 전문 작가도 힘든 일이므로.

9) 공유(오픈)

다수가 옳은 것은 아니다. 하지만 다수의 흐름은 알 수 있다. 10에 9명이 외모 지상주의를 선호하지 않더라도 10에 9명은 예쁘거나 잘생긴 사람을 좋아할 수 있다. 그러니 글도 다수가 선호하는 글이 무엇인지, 다른 사람들이 내 글을 읽었을 때 어떤 느낌을 받는지 아는 것은 중요하다. 또한 내 글을 객관적으로 볼 수 있는 사람은 아무도 없기에 내가 바라보는 글과 타인이 바라보는 글 사이의 균형 감각을 키우기 위해서도 글은 오픈하는 것이 필요하다. 공감을 파고들 것인지, 통찰을 파고들 것인지, 재미를 파고들 것인지 나의 의도가 독자들에게 잘 먹히는지를 알기 위해 공유한다. 내 글의 주파수를 어디쯤으로 맞출 것인지 공유를 통해 더 정확히 알 수 있다.

10) 표현(감상)

글쓰기는 표현하는 것이다. 내 생각과 감정을 정리하는 일이다. 그래서 평소 이런 훈련이 되어 있지 않다면 글쓰기가 어려울 수도 있다. 하지만 또 말과 글은 다르므로 말로는 어렵더라도 글로는 훨씬 잘 풀어낼 수도 있다. 요즘처럼 표현과 감상을

무기력해서 쓰기 시작했습니다

자주 볼 수 있는 환경은 없다. 유튜브만 봐도 댓글이 수두룩하고, 영화 리뷰어나 맛집 탐방기는 제일 인기가 많다. 또한 쇼핑이나 배달 플랫폼 리뷰만 봐도 우리는 리뷰의 세계에 살고 있다고 해도 과언이 아니다. 하지만 많은 댓글과 리뷰에서는 '자신의 의견'을 글로 제대로 표현하지 못하는 어리숙함이 엿보인다. 짧은 글쓰기를 잘하면 긴 글쓰기도 잘할 수 있다. 글쓰기에 관심이 있다면 짧은 글쓰기부터 훈련해 보자.

쓸모없어 보이는 창작의 기쁨

유홍준 작가는 유튜브 '셜록현준' 인터뷰에서 글은 아는 것, 말하고 싶은 것을 쓰는 게 아니라 남에게 들려주고 싶은 것을 쓰는 것이라고 했습니다. 아는 것, 말하고 싶은 것과 들려주고 싶은 것과의 차이는 뭘까요? 제가 보기에는 전자가 나 중심이라면 후자는 독자 중심입니다. 독자가 궁금해할 이야기를 쓰는 것이 글의 속성이라고 답한 게 아닐까 추측해 봅니다. 많은 분이 글을 쓰면서 '이 이야기를 남이 궁금해할까? 세상 쓸데없는 이야기라고 손가락질하지 않을까?' 걱정합니다. 어쩌다 우리는, 글을 쓰면서 타인의 시선을 이렇게나 의식하게 되었을까요? 모두가 그럴듯한 글을 써내는 작가처럼 써야 한다는 강박을 갖게 된 걸까요? 저는 이러한 움츠림이 완벽주의에 기반한, 정제되지 않은 비판과 비난에 있다고 생각합니다. 글쓰기 수업을 할 때도 수강생들의 공통된 걱정은 '쓸 거리가 없다.' 입니다. 그 말은 틀렸습니다. '쓸 거리'가 없는 게 아니라, '나의 쓸 거리는 글로 쓰기에는 너무 하찮다.'라는 마음가짐이 들기에 쓸 거

무기력해서 쓰기 시작했습니다

리가 없다고 이야기하는 것입니다. 그건 이야기를 사실로만 인식하기 때문입니다. 글은 이야기를 누구나가 아닌, **나라는 개인**이 해석하는 과정이 필요합니다. 최근에 지하철역 바깥의 지붕 구조물에 출구 번호가 3m 크기로 적힌 것을 발견했습니다. 그동안 입구 앞 기둥에 작게 표시된 것만 봤지, 지붕에 적힌 번호는 최근에 새로 만든 것 같았습니다. 멀리서도 출구 번호를 한눈에 보이도록 알기 쉽게 변경한 이유는 헤매는 사람을 위해서일 것입니다. 젊은 사람보다는 나이 든 분이 헤맬 일이 많겠지요. 사회 속의 사소한 변화는 노년층의 증가와 무관하지 않습니다. 지하철 출구 번호에 대한 이러한 시각이 바로 '개인의 해석'입니다. 같은 영화를 봐도 사람에 따라 해석은 달라집니다. 우리가 영화를 보고 리뷰를 또 찾아보는 이유는 리뷰어들은 어떻게 다르게 해석했나가 궁금하기 때문입니다. 이처럼 글은 해석(개인의 독특한 경험 및 시각)이 들어갈 때 힘을 가집니다. 하지만 해석이 들어가는 글을 쓰기 위해서는 '일단 쓰는' 과정이 필요합니다. 그리고 그러한 글은 남을 위해 쓰는 글이 아닌, 나를 위해 쓰는 글입니다. 그래서 글쓰기 수업에서 가장 중요한 건 '나를 위해 쓴다.'라는 마음가짐입니다. 500자로 쓴 이 책에는 일기 같은 글도 있고, 에세이 같은 글도 있습니다. 하나로 묶어 책으로 낸 이유는 쉽게 쓰지 못하는 분들에게 '나를 위해 먼저 쓰라.'고 말하고 싶어서입니다. 저 역시 남보다는 나를 위해 쓰기 시작했습니다. 나를 위해 쓰다 보니, 들려주고 싶은 이야기도 쓰게 되었습니다. 어떤 날은 쓸모없는 글을 쓰기도 했고, 어떤 날은 꽤 괜찮은 글을 쓰기도 했습니다. 그러기 위해서는 지치지 않아야 합니다. 정확히는 '쓸모없는 글을 쓰고 있다는 생각'에 시무룩해지고 자괴감이 드는 과정을 견뎌야 합니다. 뭘 하든 생산적이고 쓸모 있어야 한다는 결과중심주의 문화가 **쓸모없는 창작의 기쁨**을 자꾸 외면하게 합니다. 500자 글쓰기는 쓸모없는 창작의 기쁨입니다. 남이 봤을 때는 '쓸모없어' 보이지만 나에게는 '창작의 기쁨'이 되어주는 일. 쓸모없어 보이는 글이면 어떤가요, 일기는 일기장에 쓰라고 무시하면 어떤가요, 쓰는 것에 의미를 느낀다면 그것만으로도 가치가 있다고 느끼는 저는 쓸모없는 글에서 쓸모 있는 글로 나아가라고 말씀드리고 싶습니다. 쓰다 보면 쓸모없음에 머무르지 않습니다. 우리 삶에 일과 휴식, 두 가지 모두 필요하듯 세상 무용한 글과 유용한 글이 뒤섞인 그런 글쓰기를 제안합니다. 그런 문화가 정착될 때 우리는 조금 더 자유롭게 읽고, 쓰고, 말할 것입니다.

추천사를 작성해주신 김양미, 오병곤, 정지우 세 분의 작가님들께 진심으로 감사의 말씀 드립니다.

프롤로그와 에필로그의 어체를 통일하는 것이 일반적이나, 평어체와 경어체로 차이를 둬 쓴 이유는 글의 분위기와 더 맞는 어체를 선택한 것임을 알려드립니다.